Wilt is nergens

Van Tom Sharpe verschenen eerder:

Hard gelach
Bloot slaat dood
Jong geleerd
Sneu voor het milieu
Wilt
De grote achtervolging
Erfelijk belast
Wilts alternatief
Familietrekjes
Klasse
Wilt zit omhoog
Geld stinkt niet
Grof geschut

TOM SHARPE

Wilt is nergens

Vertaling Wiebe Buddingh'

De Harmonie, Amsterdam
Manteau, Antwerpen

EEN

'Godallemachtig, wat een dag,' zei Wilt. Peter Braintree en hij zaten met hun biertjes in de tuin van de pub en keken naar een eenzame roeier op de rivier. Het was zomer en de avondzon glinsterde op het water. 'Eerst die verdomde vergadering van de financiële commissie, toen moest ik Johnson en Flour vertellen dat ze wegbezuinigd waren, daarna hoorde ik dat de computerafdeling volgend jaar het lesrooster opstelt en dat ik me er niet meer mee hoefde te bemoeien en als klap op de vuurpijl kreeg ik opeens een memo van de conrector omdat er een fout in de software zat of zoiets. Kon ik het allemaal toch weer zelf opknappen.'

'Lessen en lokalen indelen lijkt me juist zo'n beetje het enige waar een computer goed voor is,' zei Braintree, hoofd van de afdeling Engels. 'Je hoeft er alleen maar logisch voor te kunnen denken.'

'Logisch denken, ammehoela. Probeer jij mevrouw Robbins maar eens logisch te laten denken. Ze verdomt het les te geven in lokaal 156, omdat Laurence Seaforth in 155 zo'n rotherrie maakt tijdens toneelles dat ze zich met geen mogelijkheid verstaanbaar kan maken. En Seaforth wil daar niet weg omdat hij dat lokaal al tien jaar gebruikt en de akoestiek zo perfect is als hij voor de zoveelste keer een of andere stomme monoloog van Shakespeare bralt. Denk je dat een computer daar rekening mee kan houden?'

'De menselijke factor. Altijd hetzelfde liedje. Ik heb dat probleem ook met Jackson en Wesley. Als ze examens nakijken en Jackson vindt dat een leerling goed gepresteerd heeft, geeft Wesley hem onveranderlijk een onvoldoende. Steeds weer die menselijke factor.'

'Of in mijn geval de onmenselijke factor,' zei Wilt. 'Ik geef tegenwoordig onder luid protest mijnerzijds Vrouwelijke Assertiviteit, omdat Sociologie dat mens van Lashskirt heeft uitgekotst en ze al een maand ziek thuis zit. Niets is zo erg als voor een klas te moeten staan met vijftien volwassen vrouwen die je echt niets nieuws over assertiviteit kunt vertellen. Ik voel me altijd gebroken na afloop. Vorige week was ik zo stom om te zeggen dat vrouwen het beter doen in comités omdat ze nooit ophouden met praten. Het was leuker geweest om voor de trein te springen. En als ik thuiskom, dan krijg ik ook nog van Eva op m'n kop. Waarom is iedereen tegenwoordig zo ongelooflijk agressief? Kijk, dat bedoel ik nou.'

Een motorboot scheurde zo snel om de bocht dat de skiff van de eenzame roeier volliep, en hij moeizaam naar de kant moest manoeuvreren om te gaan hozen.

'Ook op het water geldt een snelheidslimiet en daar zou die eikel zich aan moeten houden,' zei Braintree.

'In ons huis geldt een tijdslimiet en daar kan ik me nu beter aan houden,' zei Wilt. 'Vanavond komen er mensen op bezoek. Ook dat nog. Maar nu ik toch al te laat ben, kan ik net zo goed nog een biertje nemen om de klap te verzachten.'

Hij stond op en liep naar de bar.

'Wie komen er?' vroeg Braintree toen Wilt terugkwam met twee pinten.

'De vaste kliek. Mavis en Patrick Mottram, Elsa Ramsden en waarschijnlijk de zoveelste geniale jonge poëet die voordraagt uit eigen werk. Niet dat ik van plan ben om erbij te zijn. Ik heb het overdag al moeilijk genoeg.'

Braintree knikte.

'Nog niet zo lang geleden zeurden Lashskirt en Ronnie Lann in de leraarskamer dat we de leerlingen bewuster moesten maken van hun multiseksualiteit en dat ik daar ook m'n steentje aan moest bijdragen. Ik zei dat zelfs onze allerjongste leerlingen al een veel groter multiseksueel bewustzijn hebben dan ik ooit heb gehad of zal krijgen en dat ik trouwens grote bezwaren had tegen al dat gehamer op seksualiteit voor elfjarigen. Lashskirt voelde veel voor een cursus orale seks en clitorale stimulering voor kinderverzorgsters, maar ik zei dat ze de pot op kon.'

'Dat viel vast niet in goede aarde bij mevrouw Routledge. Ik denk dat die woedend geworden is.'

'Klopt. Op een ouderavond, nota bene,' zei Braintree. 'Ze dreef de rector in een hoek en zei dat ze de zaak zou aankaarten bij de Onderwijsinspectie.'

'Wat zei de rector?' vroeg Wilt.

'Dat we moesten openstaan voor moderne ideeën en praktijken en meer leerlingen moesten binnenhalen. Kwantiteit, dat is tegenwoordig het enige dat telt. Die ouwe majoor Millfield mengde zich ook in het gesprek. Hij zei dat sodomie al eeuwenlang sodomie was, en dat je iets wat in het Oude Testament streng verboden werd moeilijk een "moderne praktijk" kon noemen. Het werd nog een hele discussie.'

Wilt nam een slok bier en schudde zijn hoofd.

'Wat ik niet snap, is hoe iemand kan denken dat we door dat soort gelul meer en betere studenten zullen aantrekken. Als Eva het zou horen en zou weten dat onze vierling les kreeg in clitorale stimulering en orale seks, zou ze driehoog uit haar dak gaan. Daarom heeft ze de meiden juist naar de Kloosterschool gestuurd.'

'Ik dacht dat dat om puur godsdienstige redenen was,' zei Braintree. 'Ze heeft een jaar geleden toch een soort religieuze ervaring gehad?'

'Ze heeft íéts gehad, ja. Met een tut die zichzelf een lid van de New Age Pinkstergemeente noemde. Ik denk er liever niet aan wat dat iets dan wel was, maar met religie had het weinig te maken.'

'De Pinkstergemeente? Die spreken toch in tongen?'

'Deze deed nog veel meer met haar tong. Onder de douche. Je wilt natuurlijk weten waarom ze samen onder de douche stonden? Nou, die doorgedraaide troela – Erin Moore, heette ze trouwens – zei dat dat een essentieel onderdeel was van de hergeboorte of wederdoop of wee-tikveel, een vorm van totale onderdompeling zodat de geest het lichaam kon binnendringen. Volgens mij haalde ze geesten en tongen door elkaar. Godzijdank was ik op dat moment niet thuis en wilde Eva er later niets over vertellen, omdat het té walgelijk was. Het kwam er in elk geval op neer dat Eva plotseling een enorme weerzin kreeg tegen vrijwel alle vormen van religie en tegen die slet met haar tong. Eva vermoordde haar zo ongeveer, en van de badkamer bleef vrijwel niets over. Het douchegordijn ging aan flarden en Eva gebruikte de douchekop als slagwapen. Het medicijnkastje trouwens ook. Overal lag glas en de doucheslang zwiepte alle kanten op en spoot alles onder. Eva wilde dat achterlijke wijf zo graag vermoorden dat ze er natuurlijk niet aan dacht om de kraan dicht te draaien. Ze joeg onze wederdoopster de straat op, spiernaakt en onder het bloed, en ondertussen liep de badkamer helemaal onder. Het plafond boven de keuken kwam blank te staan en stortte in, zodat zo'n slordige vijfhonderd liter water op de ijskast neerkletterde. Waarschijnlijk lag de kat daar omdat het lekker warm was, maar als ze ergens een hekel aan heeft, is het wel water. Je zou het een fobie kunnen noemen. Het dateert nog uit de tijd dat de meisjes haar zwemles probeerden te geven in het vijvertje en het arme beest bijna verzoop. Nou, die waterval was de laatste druppel, zou je kunnen zeggen. Ze vloog recht tegen de muren op. Eva was altijd apetrots geweest op haar verzameling sierborden in de buffetkast, maar toen poekie was uitgeraasd, kon ze opnieuw met verzamelen beginnen. De waterkoker overleefde het niet, en de keukenmachine maakte ook een snoekduik van het aanrecht. Trouwens, niet alleen bij de kat sloegen de stoppen door. Alle elektriciteit viel uit. Het leek wel alsof er een bom was ontploft, en het kostte me zeker een bom duiten om alles te laten repareren. En tot overmaat van ramp verdomde de verzekering het ook nog om over de brug te komen, omdat Eva de schade-expert niet wilde vertellen wat er werkelijk gebeurd was. Ze hield stug vol dat het een ongelukje was geweest, maar daar trapte hij geen seconde in. Je trekt een douchekop niet per ongeluk uit de muur, en dus trokken die lui van de verzekering hun portemonnee ook niet. Het enige positieve aan die hele catastrofe was dat Eva radicaal genezen was van haar godsdienstige bevliegingen.'

'En de dame met de tong?'

'Die werd meteen weer afgevoerd naar het gesticht waar ze vandaan kwam. Nadat ze voldoende hersteld was om het ziekenhuis te mogen verlaten, bedoel ik. Ze bleek een onvervalste godsdienstwaanzinnige te zijn, compleet met religieuze hallucinaties. Gelukkig zei ze dat haar verwondingen te wijten waren aan een worsteling met een engel of een duivel, al snapte ze zelf ook niet waarom ze een douchekapje op had.'

'Allemaal goed en wel, maar waarom heeft Eva de vierling naar de Kloosterschool gestuurd als ze niets meer van godsdienst wil weten? De Kloosterschool is zo katholiek als de neten. Daar gaat het nou net om.'

'Ah, maar je begrijpt niet hoe Eva's brein werkt. Met haar is het altijd van het ene uiterste naar het andere. De meisjes mogen niet meer naar een openbare school, na haar ervaringen met de basisschool in Newhall. Toen de vierling zes was, moest de hele klas een ochtend lang van de lerares in kartonnen dozen zitten om ze "bewust" te maken. Ja, ik weet dat jij "bewustmaken" ongeveer even erg vindt als "inleven", maar ze moesten leren hoe het was om in Londen in een doos op straat te slapen. Nou, dat was meteen einde oefening voor Eva. Het schoolhoofd kreeg te horen dat onze dochters geen zwerfkinderen waren en dat ze op school zaten om te leren lezen, schrijven en rekenen, niet om stomme spelletjes te doen met dozen. Ze kwam er nog eens op terug tijdens een vergadering van de oudercommissie, toen ze vroeg of de school misschien ook laarzen en leren minirokjes wilde verstrekken aan groep 1, zodat ze zich er bewust van konden worden hoe het is om een heroïnehoertje te zijn. En jij weet hoe de mensen in Newhall zijn.'

'Breek me de bek niet open. Betty's moeder woont er ook en haar huis puilt altijd uit van de salonsocialisten met Guccipakken en topinkomens, die nog steeds vinden dat Lenin het in wezen allemaal goed bedoelde.'

'Nou, na dat voorval en de dame met de tong, koos Eva voor het andere uiterste. De Kloosterschool kost me een kapitaal, maar ze geven daar tenminste behoorlijk les en geloven nog in tucht en orde. Dat doet me er trouwens aan denken dat ik nu beter naar huis kan gaan. Eva is de laatste tijd in een rothumeur omdat ik niet voor het vijfde jaar achter elkaar wil gaan wandelen in het Lake District. Ze wil altijd per se een gezellige vakantie voor het hele gezin.'

Wilt dronk zijn bier op en fietste terug naar Oakhurst Avenue, maar daar bleek Eva in een verrassend goed humeur te zijn.

'O Henry, is het niet geweldig? We gaan naar Amerika,' zei ze opgewonden. 'Oom Wally heeft ons kaartjes gestuurd. Tante Joan verheugt zich er echt op. Ze heeft al gebeld om te vragen of de kaartjes zijn aangekomen, en die lagen vanochtend in de bus. Is het niet –'

'Geweldig,' zei Wilt. Hij ging vlug naar de wc, om het bier kwijt te raken en niet te hoeven delen in de feestvreugde.

TWEE

Eva had een fantastische dag gehad. Vanaf het moment dat de kaartjes in de bus waren gevallen, had ze zitten uitknobbelen hoeveel geld oom Wally wel niet had, wat voor kleren de beste indruk zouden maken in Wilma, Tennessee en hoe ze moest voorkomen dat de vierling onwelvoeglijke taal zou gebruiken. Dat laatste was het belangrijkst. Oom Wally was een buitengewoon gelovig iemand, die vloeken ten strengste afkeurde. Als een van de grondleggers van de Kerk van de Levende God in Wilma, zou hij niet blij zijn als Samantha plotseling 'godverdomme' tegen hem riep, of iets nog veel ergers. Tante Joan zou trouwens ook geschokt zijn. Eva had hoge verwachtingen voor de vierling: Walter J. Immelmann en zijn vrouw waren nooit gezegend met nakomelingen en volgens tante Joan dacht Wally erover om de kleine Wilts in zijn testament op te nemen. Ja, het was cruciaal dat Samantha zich goed gedroeg, en dat gold uiteraard ook voor Penelope, Josephine en Emmeline. In feite gold het voor het hele gezin, met uitzondering van Henry. Oom Wally had het niet op Henry.

'Die vent van je zal wel een typische Engelsman zijn, en vast ook z'n goede kanten hebben, maar met vier van die heerlijke dochters heb je iemand nodig die voor brood op de plank zorgt. En dan bedoel ik brood met beleg. Henry lijkt me niet echt een ondernemend type. Hij vat het allemaal veel te gemakkelijk op. Wat hij nodig heeft is een lading peper in z'n achterste. Snap je wat ik bedoel? Je moet hem eens een beetje oppeppen, zorgen dat hij meedoet aan de strijd om het bestaan. Een financiële bijdrage levert aan jullie geweldige gezinnetje. Volgens mij ontbreekt het daar op dit moment aan.'

Eva was het stilletjes met oom Wally eens dat Henry nou niet bepaald ambitieus was. Ze had hem al zo vaak gevraagd of hij geen betere baan kon zoeken, iets in zaken of verzekeringen, waar het geld voor het opscheppen lag. Het had allemaal niets uitgehaald: Henry hield nou eenmaal niet van verandering. Ze had haar hoop voor haar dochters en een eigen comfortabele oude dag nu helemaal op Wally en zijn vrouw gevestigd. Tante Joan had Wally ontmoet toen hij eind jaren vijftig als luchtmachtpiloot in Engeland gestationeerd was geweest en zij in de kantine had gewerkt. Eva was altijd al op haar tante gesteld geweest, en zeker nu ze getrouwd was met Wally Immelmann, baas van Immelmann Enterprises. Ze hadden een reusachtige villa in Wilma, plus een buitenhuis aan een meer waarvan Eva nooit de naam kon onthouden. Terwijl ze schoonmaakte en stofzuigde voor ze naar het wijkcentrum ging om te helpen met de bejaarden – het was dinsdag, dus was er een Rollatorlunch gevolgd door een thé dansant – was haar hoofd vol van glorieuze dromen. Ze hoopte niet echt dat oom Wally een fatale hartaanval zou krijgen of zou neerstorten met zijn tweemotorige vliegtuigje terwijl tante Joan fortuinlijk genoeg ook aan boord was: dat waren slechte gedachten die niet pasten bij Eva's in wezen zo beminnelijke karakter. Aan de andere kant waren ze niet bepaald jong meer en zou het heel goed kunnen... Nee, zo mocht ze niet denken. Het ging om de toekomst van de vierling, en die hadden nog tijd zat. Bovendien was de reis naar Amerika al een avontuur op zich. Het zou de blik van de vierling verruimen, en ze zouden met eigen ogen kunnen zien hoe in de Verenigde Staten iedereen kon opklimmen van krantenjongen tot miljonair. Wally Immelmann was de zoon van een keuterboertje geweest voor hij bij de luchtmacht was gegaan, en had het later tot succesvol zakenman geschopt. En dat allemaal omdat hij lef had. Eva zag oom Wally als een veel beter voorbeeld voor haar kinderen dan Wilt. En daarmee kwam ze weer terug bij het probleem van Henry. Ze wist precies hoe hij zich zou gedragen in Wilma. Hij zou zich bezatten in louche bars, het verdommen om naar de kerk te gaan en aan een stuk door ruziën met Wally, over zo'n beetje alles wat je maar bedenken kon. Ze moest weer aan die vreselijke avond in Londen denken, toen de Immelmanns in Engeland waren geweest en de Wilts te eten hadden gevraagd in hun schrikbarend dure en exclusieve hotel. Henry was ladderzat geworden en oom Wally had geschamperd dat Britten niet tegen drank konden. Eva verdrong die herinnering en richtte haar aandacht op de oude meneer Ackroyd, die zei dat zijn pieszak was losgeraakt en of zij hem weer even wilde vastmaken. Ze hoefde alleen... Daar trapte ze niet meer in. Ze was er ooit een keer ingetuind, en voor ze het wist had ze op haar knieën voor zijn rolstoel gezeten met zijn penis in haar hand, terwijl de andere oudjes haar uitlachten en vol wellustige belangstelling toekeken. Ouwe viezerik. Dat was eens maar nooit meer.

'Ik vraag het wel aan zuster Turnbull,' zei ze. 'Die maakt hem zo stevig vast dat u hem voorlopig niet meer los krijgt.' Zonder naar het wanhopige protest van meneer Ackroyd te luisteren, ging ze de gevreesde zuster Turnbull halen en daarna had ze een probleempje met mevrouw Limley, die wilde weten hoe laat de bus naar Crowborough vertrok.

'Zodadelijk, liefje,' zei Eva, 'Het duurt nu niet lang meer, maar gisteren moest ik ruim een halfuur wachten.'

Over een halfuur zou mevrouw Limley hopelijk vergeten zijn dat ze zich niet bij de bushalte bevond maar in het wijkcentrum, op een paar honderd kilometer afstand van Crowborough. Ze zou weer blij zijn en Eva ging naar het wijkcentrum om mensen blij te maken. Na een hoop oudjes blij te hebben gemaakt, behalve meneer Ackroyd, ging Eva 's middags weer naar huis, nog steeds met haar hoofd vol gedachten over Amerika en hoe jaloers Mavis Mottram zou zijn als ze het nieuws hoorde. 's Middags maakte ze dips en sandwiches met gerookte zalm voor de Werkgroep Milieubescherming die 's avonds bij haar zou vergaderen en omdat er misschien te weinig zalm was, haalde ze vlug nog een paar potten rolmops. Ze zette de vino verde in de koelkast, maar haar gedachten dwaalden steeds af naar het probleem wat de vierling moest dragen tijdens de trip naar Wilma. Ze wilde natuurlijk dat ze er keurig zouden uitzien, maar als ze te dure kleren droegen, dacht tante Joan misschien dat ze hen te veel verwende of erger nog, het geld over de balk gooide. Alleen al het idee dat ze genoeg geld had om over de balk te kunnen gooien, mocht absoluut niet bij Joan opkomen. Eva liet een hele reeks mogelijkheden de revue passeren, waarbij ze rekening hield met het feit dat tante Joan zelf ook Engels was. Ze was vroeger barmeid geweest en volgens Eva's moeder daarnaast ook nog iets anders, wat misschien wel verklaarde waarom ze nu zo gul was. Daar stond tegenover dat Joans moeder een oude vrek was geweest en als meisje ook niet bepaald had uitgeblonken in kuisheid, alweer volgens Eva's moeder. Die was toen wel in een slecht humeur geweest, maar toen Eva klein was, had ze ooit gehoord hoe mevrouw Denton Joanie uitschold omdat ze het voor een schijntje met die stomme Yanks deed. 'Tien pond voor een vluggertje op de achterbank, en vijfentwintig met alles erop en eraan. Als je het voor minder doet, verlaag je jezelf alleen maar.' Eva was toen acht geweest en had zich vlug verstopt voor ze beseften dat ze luisterde. Het was nu o zo belangrijk om haar troeven goed uit te spelen en ervoor te zorgen dat ze niet overdreef. Als ze zelf een beetje simpel gekleed ging, zou tante Joan misschien medelijden met haar krijgen en denken dat ze al haar geld aan de vierling besteedde. Niet dat het Eva iets kon schelen wat tante Joan allemaal had uitgespookt toen ze jong was, want ze was nu rijk en respectabel en getrouwd met een multimiljonair. Het voornaamste was hoe dan ook dat de meisjes zich netjes gedroegen en dat Henry niet dronken werd en beledigende dingen zei over het feit dat Amerika niet eens een behoorlijke gezondheidszorg had.

Op de wc dacht Wilt ondertussen al een hoop beledigende dingen. Hij verdomde het om naar Amerika te gaan en zich daar een beetje te laten kleineren door Wally en Joan. Joan had hem ooit een geruite bermuda gestuurd en Wilt had botweg geweigerd die aan te trekken, zelfs niet voor de foto die Eva had willen terugsturen bij het bedankbriefje. Hij móést een smoes verzinnen.

'Wat doe je daar toch allemaal?' vroeg Eva, die na tien minuten op de deur bonsde.

'Wat denk je? Ik zit te kakken.'

'Nou, zet dan het raampje open als je klaar bent. We krijgen bezoek.'

Wilt zette het raampje open en liep naar de keuken. Hij had een besluit genomen.

'Klinkt echt fantastisch, die trip naar de States,' zei hij terwijl hij zijn handen waste bij de gootsteen en ze afdroogde aan de theedoek die Eva had klaargelegd om sla in te drogen. Eva keek hem achterdochtig aan. Als Henry zei dat iets fantastisch was, bedoelde hij meestal precies het tegenovergestelde en weigerde hij om er ook maar iets mee te maken te hebben. Deze keer zou hem dat niet lukken, daar zou ze wel voor zorgen.

'Alleen jammer dat ik niet mee kan,' zei hij terwijl hij in de koelkast keek.

Eva wilde de sla in een schone, droge theedoek doen, maar verstijfde abrupt.

'Hoe bedoel je, dat je niet mee kan?'

'Ik moet die cursus voor Canadezen geven. Je weet wel, Britse Cultuur en Traditie. Heb ik vorig jaar ook gedaan.'

'En toen zei je dat het eens en nooit weer was, na al die toestanden.'

'Weet ik,' zei Wilt. Hij schepte een royale hoeveelheid dip op een stuk cracker. 'Maar de vrouw van Swinburne ligt in het ziekenhuis en hij moet voor de kinderen zorgen. Ik moet voor hem invallen. Daar kan ik niet onderuit.'

'Je zou er best onderuit kunnen als je echt wilde,' zei Eva. Ze luchtte haar gevoelens door de sladoek energiek uit te kloppen bij de keukendeur. 'Je zoekt gewoon een excuus. Het is je vliegangst. Denk maar aan al die ellende toen we op vakantie gingen in Marbella.'

'Ik heb helemaal geen vliegangst. Dat ik me toen niet happy voelde, kwam door die dronken voetbalsupporters die in het vliegtuig met elkaar op de vuist gingen. En dat heeft er trouwens niets mee te maken. Ik heb al beloofd dat ik zal invallen voor Swinburne. We kunnen de extra inkomsten trouwens goed gebruiken, want jouw snoepreisje kost natuurlijk klauwen met geld.'

'Je luistert ook nooit, hè? Oom Wally betaalt de reis en alle verblijfskosten en...'

Maar voor het op een echte ruzie kon uitdraaien, ging de bel en stond Sarah Bevis op de stoep. Ze had een rol posters bij zich en werd gevolgd door een jongeman met een kartonnen doos. Wilt glipte gauw door de keukendeur naar buiten. Hij at wel iets bij de Indiër.

DRIE

De volgende ochtend stond Wilt vroeg op en fietste hij naar school. Hij moest Swinburne overhalen om met hem te ruilen.

'Die cursus voor Canadezen is geschrapt. Ik dacht dat je dat wel wist,' zei Swinburne toen Wilt hem tegen lunchtijd eindelijk had opgespoord in de kantine. 'Ik had het geld best kunnen gebruiken, maar ik vind het ook niet echt erg.'

'Wat zit erachter?'

'Seks. Rogers Manners heeft vorig jaar een vrouw uit Vancouver gewipt.'

'Wat is daar nou zo bijzonder aan? Manners loopt altijd achter zijn pik aan. Hij is een regelrechte seksmaniak.'

'Deze keer koos hij de verkeerde vrouw uit,' zei Swinburne. 'Ze raakte in verwachting, wat niet erg slim was omdat haar man gesteriliseerd was. Het was een onaangename schok toen zijn vrouw opeens zwanger bleek te zijn, zo onaangenaam dat hij meteen naar Engeland vloog om onze spermadonor op te sporen en met het blijde nieuws naar de rector te stappen.'

'Blijde nieuws?'

'Dat hij ging scheiden en Roger zou dagvaarden, dat hij eigenaar was van een tv-zender en diverse kranten in Canada en dat onze school overal afgeschilderd zou worden als een instituut dat onder Britse Cultuur en Traditie ook vreemdgaan verstond. Nou, dat was gelijk het einde van de cursus. Raar dat je dat niet gehoord hebt.'

Wilt ging zijn beklag doen bij Peter Braintree.

'Ik moet heel vlug iets verzinnen, want ik weiger ook maar één voet in Wilma te zetten.'

'Ik vind het best leuk klinken. Alles wordt voor jullie betaald en Amerikanen zijn heel gastvrij, heb ik altijd gehoord.'

Wilt huiverde.

'Gastvrijheid is leuk en aardig, maar jij hebt oom Wally en tante Joan nooit ontmoet. De laatste keer dat ze hier waren, trakteerden ze ons op een etentje in hun hotel in Londen. Uiteraard was dat het allergrootste, allernieuwste en allerduurste hotel van de hele stad. Het diner werd geserveerd in hun suite en had veel weg van mijn idee van de hel. Eerst moesten we van Wally een paar "kurkdroge Martini's" drinken. Ik weet niet wat het alcoholpercentage van de gin was, maar het smaakte als vloeibaar dynamiet. Tegen de tijd dat de kreeft op tafel kwam, was ik al ladderzat. Daarna kregen we de grootste steaks die ik ooit gezien heb, maar geen wijn. Wijn is voor mietjes, vindt Wally, dus moesten we het doen met maltwhisky-cola's. Maltwhisky-cola's! En de hele tijd zat Joan maar te mekkeren hoe fantastisch het was dat we een vierling hadden en hoe heerlijk het zou zijn als we met ons gezinnetje eens naar Wilma zouden komen. Heerlijk? Het zou m'n dood worden en ik verdom het om mee te gaan.'

'Daar is Eva vast niet blij mee,' zei Braintree.

'Misschien niet, maar ik verzin wel wat. Een slimme smoes of gewiekste uitvlucht, zodat ze zich juist in haar handjes zal knijpen omdat ik niet meega. Laten we dit probleem onder de psychologische loep nemen en ons afvragen waarom Eva buiten zinnen van vreugde is. Nou, dat kan ik je zo vertellen. Niet vanwege haar eerste uitstapje naar het Land van de Onbegrensde Mogelijkheden. Welnee. Ze heeft zo haar eigen plannen, namelijk om bij achterlijke oom Wally en tante J. – die kinderloos zijn en derhalve geen erfgenamen hebben – zo effectief te lijmen en te slijmen dat ze hun gigantische fortuin zullen nalaten aan onze vier geliefde dochters, als ze uiteindelijk voorgoed hun geldbevlekte handjes vouwen en opstijgen naar het Plein van de Hemelse Vrede.'

'Denk je...' begon Braintree, maar Wilt stak zijn hand op.

'Sst. Dat probeer ik juist. We kunnen er rustig van uitgaan dat dit Eva's duivelse plan is, dus hoe kan ik daar een stokje voor steken? Eerlijk gezegd en sprekend als hun liefhebbende vader, lijkt het me dat twee maanden in het gezelschap van Penny, Samantha, Emmy en Josephine ruim voldoende zou moeten zijn. Zelfs tante Joan, die voor bijna honderd procent uit zoetige sentimentaliteit bestaat en altijd maar neuzelt over hoe lief en leuk alles en iedereen is, zal dansen van vreugde als ze eindelijk hun koffertjes pakken en Wally zal hun vertrek vieren met het grootste feest dat ooit in Wilma gehouden is. Het enige nadeel is dat ik er dan ook bij ben, moet delen in die ellende en uiteraard de schuld krijg van hun verschrikkelijke gedrag. Nee, ik moet iets beters verzinnen, een soort preventieve aanval. Ik zal er eens rustig over nadenken.'

Dat deed hij tijdens een uurtje Praktische Assertiviteit voor Oudere Vrouwen, die hij niets meer over assertiviteit hoefde bij te brengen. Hij hoefde hen alleen maar op gang te brengen en kon de rest van de tijd rustig achterover leunen, knikkend en instemmend mompelend. Dat kunstje paste hij ook toe als Eva hem weer eens om zijn oren sloeg met verwijten omtrent zijn vele tekortkomingen als echtgenoot, vader en minnaar. Wilt ging er allang niet meer tegenin en liet haar rustig uitrazen, zonder echt te luisteren. Dat deed hij nu ook met de Oudere Vrouwen, maar eerst moest hij hen provoceren. Dat deed hij met behulp van een al vaak gebruikte truc, namelijk door erop te wijzen dat de mannelijke menopauze helemaal niet bestond omdat mannen niet menstrueren. De daaropvolgende storm van protest hield de klas de rest van het uur moeiteloos bezig, terwijl Wilt zich afvroeg waarom mensen met vooropgezette ideeën zich zo gemakkelijk op de kast lieten jagen en zo halsstarrig weigerden naar tegenargumenten te luisteren. Vroeger, toen hij lesgaf aan Pijpfitters en Drukkers, was het niet anders geweest. Hij had alleen maar hoeven te beweren dat de doodstraf verkeerd was, of dat het denkbaar was dat homoseksualiteit geen ziekte was, en meteen barstte de hel los. Wilt vroeg zich af waar Wally Immelmann de hartgrondigste hekel aan had, en besefte dat dat het socialisme was en dan vooral de vakbeweging. Vakbonden stonden voor hem op één lijn met communisten, satanisten en de As van het Kwaad. Wilt had ooit toegeven dat hij links had gestemd en lid was van de vakbond en Wally's reactie was zo extreem geweest dat iedereen voor een beroerte had gevreesd. Wilt besefte dat hij de oplossing voor zijn probleem had gevonden.

Na afloop van de les, toen de Oudere Vrouwen het lokaal verlieten om elders assertief te zijn, ging Wilt naar de bibliotheek en leende zes boeken.

'Wat moet je daar nou in godsnaam mee?' vroeg Eva, toen hij ze thuis op de keukentafel legde en ze de titels zag.

'Ik moet volgend semester een cursus Marxistische Ideologie en Theorie van de Revolutie in de Derde Wereld geven. Vraag me niet waarom, maar het is zo. En omdat ik geen flauw benul heb van de theorie van de revolutie of het marxisme en ik niet eens zeker weet of er wel een tweede wereld is, laat staan een derde, lijkt enige research me meer dan gewenst. Heb ik meteen ook iets te lezen in Wilma.'

Eva staarde met open mond naar een dikke pil met de

titel *Castro's Heldhaftige Strijd Tegen het Amerikaanse Imperialisme.*

'Ben je helemaal gek geworden? Dat kun je niet meenemen,' bracht ze er met moeite uit. 'Wally zou je vermoorden. Je weet hoe hij over Castro denkt.'

'Nou ja, hij is misschien niet zijn grootste fan...'

'Henry, je weet best... je weet... je weet dat hij betrokken was bij die invasiepoging van Cuba...'

'O ja, de Varkensbaai,' zei Wilt. Hij overwoog even om te zeggen dat die naam wel heel toepasselijk was in het geval van Wally Immelmann, maar Eva had nog een boek zien liggen.

'*Khadafi, de Libische Bevrijder.* Ik kan het gewoon niet geloven.'

'Ik eigenlijk ook niet, zei Wilt. 'Maar je weet hoe Mayfield is. Hij bedenkt steeds nieuwe cursussen en we moeten allemaal –'

'Het kan me niet schelen wat je moet!' zei Eva woedend. 'Je gaat niet naar Wilma met die vreselijke boeken!'

'Denk je dat ik dat wil?' zei Wilt dubbelzinnig. Hij pakte nog een boek. 'Hierin wordt beschreven hoe president Kennedy atoombommen wilde gooien op Cuba. Eigenlijk best interessant.'

Er hoefde niets meer gezegd te worden, maar toch deed Wilt dat.

'Nou ja, als je wilt dat ik ontslagen word, dan laat ik ze wel hier. Er zijn dit jaar al vijf docenten afgevloeid en ik weet dat ik ook op het kandidatenlijstje sta. Met het pensioentje dat ik dan krijg, kunnen de meisjes nooit op de Kloosterschool blijven. We moeten ook aan hun toekomst denken en het lijkt me niet echt verstandig om ontslagen te worden, alleen omdat oom Wally niet wil dat er in Wilma over het marxisme gelezen wordt.'

'Nou, in dat geval blijf je maar thuis,' zei Eva, die nu

helemaal overtuigd was. 'Ik zeg wel dat je bijles moest geven tijdens de zomervakantie, om de schoolopleiding van de meisjes te kunnen betalen.' Plotseling schoot haar iets te binnen. 'Maar hoe zit het dan met die cursus voor Canadezen? Gisteren zei je nog dat je niet mee kon omdat je moest invallen voor Swinburne.'

'Geschrapt,' zei Wilt haastig. 'Nogal makkelijk. Er waren niet voldoende cursisten.'

VIER

De volgende dag, toen Eva de stad in was en probeerde te besluiten wat voor kleren ze voor de vierling zou kopen, trof Wilt zijn eigen voorbereidingen. Hij wist inmiddels wat hij zou gaan doen: een wandelvakantie houden. Hij beschikte al over een toepasselijk versleten rugzak, een veldfles uit de dumpzaak en een regencape in de vorm van een oud legergrondzeil. Hij had zelfs overwogen een kaki short te kopen die tot net onder de knie reikte, maar had besloten dat zelfs dat deel van zijn benen niet voor publieke vertoning geschikt was. Bovendien had hij geen zin om als een soort bejaarde padvinder door Engeland te trekken. Daarom viel zijn keuze uiteindelijk op een spijkerbroek en dikke sokken, voor bij de bergschoenen die Eva had gekocht voor hun familie-uitjes in het Lake District. Wilt had zo zijn twijfels wat de bergschoenen betrof. Zoals het woord al zei, waren ze speciaal gemaakt voor tochten in de bergen en eerlijk gezegd was Wilt van plan zelfs het kleinste heuveltje links te laten liggen. Trekken door de bergen was leuk en aardig, maar Wilt had zich voorgenomen vooral veel te slenteren en zich zeker niet bovenmatig in te spannen. Misschien was het zelfs een goed idee een kanaal te zoeken en dan het jaagpad te volgen. Kanalen liepen noodgedwongen door vlak terrein en als ze op ook maar de kleinste verhoging stuitten, maakten ze heel verstandig gebruik van sluizen om die te overwinnen. Helaas waren kanalen dun gezaaid in het gebied dat hij uitgekozen had voor zijn wandelvakantie. Misschien kon hij het beter bij rivieren houden. Over het algemeen volgden die nog gemakkelijkere routes dan kanalen en er waren altijd wel voetpaden langs de oevers. Zo niet, dan kon hij altijd nog door de velden lopen, als er tenminste geen stieren waren. Niet dat hij iets van stieren wist, behalve dat ze gevaarlijk waren.

Hij moest ook rekening houden met andere eventualiteiten, bijvoorbeeld wat hij moest doen als hij 's avonds nergens onderdak kon vinden. Hij kocht een slaapzak, nam al de spullen mee naar zijn werkkamer, propte ze in een kast en deed die op slot. Hij wilde niet dat Eva onverwacht binnen zou komen stormen, zogenaamd om de autosleuteltjes te halen of iets dergelijks, en erachter zou komen wat hij werkelijk wilde gaan doen terwijl zij weg was.

Maar Eva had haar handen vol aan haar eigen problemen. Ze maakte zich vooral zorgen om Samantha, die niet naar Amerika wilde omdat het nichtje van een schoolvriendinnetje in Miami was geweest en daar had gezien hoe iemand op straat werd neergeschoten.

'Iedereen loopt er met wapens rond en het aantal moorden rijst de pan uit,' zei ze tegen Eva. 'Amerika is een vreselijk gewelddadig land.'

'O, in Wilma zal dat vast wel meevallen. Oom Wally heeft daar heel veel invloed en niemand durft hem boos te maken,' zei Eva.

Samantha was nog niet helemaal overtuigd.

'Volgens pa is oom Wally een bombastische ouwe rukker die denkt dat de hele wereld naar Amerika's pijpen moet dansen...'

'Ik wil niet horen wat je vader ervan vindt. En gebruik dergelijke woorden alsjeblieft niet in Wilma.'

'Wat, bombastisch? Daar draait het volgens pa juist om. De Amerikanen gooien in Afghanistan bommen van tien kilometer hoogte en doden duizenden vrouwen en kinderen.'

'En dan weten ze de échte doelen niet eens te raken,' zei Emmeline.

'Je weet best welk woord ik bedoel,' snauwde Eva, voor de vierling echt op dreef kon komen. Ze weigerde zelf 'rukker' te zeggen.

Josephine deed ook een duit in het zakje, maar maakte de situatie er niet beter op.

'Rukken, bedoel je? Dat betekent gewoon aftrekken en –'

'Hou je mond! En gebruik dat soort taal nooit in het bijzijn van... van wie dan ook. Het is gewoonweg walgelijk.'

'Ik zou niet weten waarom. Het is niet verboden en bijna iedereen doet het...'

Maar Eva luisterde niet meer. Het volgende probleem diende zich al aan.

Emmeline kwam de trap af met Freddy, een tamme rat met een lange, zilvergrijze vacht, die ze wilde meenemen naar Wilma om hem aan tante Joan te laten zien.

'Geen sprake van,' zei Eva. 'Vergeet het maar. Je weet dat ze als de dood is voor ratten en muizen.'

'Maar Freddy is heel lief en zou haar kunnen helpen over haar fobie heen te komen.'

Dat betwijfelde Eva. Emmeline had haar rat getraind om gezellig onder haar trui rond te kruipen. Dat deed ze vaak als er mensen op bezoek kwamen en die reageerden meestal met ongeloof en afschuw. Mevrouw Planton was zelfs flauwgevallen toen ze een blijkbaar onvolwassen borst over Emmy's lichaam heen en weer zag schieten.

'Het is trouwens illegaal om dieren uit en weer in te voeren. Wie weet heeft hij wel hondsdolheid. Nee, hij blijft hier en daarmee basta.'

Emmeline bracht Freddy weer naar haar kamer en

vroeg zich af of een van haar vriendinnen voor hem zou willen zorgen.

Al met al was het een behoorlijk slopende dag en was Eva niet bepaald in een goed humeur toen haar man thuiskwam. Wilt, daarentegen, maakte een zelfvoldane indruk en Eva had dan altijd het idee dat hij iets in zijn schild voerde.

'Je hebt zeker weer aan het bier gezeten?' zei ze, om hem meteen in de verdediging te dringen.

'Toevallig heb ik de hele dag geen slok gedronken. Dergelijke excessen behoren tot het verleden.'

'Nou, ik wou dat je smerige taalgebruik ook tot het verleden behoorde en dat je de meisjes niet leerde vloeken als... als... dat je ze niet zo leerde vloeken.'

'Volgens mij is "dragonders" het woord dat je zoekt,' zei Wilt.

'Dragonders? Hoe bedoel je "dragonders"? Als dat weer zo'n vies woord is, dan –'

'Het is een uitdrukking. Vloeken als een dragonder betekent –'

'Ik wil het niet weten. Het is al erg genoeg dat Josephine de mond vol heeft van rukken, zonder dat jij haar ook nog eens stimuleert.'

'Ik stimuleer haar helemaal niet om het over rukken te hebben. Dat is ook niet nodig. Ik weet zeker dat ze wat dat betreft op de Kloosterschool alles leren wat hun hartje begeert. En ik heb trouwens geen zin in een discussie. Ik ga lekker in bad liggen, zuivere gedachten denken en na het eten kijken wat er op tv is.'

Hij kloste de trap op voor Eva een sarcastische opmerking kon maken over het soort gedachten dat hij in bad zou hebben. De badkamer was al bezet door Emmeline en dus ging Wilt weer naar beneden. Hij bladerde in de woonkamer in het boek over het marxisme en vroeg zich af hoe iemand die bij zijn volle verstand was nog steeds kon denken dat bloederige revoluties een lofwaardig streven waren. Tegen de tijd dat Emmeline was uitgepoedeld, was het te laat om zelf nog in bad te gaan. In plaats daarvan waste hij zich en ging hij naar de keuken. Eva had het moeilijk, want de vierling weigerde pertinent de kleren te dragen die naar Eva's idee de meeste indruk zouden maken op tante Joan.

'Ik ga echt niet rondlopen in een achterlijke bloemetjesjurk, alsof ik zo ben weggestapt uit een oude cowboyfilm,' zei Penelope. 'Vergeet het maar.'

'Maar het is zulke mooie stof en jullie zouden er zo leuk uitzien...'

'Helemaal niet. We zouden straal voor gek lopen. Waarom kunnen we niet gewoon onze eigen kleren aan?'

'Omdat jullie een goede indruk moeten maken en versleten spijkerbroeken en laarzen...'

Wilt liet hen ruziën en ging naar de logeerkamer die hij als werkkamer gebruikte. Hij bestudeerde een oude landkaart van het westelijk deel van Engeland en de route die hij zou volgen tijdens zijn vakantie. Brampton Abbotts, Kings Caple, Hoarwithy, Little Birch en dan via Dewchurch naar Holme Lacy. Vervolgens door de Dinedor Hills naar Hereford, met zijn magnifieke kathedraal en de Mappa Mundi – de middeleeuwse kaart van de bekende wereld, toen die nog jong was – en langs de rivier de Wye naar Sugwas Pool, Bridge Sollers, Mansell Gamage, Moccas en Bredwardine en uiteindelijk naar Hay-on-Wye, het stadje dat befaamd was om zijn tweedehands boekwinkels. Daar zou hij twee of drie dagen blijven, afhankelijk van het weer en de boeken die hij kocht en dan teruggaan richting het noorden via Upper Hergest en Lower Hergest, al scheen dat laatste erboven te liggen op de kaart. Het was een oude kaart op linnen, en op de vouwen waren de namen bijna onleesbaar. Er stonden geen snelwegen op, en trouwens niets wat na de Tweede Wereldoorlog was aangelegd, maar dat vond Wilt prima. Hij ging niet op zoek naar het nieuwe Engeland maar naar het oude, en met namen zoals die op de kaart zou hij dat vast en zeker vinden. Tegen de tijd dat hij naar bed ging, was de ruzie beneden gesust. De vierling hoefde van Eva geen bloemetjesjurken te dragen en zij zouden hun oudste en meest versleten spijkerbroeken thuislaten, net als hun laarzen.

VIJF

De daaropvolgende twee weken zorgde Wilt ervoor dat hij zo min mogelijk thuis was en hield hij zich vooral bezig met het lesrooster voor volgend jaar, terwijl Eva constant in de weer was en hem herinnerde aan alle belangrijke dingen die hij moest doen als zij weg was.

'Vergeet niet om Tibby 's avonds haar droge voer te geven. 's Ochtends krijgt ze natuurlijk eerst haar blikje. O ja, en denk vooral aan haar extra vitaminen. Je stampt eerst een pil fijn in een schoteltje, roert er een beetje room door en doet dat bij...'

'Ja ja,' zei Wilt, die helemaal niet van plan was de kat te voeren. Zodra Eva en de meisjes hun hielen gelicht hadden, ging Tibby regelrecht naar het poezenpension.

Ook voor een ander probleem had hij een oplossing bedacht.

Hij zou alleen contant geld gebruiken, dat hij zou opnemen van zijn persoonlijke spaarrekening. Die had hij altijd gereserveerd voor noodgevallen en Eva had geen idee dat die bestond.

Hij had ook besloten geen kaart mee te nemen. Hij wilde alles met een onbevangen blik zien en zijn eigen ontdekkingen doen. Als hij een aantrekkelijk landschap zag, zou hij dat gaan bekijken, zonder te weten waar hij was en zonder een kaart te volgen. Hij zou gewoon naar het westen gaan, daar de eerste de beste bus nemen en uitstappen als hij iets interessants zag. Het toeval zou zijn vakantie bepalen.

ZES

Een week later, nadat hij Eva en de meisjes naar Heathrow had gebracht en had uitgezwaaid, leverde Wilt de kat af bij pension Snorlust in Oldsham, in het bevredigende besef dat Eva er hoogstwaarschijnlijk nooit achter zou komen, omdat hij contant had betaald en niet hun vaste poezenpension had gebruikt. Na dat probleem te hebben opgelost en iets te hebben gegeten, ging Wilt naar bed. De volgende ochtend stond hij vroeg op en om zeven uur trok hij de deur al achter zich dicht. Hij liep naar het station en nam de trein naar Birmingham. Vandaar zou hij verder reizen met de bus. Zijn ontsnapping uit Ipford was begonnen. Die avond zou hij hopelijk in een knusse pub bij de open haard zitten, met een lekker maal achter zijn kiezen en een glas pils of, nog beter, echt Brits bier in de hand.

Eva's reis verliep heel wat minder voorspoedig. Hun vlucht had ruim een uur vertraging gehad. Net toen het toestel aan het begin van de startbaan stond en aanstalten maakte om op te stijgen, kondigde de gezagvoerder aan dat iemand uit de business class ziek was geworden en de reis niet kon vervolgen. Ze waren gedwongen terug te keren naar de terminal, zodat de patiënt van boord gehaald kon worden. Daardoor raakten ze hun plek in de volgorde van opstijgende toestellen kwijt en omdat ze niet mochten vliegen met de bagage van een afwezige passagier, moesten zijn koffers van boord gehaald worden. Dat hield in dat alle bagage uit het vrachtruim nagekeken moest worden. Tegen de tijd dat dat gebeurd was, lagen ze ruimschoots achter op schema en had Eva, die nog nooit in zo'n groot toestel had gevlogen, de schrik behoorlijk in de benen, al liet ze dat natuurlijk niet merken aan de vierling. De meisjes amuseerden zich kostelijk door stoelen achterover te laten kantelen, koptelefoons op te zetten, tafeltjes neer te klappen en alles te doen waar andere passagiers zich aan ergerden.

Penelope riep opeens luid en duidelijk dat ze ontzettend nodig naar de wc moest. Eva ging met haar mee en was gedwongen zich langs de man aan het eind van de rij te wringen. Toen ze terugkwamen en Eva zich weer op haar plaats had gewurmd, riep Josephine dat ze ook moest. Eva nam Emmeline en Samantha eveneens mee, om het zekere voor het onzekere te nemen, maar precies op het moment dat ze weer op hun plaats zaten – en ze waren een hele tijd weggeweest, want de meisjes hadden alle knopjes uitgeprobeerd en diverse keren doorgespoeld – merkte Eva dat ze zelf ook moest. Net toen ze onderweg was, werd aangekondigd dat de passagiers moesten plaatsnemen omdat het toestel ging opstijgen. Eva wrong zich opnieuw moeizaam langs de man aan het eind van de rij. Hij mompelde wat, in een taal die Eva niet kon verstaan, maar ze vermoedde dat het iets onaardigs was. Toen ze eindelijk op kruishoogte waren en ze weer van haar plaats mocht, wat ze nogal gehaast deed, maakte de man opnieuw een opmerking en zelfs als je geen woord over de grens sprak, hoorde je duidelijk dat het héél onaardig was. Eva nam wraak door op zijn voet te gaan staan toen ze terugkwam, en deze keer stak de man zijn gevoelens niet onder stoelen of banken. 'Kut,' zei hij. 'Kijk een beetje uit met je dikke reet, dame. Ik ben geen deurmat.'

Eva drukte op het knopje en riep de stewardess.

'Deze man – ik zal hem geen heer noemen – zei...' Ze

zweeg even en dacht aan de vierling. 'Hij zei iets ongepasts.'

'Hij zei "kut",' legde Josephine uit.

'Hij zei "dikke reet",' voegde Penelope eraan toe.

De stewardess keek van Eva naar de meisjes en besefte dat het wel eens een lange vlucht zou kunnen worden.

'Sommige mannen houden daar nou eenmaal van,' zei ze sussend.

'Vooral homo's,' zei Samantha. 'Die kicken op een lekkere reet.'

'Hou je mond!' snauwde Eva. Ze glimlachte verontschuldigend tegen de stewardess, maar die glimlachte niet terug.

'Echt wel!' riep Emmeline vanaf de overkant van het gangpad. 'Daarom noemen ze ze reetroeiers!'

'Emmeline, nog één woord...' bulderde Eva. Ze wilde opstaan, maar de man naast haar was haar voor.

'Hoor eens, mevrouwtje, het kan me geen reet schelen wat ze zei, maar ik verdom het om m'n voeten opnieuw te laten pletten!'

Eva keek de stewardess triomfantelijk aan.

'Ziet u wel? Ik zei het toch?'

Maar de man deed ook een beroep op de stewardess.

'Is er nergens anders een stoel vrij? Ik heb echt geen zin om zeven uur lang naast dit nijlpaard te moeten zitten.'

Al met al was het een hoogst onaangename scène en toen de boel uiteindelijk gekalmeerd was en de man een andere stoel had gekregen, zo ver mogelijk van Eva en de vierling vandaan, ging de stewardess terug naar de pantry.

'Rij 31 wordt nog lastig. Die moeten we goed in de gaten houden. Vier zusjes en een moeder als een sumoworstelaar. Geef haar Mike Tyson als spermadonor en de baby slaat iedereen binnen drie tellen uit de ring.'

De purser keek door het gangpad.
'Rij 31 oogt verdacht,' zei hij.
'Zeg dat wel.'
Maar de purser keek naar de passagier bij het raampje, net als de twee mannen in grijze pakken die daar weer vijf rijen achter zaten.

Dat was het begin van de vlucht, en het vervolg werd niet veel beter. Samantha liet een glas cola over de broek van de man bij het raampje vallen. Hij zei wel: 'Geeft niks hoor. Dat soort dingen gebeurt wel vaker,' maar niet bepaald op vriendelijke toon, en ging toen naar het toilet. Onderweg zag hij iets waardoor hij veel langer wegbleef dan nodig was om zijn broek af te drogen of van de wc gebruik te maken, maar toen hij uiteindelijk terugkwam, maakte hij een redelijk kalme indruk. Voor hij ging zitten maakte hij wel het bagagevak boven zijn hoofd open en zocht een boek. Het duurde even voor hij het gevonden had, en om geen tweede cola over zich heen te krijgen, bood hij aan om aan het gangpad te gaan zitten.
'Dit dametje mag bij 't raampje,' zei hij met een vriendelijke glimlach. 'Ik heb hier meer beenruimte.'
Eva zei dat dat heel vriendelijk van hem was. Ze begon te beseffen dat er aardige Amerikanen waren, die niet klaagden als de vierling cola morste en hen dametjes noemden en ook veel minder aardige, die 'kut' zeiden en riepen dat ze een dikke reet had, alleen omdat ze toevallig op hun tenen was gaan staan. Daarna verliep de vlucht in redelijk goede harmonie. De meisjes concentreerden zich op de film die gedraaid werd en Eva op wat ze tegen oom Wally en tante Joan zou zeggen. In elk geval dat het ontzettend aardig was geweest om hen uit te nodigen en de reis te betalen, en dat ze anders nooit had kunnen komen omdat de school van de vierling en hun kleren en schoe-

nen veel te veel geld kosten. Ze dutte zelfs een tijdje in en pas toen de stewardess langskwam met haar trolley en ze iets te eten kregen, werd ze wakker. Ze lette er goed op dat er niets meer op de broeken van andere mensen werd gemorst en raakte aan de praat met de aardige man aan het gangpad, die vroeg of dit hun eerste reis naar de VS was en waar ze naartoe gingen. Hij was heel erg geïnteresseerd in alles wat ze vertelde over zichzelf en de vierling. Dat ging zelfs zo ver dat hij hun namen opschreef en hun zijn eigen adres gaf, voor het geval ze ooit in Florida zouden zijn. Eva vond hem echt charmant. Ze vertelde hem uitgebreid over Wally Immelmann, de baas van Immelmann Enterprises in Wilma, Tennessee, over zijn huis aan het meer in de Smoky Mountains en over tante Joan, die met Wally getrouwd was toen hij als piloot in Engeland gestationeerd was geweest. De man zei dat hij Sol Campito heette en voor een financieringsmaatschappij in Miami werkte. Natuurlijk had hij van Immelmann Enterprises gehoord, want dat was een heel belangrijk bedrijf. Een uur later nam hij opnieuw tijd voor een 'sanitair moment', een term die nieuw was voor Eva, maar die betekende dat hij weer naar het toilet moest. Deze keer bleef hij niet zo lang weg en toen hij terugkwam, borg hij zijn boek op en zei hij dat hij een tukje ging doen, omdat hij ook nog de verbindingsvlucht naar Miami moest nemen en al een lange reis achter de rug had, helemaal vanuit München, waar hij op zakenbezoek was geweest. Zo kabbelde de reis voort. Penelope vroeg steeds wanneer ze nou eindelijk in Atlanta waren omdat ze zich verveelde en Sammy weigerde haar bij het raampje te laten zitten zodat ze naar de wolken kon kijken, maar verder gebeurde er weinig vermeldenswaardigs. De twee mannen in grijze pakken hielden Sol Campito in de gaten. Een van de twee ging ook naar het toilet en bleef vijf minuten weg. Een halfuur later werd hij gevolgd door zijn kameraad, die nog langer wegbleef. Toen hij weer ging zitten, haalde hij zijn schouders op. Tegen de tijd dat Eva echt moe begon te worden zette de Jumbo de afdaling in en was het alsof het landschap langzaam omhoog rees. Het landingsgestel klapte uit, de remkleppen kwamen omhoog en even later landden ze met een kleine schok.

'Het land van de onbegrensde mogelijkheden,' zei de man glimlachend, toen ze bij de terminal arriveerden en ze hun handbagage konden pakken. Hij hielp Eva en de vierling om hun spullen uit de vakken te halen, ging heel beleefd in het gangpad staan zodat de andere passagiers er niet door konden, en liet Eva en de kinderen voorgaan. Hij liet zelfs nog een heleboel mensen voorgaan en schuifelde toen pas zelf naar buiten. Tegen de tijd dat de passagiers hun koffers van de bagageband hadden gepakt, was hij nergens meer te bekennen. Hij zat op het toilet en schreef de namen en adressen op die Eva hem had gegeven. Twintig minuten later waren Eva en de kinderen bij de douane, waar ze een tijdje moesten wachten en waar een Duitse herder buitengewoon veel belangstelling toonde voor Josephines handbagage. Twee mannen inspecteerden het gezin twee minuten lang en toen mochten ze door. Oom Wally en tante Joan stonden al te wachten en er werd heel veel gekust en geknuffeld. Het was geweldig.

In een kamertje dat grensde aan de douaneafdeling, voelde de man die zichzelf Sol Campito had genoemd zich iets minder geweldig. De inhoud van zijn reistassen was op de grond uitgespreid en zelf stond hij naakt in een hokje, terwijl een man met plastic handschoenen zei dat hij zijn benen moest spreiden.

'Duurt veel te lang,' zei een van de andere aanwezigen. 'Geef hem gewoon een dosis wonderolie, dan schijt hij die bolletjes zo uit. Ja toch, Sol? Ben je zo stom geweest die troep in te slikken?'

'Shit,' zei Campito. 'Ik doe geen drugs. Jullie hebben de verkeerde voor je.'

In de kamer ernaast keken vier mannen door een eenrichtingsspiegel.

'Hij is clean. Hij heeft z'n contactpersoon ontmoet in München en is met het spul aan boord gegaan, maar nu is hij clean. Dan moet het die dikke Engelse met haar kinderen zijn. Hoe schat je haar in?'

'Stom. Zo stom als het achtereind van een koe.'

'Zenuwachtig?'

'Helemaal niet. Opgewonden ja, maar zenuwachtig ho maar.'

De tweede man knikte.

'We weten waar ze heen gaan. Wilma, Tennessee. We houden haar onder surveillance en verliezen haar geen seconde uit het oog. Oké?'

'Oké.'

'Maar zorg dat ze jullie absoluut niet zien. Het spul dat die rotzak uit Polen heeft meegenomen is dodelijk. Godzijdank weten we dankzij zijn aantekeningen waar die Wilt en haar kinderen naartoe gaan. Zorg dat jullie er eerder zijn. Deze operatie heeft de hoogste prioriteit. Ik wil alles weten wat er maar te weten valt over die Wally Immelmann.'

ZEVEN

Wilts dag was slecht begonnen en van kwaad tot erger gegaan. Alles wat mis kon gaan, was ook misgegaan. Hij had zich de avond tevoren verheugd op een gezellige pub met een open haard, een stevige maaltijd en diverse glazen pils of, nog beter, echt Engels bier en daarna een warm bed. In plaats daarvan sjokte hij over een achterafweggetje terwijl donkere regenwolken zich in het westen samenpakten. In veel opzichten was het een rampzalige dag geweest. Hij had meer dan twee kilometer gelopen naar het station en was daar tot de ontdekking gekomen dat er geen treinen reden naar Birmingham, wegens onderhoud aan het spoor. Wilt had de bus moeten nemen. Het zou best een comfortabele bus geweest zijn, als hij niet had uitgepuild van de hyperactieve schoolkinderen onder leiding van een leraar die vastbesloten was geen leiding te geven. De overige passagiers waren bejaarde of zelfs seniele medeburgers die een zogenaamd leuke dagtrip maakten. Onder leuk verstonden ze blijkbaar vooral luid klagen over het gedrag van de ADHD'ertjes en bij ieder benzinestation stoppen voor een plaspauze. Tussen de sanitaire stops in zongen ze liedjes die Wilt nooit eerder had gehoord en ook nooit meer wilde horen en toen ze uiteindelijk in Birmingham arriveerden en hij een kaartje naar Hereford kocht, kostte het hem de grootste moeite om de juiste bus te vinden. Na lang zoeken zag hij ten slotte een stokoude dubbeldekker met een vaal 'Hereford' op de voorkant. Godzijdank zat er verder niemand in, want Wilt had voorlopig genoeg van kleine jongetjes met kleverige vingers die op zijn schoot klauterden om uit het raampje te kunnen kijken, of van hoogbejaarden die luidkeels oubollige liedjes zongen of liever gezegd mekkerden. Wilt klom vermoeid in de bus, ging languit op de achterste bank liggen en viel in slaap. Toen de bus vertrok schrok hij wakker, en zag hij tot zijn verbazing dat hij nog steeds de enige passagier was. Hij viel weer in slaap. Hij had het de hele dag moeten stellen met twee broodjes en een flesje bier en had honger. Als de bus in Hereford arriveerde zou hij een eettentje zoeken, een stevige maaltijd naar binnen werken, een adresje vinden waar hij kon overnachten en dan 's ochtends aan zijn wandelvakantie beginnen. Het enige minpunt was dat de bus níét in Hereford arriveerde. In plaats daarvan stopte hij voor een haveloze bungalow aan wat duidelijk niet bepaald een drukke verkeersader was. De chauffeur stapte uit. Wilt wachtte tien minuten en stapte toen zelf ook maar uit. Hij wilde net aankloppen bij de bungalow toen de deur openging en een grote, norse man zijn hoofd naar buiten stak.

'Wat mot je?' vroeg hij. Op de achtergrond klonk het dreigende gegrom van een bulterriër.

'Eerlijk gezegd wil ik naar Hereford,' zei Wilt, met een wantrouwige blik op de hond.

'Wat doe je hier dan? Dit is verdomme Hereford niet.'

Wilt liet zijn buskaartje zien.

'Ik heb in Birmingham betaald voor transport naar Hereford en deze bus –'

'Gaat nooit van z'n leven meer naar Hereford. Hij gaat regelrecht naar de sloop, als ik dat koekblik op wielen tenminste niet kan verpatsen.'

'Maar voorop staat "Hereford".'

'Jemineetje,' zei de man sarcastisch. 'Weet je dat echt zeker? Ik had kunnen zweren dat er "New York" op stond. Ga nog maar 'ns goed kijken, en kom dan vooral niet terug om 't aan mij te vertellen. Rot liever gewoon op. Als ik je nog een keer zie, laat ik de hond los.'

Hij ging weer naar binnen en sloeg de deur met een klap dicht. Wilt trok zich terug en keek opnieuw naar de bus, maar er stond geen bestemming meer op. Hij staarde naar links en naar rechts en besloot naar links te gaan. Pas toen zag hij het autokerkhof achter de bungalow, vol roestige trucks en personenwagens. Wilt liep verder. Als hij de weg volgde, kwam hij vanzelf in een dorpje en in een dorpje was altijd een pub. Maar na een uur lopen was hij alleen een tweede verwaarloosde bungalow tegengekomen, met een bord met TE KOOP ervoor. Hij deed zijn rugzak af, ging tegenover de tweede bungalow in de berm zitten en dacht eens goed over zijn situatie na. Het uitzicht op de bungalow, met zijn dichtgespijkerde ramen en overwoekerde tuin, was niet bepaald fraai te noemen en daarom hees Wilt zijn rugzak weer op zijn schouders, liep een paar honderd meter verder en ging opnieuw zitten. Hij had er nu spijt van dat hij geen boterhammen had meegenomen, maar het avondzonnetje scheen, in het oosten was het helder en eigenlijk viel het allemaal nog wel mee. In veel opzichten was dit nu juist de ervaring waar hij naar verlangd had. Hij had geen flauw idee waar hij was en dat wilde hij ook niet weten. Het liefst had hij de kaart van Engeland die hij in zijn hoofd had uitgewist, maar hij besefte dat dat onmogelijk was. Al bij zijn eerste aardrijkskundelessen was die erin gestampt en in de loop der jaren steeds gedetailleerder geworden, niet alleen door de plaatsen te bezoeken maar vooral door erover te lezen. Dorset was Thomas Hardy, en Bovington niet alleen Egdon Heath uit *The Return of the Native*, maar ook de plaats waar Lawrence of Arabia was verongelukt met zijn motorfiets; *Bleak House* was Lincolnshire; Arnold Bennets *Five Towns* waren de Potteries in Staffordshire en zelfs sir Walter Scott had met *Woodstock* en *Ivanhoe* bijgedragen aan Wilts literaire cartografie. Hetzelfde gold trouwens voor Graham Greene. Wilts beeld van Brighton was blijvend beïnvloed door Pinkie en de vrouw die wachtte op de pier. Misschien kon hij die innerlijke kaart niet uitwissen, maar hij kon hem wel zoveel mogelijk negeren, door te zorgen dat hij niet wist waar hij was, grote steden te mijden en niet te letten op plaatsnamen die zouden verhinderen dat hij het Engeland vond dat hij zocht. Dat was een romantisch, nostalgisch Engeland, besefte Wilt maar al te goed, maar hij was van plan toe te geven aan zijn romantische inslag. Hij wilde historische huizen zien, rivieren en beekjes, knoestige bomen en oeroude bossen. De huizen mochten best klein zijn of juist groot, zoals landhuizen in enorme parken. Waarschijnlijk waren ze nu in appartementen onderverdeeld of verbouwd tot verpleeghuizen of scholen, maar dat maakte Wilt allemaal niet uit. Hij wilde Oakhurst Avenue, de school en de zinloze sleur van zijn eigen bestaan wegspoelen en Engeland bekijken door ogen die niet bezoedeld waren door zijn jarenlange ervaring als leraar.

Een stuk opgewekter krabbelde Wilt overeind en ging hij weer op weg. Hij passeerde een boerderij en kwam bij een T-kruising, waar hij linksaf sloeg naar een brug over een rivier. Op de andere oever lag het dorp dat hij gezocht had, een dorp met een pub. Wilt begon sneller te lopen, maar ontdekte dat de pub wegens verbouwing gesloten was en dat hij nergens kon eten of overnachten. Er was wel een winkeltje, maar ook dat was dicht. Wilt sjokte verder en vond uiteindelijk wat hij zocht: een oude vrouw die zei dat ze normaal gesproken geen kamers verhuurde, maar dat hij mocht blijven slapen als hij niet te hard snurkte. Na een flink bord eieren met spek naar binnen te hebben gewerkt en vijftien pond te hebben betaald, plofte Wilt in de logeerkamer neer in een koperen ledikant met een bobbelige matras en sliep als een blok.

De volgende ochtend om zeven uur maakte de oude vrouw hem wakker met een kop thee en vertelde waar de badkamer was. Wilt dronk zijn thee en bekeek de vergeelde foto's aan de muur. Op eentje, uit de Boerenoorlog, staken de troepen van generaal Buller een rivier over. De badkamer dateerde zo te zien ook nog uit de Boerenoorlog, maar Wilt schoor en waste zich en na nog een onvermijdelijke portie eieren met spek bedankte hij de oude vrouw en ging weer op pad.

'Pas in Raughton is er een pension,' zei ze. 'Dat is zo'n acht kilometer die kant op.'

Wilt bedankte haar nogmaals en ging die kant op, tot hij bij een pad kwam dat naar beboste heuvels leidde. Hij probeerde de naam Raughton te vergeten. Misschien was het ook wel Rorton geweest, of nog iets anders: dat kon hem eigenlijk niets schelen. Hij was nu op het Engelse platteland, het oude Engeland, het Engeland dat hij zo graag met eigen ogen had willen zien. Hij volgde het stijgende pad en werd na een kleine kilometer beloond met een magnifiek uitzicht over een lappendeken van akkers en weiden, doorsneden door een rivier. Wilt liep de heuvel af, stak de verlaten velden over en stond even later aan de oever van de rivier, die al duizenden jaren door de vallei stroomde en daarbij de vlakke velden aan weerszijden had geschapen. Het was precies wat hij gezocht had. Hij deed zijn rugzak af, ging zitten en keek naar het water. Af en toe wees een kleine rimpeling op een vis of een onderstroom, een onzichtbaar obstakel of een hoop afval die net onder de oppervlakte dreef. De hemel was strakblauw en het leven was geweldig. Hij deed precies wat hij had willen doen, of dat dacht hij tenminste. Maar zoals altijd in het geval van Wilt, naderde het onheil met rasse schreden.

Deze keer nam het onheil de vorm aan van een terecht verbitterde oude vrouw uit Meldrum Slocum. Vijfenveertig jaar lang, sinds ze voor het eerst in dienst was getreden bij generaal Battleby en zijn vrouw, was Martha Meadows hun schoonmaakster, kokkin, huishoudster en steun en toeverlaat geweest. Ze was verknocht geweest aan het oude echtpaar en Meldrum Manor was het middelpunt van haar bestaan geweest, maar vijf jaar geleden waren de generaal en zijn vrouw doodgereden door een dronken vrachtwagenchauffeur en had hun neef, Bob Battleby, het landgoed geërfd. Sindsdien was alles veranderd. Martha was niet langer 'onze trouwe dienster', een titel van de generaal waar ze apetrots op was geweest, maar 'dat stomme ouwe wijf'. Desondanks was ze op de Manor blijven werken. Bob Battleby was een zuiplap, en nog een onbeschofte zuiplap ook, maar ze moest aan haar man denken. Hij was tuinman geweest op het landgoed, maar had na een ernstige longontsteking, gevolgd door artritis, moeten stoppen met werken. Er moest brood op de plank komen en Martha wist dat de baantjes in Meldrum niet voor het opscheppen lagen. Bovendien had ze goede hoop dat Battleby zich binnen afzienbare tijd zou dooddrinken, maar eerst was hij nog een verhouding begonnen met Ruth Rottecombe, de vrouw van Harold Rottecombe, plaatselijk parlementslid en schaduwminister voor Integratie en Deportatie. Vooral dankzij mevrouw Rottecombe was Martha vervangen door een Filippijns dienstmeisje dat minder openlijk haar afkeuring liet blijken van wat zij hun 'spelletjes' noemden. Martha Meadows had haar gedachten voor zich gehouden, maar na een uitzonderlijk dronken nacht had Battleby in een woedeaanval de goede kleren die Martha droeg voor ze haar werkkleren aantrok door de keukendeur op het modderige erf gesmeten; hij had haar een stom oud kutwijf genoemd en gezegd dat ze dood beter af zou zijn. Martha was ziedend van woede naar huis gegaan, vastbesloten om wraak te nemen. Ze had dagenlang thuis gezeten, naast haar zieke man – die na een beroerte niet meer kon praten – en haar rancuneuze plannen uitgebroed. Ze moest heel voorzichtig zijn. De Battleby's waren een rijke en invloedrijke familie en ze had vaak overwogen een beroep op hen te doen, maar de meesten waren van een andere generatie dan de neef van de generaal en kwamen zelden op de Manor. Nee, als ze iets wilde ondernemen, zou ze het zelf moeten doen. Er gingen twee lege jaren voorbij voor ze aan Bert Addle dacht, de neef van haar man. Bert was een beetje een ruige jongen, maar ze had altijd een zwak voor hem gehad. Ze had hem geld geleend toen hij in de problemen zat en dat nooit teruggevraagd. Eigenlijk was ze een soort moeder voor hem geweest. Ja, Bert zou helpen, vooral nu hij was ontslagen bij die scheepswerf in Barrow-in-Furness. Hij zou zijn handen vol hebben aan de klus die ze voor hem in gedachten had.

'Heeft hij dat gezegd?' zei Bert toen hij bij zijn tante op bezoek was. 'Ik sla hem dood, de vuile smeerlap. Om m'n bloedeigen tante zo verrot te schelden, na al die jaren dat je daar gewerkt heb. Hij gaat eraan.'

Martha schudde haar hoofd.

'Geen sprake van. Ik wil niet dat je in de gevangenis belandt. Nee, ik heb een veel beter idee.'

Bert keek haar vragend aan.

'Wat dan?'

'Een vreselijk schandaal, zodat Battleby hier nooit meer zijn gezicht durft te vertonen, net als die sloerie van hem. Dat wil ik.'

'Hoe wou je dat voor elkaar krijgen?' vroeg Bert. Hij had zijn tante nog nooit zo woedend meegemaakt.

'Hij en die snol van een Rottecombe houden er rare praktijken op na. Ik zou je dingen kunnen vertellen...' zei ze duister.

'Wat voor praktijken?'

'Seks,' zei Martha. 'Onnatuurlijke seks. Bijvoorbeeld dat ze hem vastbindt en dan... nou, ik praat er liever niet over, Bert. Maar ik heb de spullen gezien die ze gebruiken. Zwepen en maskers en handboeien. Hij bewaart ze achter slot en grendel, net als z'n vieze boekjes. Porno en foto's van kleine jongetjes en nog erger. Vreselijk.'

'Kleine jongetjes? Daar kan hij de bak voor indraaien.'

'Daar hoort hij ook thuis.'

'Maar hoe heb je ze gezien, als hij ze achter slot en grendel houdt?'

'Omdat hij op een ochtend zo straalbezopen was dat hij buiten westen in de kleedkamer van de oude generaal lag, en de kast open stond met de sleutel in het slot. Ik weet ook waar hij z'n reservesleutels bewaart. Hij weet niet dat ik het weet, maar ik heb ze gevonden. Op een balk boven de oude tractor in de schuur, die hij nooit gebruikt omdat hij kapot is. Daar legt hij ze neer omdat hij denkt dat daar niemand kijkt. Ik heb het zelf gezien, vanuit het keukenraam. De sleutels van de voor- en achterdeur, van zijn studeerkamer, zijn Range Rover en de kast met die smeerlapperij. En daarmee komen we bij m'n plan. Als je tenminste bereid bent me te helpen.'

'Je weet dat ik alles voor je zou doen, tante Martha.'

Tegen de tijd dat hij weer vertrok, wist Bert precies wat er van hem verwacht werd.

'En kom niet met je eigen auto,' zei Martha. 'Ik wil niet dat je in de problemen komt. Huur er maar eentje of zo. Ik geef je wel geld.'

Bert schudde zijn hoofd.

'Hoeft niet. Ik heb zelf genoeg poen en ik weet hoe ik

aan een wagen kan komen. Maak je maar geen zorgen.'
Hij reed opgewekt weg, vol bewondering voor zijn tante. Ze was echt een slimme, die tante Martha. Donderdag, had ze gezegd.

'Of ik moet bellen dat het veranderd is. En dan doe ik dat vanuit een telefooncel. Ik heb gehoord dat de politie gesprekken vanuit je eigen huis kan traceren. Je kan niet voorzichtig genoeg zijn. Dan zeg ik...' Ze keek op de kalender met de poesjes aan de muur. 'Dan zeg ik: donderdag de zevende, of de veertiende, of welke donderdag we ook afgesproken hebben. Meer niet.'

'Waarom op donderdag?' vroeg Bert.

'Omdat ze dan altijd tot na middernacht zitten te bridgen op de Country Club en hij zo stomdronken wordt dat ze met hem kan doen wat ze wil en ze pas om vier of vijf uur 's ochtends weer naar huis gaat. Dan heb je ruimschoots de tijd om te doen wat ik gezegd heb.'

Bert reed langs Meldrum Manor, controleerde het weggetje achter het landhuis en ging toen terug naar het noorden, samen met de kaart die Martha hem had gegeven. Hij stopte even bij Leyline Lodge, het huis van de Rottecombes, en besloot nog een keer terug te komen, zodat hij precies zou weten waar hij wezen moest. Ook voor die trip zou hij de auto van een vriend lenen. Hij had veel geleerd van Martha en wilde niet dat ze in de problemen zou komen.

ACHT

Eva had het een stuk minder naar haar zin dan Wilt. De beproevingen die ze had moeten doorstaan hielden haar de halve nacht uit haar slaap. Na de uitbundige begroeting op het vliegveld door oom Wally en tante Joan, die dolblij waren geweest om de vierling te zien, waren ze naar de privé-jet met het logo van Immelmann Enterprises gereden. Ze kregen toestemming om op te stijgen en vlogen even later naar het westen, richting Wilma. Het landschap was bezaaid met meren en rivieren en na een tijdje vlogen ze over bossen en heuvels, waar maar heel weinig huizen te zien waren. De vierling keek nieuwsgierig uit de raampjes en speciaal voor hen maakte oom Wally een duikvlucht en trok hij pas vlak boven de grond weer op, zodat de meisjes een nog beter uitzicht hadden. Eva, die niet graag vloog en nog nooit in zo'n klein toestel had gezeten, voelde zich bang en misselijk, maar de vierling genoot en oom Wally vond het leuk om te laten zien hoe goed hij kon vliegen.

'Deze is helaas niet zo snel als de straaljagers uit mijn luchtmachttijd,' zei hij, 'maar wel lekker wendbaar en rap genoeg voor zo'n ouwe knar als ik.'

'Ach kom, schat, je bent nog helemaal niet oud,' zei tante Joan. 'En ik vind het niet leuk als je dat zegt. Een mens is zo oud als hij zich voelt en volgens mij voel jij je nog piepjong. Hoe gaat het trouwens met Henry, Eva?'

'O, prima,' zei Eva.

'Henry is zo'n vent,' zei Wally. 'Je zou echt heel wat van hem kunnen maken, Evie. Jullie zijn zeker wel trots op jullie pappie, hè meiden? Niet iedereen heeft een vader die professor is.'

Penelope begon met afkraken.

'Pappie heeft geen ambities,' zei ze. 'Hij drinkt te veel.'

Wally zei niets, maar het vliegtuig maakte een een kleine duik.

'Ach, iedere man heeft recht op een borrel na een dag hard werken. Dat zeg ik ook zo vaak, hè Joanie?'

De glimlach van tante Joan wees erop dat hij dat inderdaad vaak zei en dat ze het daar niet mee eens was.

'Ik ben wel gestopt met roken,' zei Wally. 'Als je die rotzooi blijft gebruiken, lig je zo tussen zes plankjes. Ik voel me honderdtien procent beter sinds ik gestopt ben.'

'Pappie is juist weer begonnen,' zei Samantha. 'Hij rookt pijp, omdat iedereen anti-roken is en hij zich door niemand laat vertellen wat hij wel en niet mag doen.'

Het toestel maakte opnieuw een duik.

'Heeft hij dat gezegd? Heeft Henry dat werkelijk gezegd? Dat niemand hem zal vertellen wat hij wel en niet mag doen?' zei Wally met een nerveuze blik op de twee vrouwen achter hem. 'Niet te geloven. Terwijl hij nou niet bepaald het toonbeeld van mannelijkheid is.'

'Wally!' zei tante Joan en het was overduidelijk wat ze bedoelde.

'En praten jullie niet zo over pappie!' zei Eva al even gedecideerd tegen de vierling.

'Ik bedoelde er niks mee,' zei Wally. 'Mannelijkheid is gewoon een uitdrukking.'

'Ja, en de jouwe is ook niks om over naar huis te schrijven,' zei tante Joan. 'Dat soort grappen hou je maar voor je.'

Oom Wally deed er het zwijgen toe, maar na een tijdje zei Josephine plotseling:

'Niet alleen jongens hebben een mannelijkheid. Ik

heb iets wat erop lijkt. Het is alleen niet erg groot en heet een –'

'Kop dicht!' schreeuwde Eva. 'Dat willen we niet horen. Versta je me, Josephine? Niemand wil het weten!'

'Maar juffrouw Sprockett zei dat het heel normaal was en dat sommige vrouwen de voorkeur geven aan –' Een snelle mep van Eva maakte een einde aan Josephines verhandeling over de functie van de clitoris bij intieme relaties tussen vrouwen onderling, maar het was duidelijk dat oom Wally geïnteresseerd was.

'Juffrouw Sprockett, hè? Is dat jullie lerares?'

'Ze geeft biologie en ze is anders dan de meeste vrouwen,' zei Samantha. 'Ze heeft een voorkeur voor masturbatie. Volgens haar is dat veiliger dan seks met mannen.'

Deze keer was het effect op Wally of de aerodynamische uitwerking van Eva's poging om Sammy het zwijgen op te leggen nog veel duidelijker. Het toestel maakte een vreemde zwieper, ook al omdat Samantha zag dat Eva uithaalde en snel wegdook, waardoor ze Wally raakte.

'Shit!' schreeuwde Wally. 'Kan iedereen godverdomme even rustig blijven zitten? Of willen jullie dat we neerstorten?'

Zelfs tante Joan schrok. 'Ga alsjeblieft zitten, Eva!' riep ze.

Eva plofte met een grimmig gezicht weer in haar stoel. Alles wat ze had willen voorkomen, gebeurde toch. Ze staarde woedend naar Samantha en hoopte vurig dat die tijdelijk met stomheid geslagen zou worden. Het was duidelijk dat ze de vierling eens goed de waarheid moest zeggen. Gedurende de rest van de vlucht heerste er een norse stilte en een uur later landden ze op het kleine vliegveld van Wilma. De enorme, rood met gouden limousine van Immelmann Enterprises stond al te wachten, net als de onopvallende wagen van twee agenten van de Anti Drugs

Eenheid. Het duo keek hoe de vierling uitstapte. Achterin de auto zat een plaatselijke politieman.

'Wat denk je?'

'Zou kunnen. Volgens Sam zaten ze op dezelfde rij, naast Sol Campito. Wie is die dikke vent?'

'Wally Immelmann. Eigenaar van het grootste bedrijf in Wilma.'

'Weten we iets van hem? Heeft hij wel eens in de bak gezeten?'

'Wally? Welnee. Z'n handen zijn zo schoon als maar zijn kan voor een zakenman,' zei de agent. 'Gewaardeerd lid van de gemeenschap. Betaalt wat hij betalen moet, stemt Republikeins en is lid van alle plaatselijke verenigingen. Hij steunde Herb Reich toen hij congreslid wilde worden.'

'Dus dat wil zeggen dat hij niks op z'n kerfstok heeft?'

'Ik bedoel niet dat hij zo onschuldig als een lammetje is, alleen dat hij hier een belangrijke figuur is. Ik zie in hem geen drugssmokkelaar.'

'Gewoon een brave burger, dus? Locale inteelt?' zei de andere narcotica-agent, die duidelijk niet uit het Zuiden kwam.

'Volgens mij is er niks op hem aan te merken, maar ik verkeer niet in die kringen. Ik bedoel, dat zijn rijke stinkerds.'

'En hoe loopt z'n bedrijf?'

'Net als alles in Wilma, denk ik. Niet al te best. Vorig jaar hebben ze de hele zaak gereorganiseerd, maar ik hoorde dat hij nu ook andere dingen wil gaan produceren behalve vacuümpompen.'

'Dus hij zou... Shit, moet je die tientonner zien! Doen ze hier niet aan liposuctie?'

'Dat is zijn vrouw,' zei de plaatselijke politieman.

'Verbaast me niks. En dat andere nijlpaard met overgewicht?'

Zijn collega raadpleegde het dossier.

'Eva Wilt, de moeder van het roedel. Komt uit Ipford in Engeland. Moeten we haar natrekken?'

'Ze zaten op dezelfde rij als Sol. Misschien was hij de lokvogel. Ja, bel Atlanta maar, dan mogen zij beslissen.'

Toen de limousine was verdwenen, stapte de plaatselijke agent uit en reed hij naar het bureau van de sheriff.

'Wat moesten die kloothommels?' vroeg de sheriff, die bijna net zo erg de pest had aan Yankees als aan gecommandeerd worden door de FBI. 'Ze komen hier godverdomme binnenwandelen alsof zij 't voor 't zeggen hebben.'

'Je zult dit niet geloven, maar ze denken dat Wally Immelmann een drugsdealer is.'

De sheriff staarde de agent aan. Hij geloofde hem inderdaad niet.

'Wally een drugsdealer? Is dat een geintje? Zijn die lui helemaal van de pot gerukt? Als Wally dat hoorde, zou ie door 't dak gaan! Door 't dak én door 't lint. Dan hebben we hier in Wispoen County onze eigen vulkaan die brandende pek en zwavel uitbraakt. Jezus!' Hij dacht even na. 'Wat hebben ze voor bewijs?'

'Die dikke met de vier meiden. Er reageerde een speurhond op 't vliegveld én Wally wil uitbreiden in de farmaceutica. 't Klopt allemaal wel.'

'Waarom hebben ze die vrouw dan niet gearresteerd?'

'Geen idee. Waarschijnlijk willen ze eerst weten wie haar contacten zijn. Ze is Engels. Een zekere Eva Wilt.'

De sheriff kreunde.

'Waar kwamen die twee klojo's vandaan, Herb?' vroeg hij even later.

'Ze zijn gestuurd door Atlanta en –'

'Ja, dat weet ik ook wel. Ik bedoel, waar komen ze vandaan? Hoe heten ze en waar wonen ze?'

'Ze zeiden niet hoe ze heetten, sheriff. Ze lieten hun legitimatie zien en begonnen meteen bevelen te geven. Dat soort types heeft geen naam. Dat is niet goed voor hun gezondheid, heb ik gehoord. Ze hebben enkel een nummer. Eentje komt uit New Jersey, dat weet ik wel.'

'New Jersey. Waarom sturen ze ons van die Yanks op ons dak? Vertrouwen ze de plaatselijke boertjes niet?'

'Voor geen cent. Ze vroegen of Wally Immelmann locale inteelt was.'

'O ja?' zei de sheriff verbeten. 'Goedgemanierd, die eikels uit 't noorden. Ze denken dat ze hier over iedereen de baas kunnen spelen.'

'En die ander... volgens mij heette hij Palowski, dat hoorde ik wel. Hij noemde mevrouw Immelmann een tientonner en vroeg of ze hier niet aan liposuctie deden, alsof dat een vies woord was.'

'Dat is 't ook,' zei de sheriff. 'Nou, goed dan. Als zij zo graag gloeiend op hun kloten willen krijgen van Wally Immelmann, ga ik ze niet tegenhouden. Van nu af aan knappen ze 't zelf maar op. Wij zeggen alleen nog maar ja en amen en laten die lamzakken de boel zelf versjteren.'

'Minimale medewerking, sheriff?'

De sheriff leunde achterover in zijn stoel en grijnsde veelbetekenend.

'Laten we zeggen dat ze hun eigen conclusies mogen trekken. Als ze Wally dan te grazen nemen, blijven wij buiten schot. Locale inteelt! Ik denk dat onze locale inteelt ze zo snel weer naar huis trapt dat ze niet eens tijd hebben om 't in hun broek te doen!'

NEGEN

Vijf dagen lang zwierf Wilt over kleine weggetjes, door velden en bossen, over ruiterpaden en langs beken en rivieren. Hij deed precies wat hij van plan was geweest: hij ontdekte een ander Engeland, een Engeland dat ver afstond van files, grootsteedse lelijkheid en het leven dat hij leidde in Ipford. 's Middags stopte hij bij een pub voor een paar pinten bier en een sandwich en 's avonds zocht hij een hotelletje of een pension waar hij kon overnachten en fatsoenlijk kon eten. De prijzen waren redelijk, het eten gevarieerd en de mensen vriendelijk en behulpzaam, maar hij zocht geen luxueuze of moderne onderkomens. Bovendien was hij altijd zo moe – hij had nog nooit zoveel gewandeld – dat het hem eigenlijk weinig kon schelen of zijn bed comfortabel was of niet, en toen een pensionhoudster nogal pinnig zei dat hij niet met zijn modderige schoenen op haar schone tapijt mocht komen, trok hij ze gehoorzaam uit. Hij voelde zich nooit eenzaam. Hij was juist op vakantie om alleen te kunnen zijn, en afgezien van een paar oude mannen die een gesprek met hem aanknoopten in de pub en verbaasd reageerden als hij zei dat hij geen idee had waar hij naartoe ging, sprak hij bijna niemand. Hij wist werkelijk niet waar hij naartoe ging of waar hij was, en zorgde ervoor dat hij dat niet te weten kwam. Het was voldoende om op een houten hek te leunen en te kijken hoe de boer op zijn tractor het hooi maaide, of in het zonnetje aan een rivier te zitten en naar het traag stromende water te staren. Op een keer zag hij een donker silhouet door het riet glippen en in de rivier duiken, en besefte hij dat het waarschijnlijk een otter was geweest. Af en toe, als hij 's middags meer dan zijn gebruikelijke twee pinten had gedronken, zocht hij een beschut plekje achter een heg en nadat hij gecontroleerd had of er geen beesten in het veld waren (hij was vooral bang voor stieren), legde hij zijn hoofd op zijn rugzak en deed hij een dutje voor hij weer verder ging. Hij had nooit haast en kon overal ruim de tijd voor nemen, want hij ging toch nergens heen.

Zo ging het door tot de zesde dag, toen het weer aan het eind van de middag omsloeg. Het landschap begon ook te veranderen en Wilt bevond zich op een eenzaam heideveld, vol drassige plekken. Een paar kilometer verderop rezen wat lage heuvels op, maar het verlaten, stille landschap had iets onheilspellends en voor het eerst begon hij zich een tikkeltje slecht op zijn gemak te voelen. Het was alsof hij gevolgd werd, maar als hij zich omdraaide, wat hij af en toe deed, kon hij niets dreigends ontdekken. Er was trouwens ook geen enkele plek waar iemand zich zou kunnen verschuilen. Desondanks was de stilte drukkend en liep hij zo vlug mogelijk verder. En toen begon het te regenen. Boven de beboste heuvels achter hem rommelde de donder en af en toe zag hij het weerlichten. De regen kletterde neer en het onweer kwam steeds dichterbij. Wilt trok zijn parka aan en wenste vurig dat hij waterdicht was, zoals de fabrikant beloofde. Even later raakte hij in een heel nat gedeelte verzeild, waar hij uitgleed en achterover in het modderige water viel. Hij liep nog vlugger verder, doorweekt en ellendig, en was zich maar al te zeer bewust van de snel naderende bliksem. Hij was nu bijna bij de lage heuvels, en daarachter zag hij boomtoppen. Daar zou hij in elk geval een beetje beschutting hebben. Het duurde nog een halfuur voor hij de bomen had bereikt en tegen die tijd was hij kletsnat en verkleumd en had hij het helemaal niet meer naar zijn zin. Dit was de eerste dag dat hij geen pub was tegengekomen en dus had hij 's middags ook niets gegeten. Toen hij uiteindelijk in het bos aankwam, plofte hij neer onder een oude eik en leunde tegen de stam. Hij had het nog nooit zo hard horen donderen of van zo dichtbij zien bliksemen en hij was behoorlijk bang. Hij rommelde in zijn rugzak en pakte de fles whisky die hij bewaard had voor noodgevallen. Naar de mening van Wilt was dit duidelijk een noodgeval. Het liep naar de avond en door de dikke wolken was het nog schemeriger. Wilt nam een slok, voelde zich beter en zette de fles opnieuw aan zijn lippen. Pas toen herinnerde hij zich dat iedereen altijd zei dat je nóóit onder een boom moest gaan zitten als het onweerde. Eigenlijk kon hem dat niets meer schelen. Hij verdomde het om terug te gaan naar die verlaten heide, met zijn moerassige plekken en modderige vennetjes.

Na nog een aantal slokken werd hij bijna filosofisch gestemd. Als je ging wandelen zonder bepaalde bestemming en zonder je goed te hebben voorbereid, kon je dit soort plotselinge weersveranderingen verwachten. Het onweer dreef trouwens al over. De wind ging liggen, de takken boven zijn hoofd zwiepten niet meer heen en weer en donder en bliksem verdwenen in de verte. Wilt telde de seconden tussen bliksemflits en donderslag. Hij had ooit gehoord dat iedere seconde voor één kilometer stond, en om het feit te vieren dat het oog van de storm inmiddels zes kilometer verderop was, nam hij nog een forse teug. Desondanks bleef het gieten. Zelfs onder de eik stroomde de regen over zijn gezicht, maar Wilt zat er niet meer mee. Uiteindelijk, toen er tien seconden zaten tussen bliksemflits en donderslag, deed hij de fles weer in zijn rugzak en krabbelde hij overeind. Hij moest verder. Hij kon moeilijk overnachten in het bos, tenzij hij graag een dubbele longontsteking wilde oplopen. Pas toen hij de rugzak weer op zijn rug had gehesen – wat de nodige moeite kostte – en hij een paar stappen deed, besefte hij hoe dronken hij was. Pure whisky op een nuchtere maag was niet echt een verstandig idee geweest. Wilt probeerde te zien hoe laat het was, maar het was te donker om op zijn horloge te kunnen kijken. Na een halfuur te hebben gezwalkt en twee keer over takken te zijn gestruikeld, ging hij weer zitten en pakte hij opnieuw de fles. Als hij toch de nacht moest doorbrengen in een of ander godvergeten bos, tot op de draad doorweekt, kon hij net zo goed straalbezopen worden. Op dat moment zag hij echter tot zijn verbazing de lichten van een auto door de bomen schijnen. Het was nog een heel eind verderop, maar het wees tenminste op een teken van beschaving in de vorm van een weg, en Wilt snakte opeens weer naar beschaving. Hij moest die weg zien te bereiken. Het kon hem niet schelen als er geen dorp in de buurt was. Een schuur of zelfs een varkensstal als slaapplaats was ook goed. Morgenochtend zou hij wel zien waar hij was, want voorlopig was dat onmogelijk. Hij liep zigzaggend de heuvel af, botste tegen bomen en raakte verstrikt in dichte bossen varens, maar maakte langzaam vorderingen, tot hij struikelde over de wortel van een doornstruik. Plotseling vloog hij door de lucht. Hij werd nog even afgeremd doordat zijn rugzak bleef haken aan een tak, maar toen zeilde hij verder. Hij smakte op zijn hoofd neer in de achterbak van Bert Addles pick-up en verloor het bewustzijn. Het was donderdagavond.

Aan de overzijde van de weg hield Bert Addle Meldrum Manor in de gaten, vanuit de poort die toegang gaf tot de ommuurde tuin. Hij had de pick-up geleend van een vriend die een paar weekjes naar Ibiza was voor een orgie van drugs, drank en, als hij nog energie over had, wat seks en een paar knokpartijtjes. Bert begon zich af te vragen of het licht in huis ooit uit zou gaan en wanneer Battleby en dat wijf van Rottecombe eindelijk zouden oprotten naar de Country Club. Als ze vertrokken waren, hoefde hij alleen maar de sleutels van de balk in de schuur te pakken en via de keukendeur naar binnen te gaan. Eindelijk, om kwart voor elf, gingen de lichten uit en deed het stel de achterdeur dicht. Bert wachtte nog even en gaf hen voldoende tijd om naar de club te rijden. Hij had al chirurgenhandschoenen aangetrokken en een halfuur later was hij in de keuken, glipte met behulp van zijn zaklantaarn de trap op en zocht naar de kast in de gang tegenover de slaapkamer. Die was precies waar Martha gezegd had en bevatte alles wat hij nodig had. Hij ging met de spullen naar de keuken, haalde de plastic afvalemmer onder het aanrecht vandaan en stopte er de met olie doordrenkte lappen en de oude rubberlaars die hij had meegenomen in. 'Zorg voor heel veel rook en vuur, anders komt de brandweer niet,' had tante Martha gezegd en Bert was van plan haar instructies strikt op te volgen. De rubberlaars zou roken als een schoorsteen en nog eens vreselijk stinken ook, maar eerst moest hij Battleby's Range Rover van het erf af rijden en de pornobladjes en SM-hulpstukken op de passagiersstoel leggen. Nadat hij dat had gedaan en de Range Rover had afgesloten, stak hij in de keuken de vette lappen aan. Zodra die smeulden ging hij via de achterdeur naar buiten en deed hem op slot. Hij rende naar de schuur, legde de sleutels terug op de balk, sprintte naar zijn pick-up, gooide een kap, twee zwepen en een paar seksbladjes achterin en reed naar de hoofdweg. Nu stond er een bezoek aan Leyline Lodge op het programma, zo'n drie kilometer verderop. Het huis van de Rottecombes lag gelukkig behoorlijk afgezonderd en alles was donker. Bert stopte, stapte uit, wilde de zwepen en de kap uit de bak pakken en voelde tot zijn afschuw het been van Wilt. Even twijfelde hij aan zijn eigen zintuigen. Lag er een kerel achterin? Wanneer was die rotzak in de auto geklommen? Waarschijnlijk toen de wagen geparkeerd stond aan het weggetje. Bert verspilde verder geen tijd meer. Hij smeet de SM-spullen in de garage achter het huis, liet de klep van de pick-up zakken, sleepte Wilt eruit en liet hem met een smak op de betonnen garagevloer vallen. Vervolgens sprong hij weer achter het stuur en liet hij Leyline Lodge zo snel mogelijk achter zich. Dat was heel verstandig van hem.

Martha Meadows had weliswaar verwacht dat de brandweer gealarmeerd zou worden als er rook opsteeg uit Meldrum Manor, maar het resultaat overtrof haar stoutste verwachtingen en ook haar grootste angsten. Ze had geen rekening gehouden met de voorliefde van het Filippijnse dienstmeisje voor exotische en uitermate penetrante luchtverfrissers en de afkeer die Battleby daarvan had. De vorige ochtend had hij zes spuitbussen met Fruitige Jamijn, Rozenweelde en Oosters Vuurwerk in de vuilnisemmer gegooid en gezegd dat ze die rotzooi nooit meer moest kopen. Als gevolg van Bert Addles activiteiten zouden ze ook niet meer nodig zijn. De rook die hij zo bevredigend had gevonden toen de rubberlaars begon te smeulen, was langzaam maar zeker overgegaan in een felle brand en toen die de spuitbussen bereikte, deed het Oosters Vuurwerk zijn naam eer aan door te ontploffen. De overige bussen volgden met een donderende knal, zodat brandend plastic door de keuken spatte en de ramen uit hun sponningen geblazen werden. Plotseling wist heel Meldrum Slocum dat het landhuis in lichterlaaie stond.

Martha Meadows was thuis druk bezig om zichzelf van een alibi te voorzien. Eerder op de avond was ze naar de pub gegaan, zoals gewoonlijk, en had meneer en mevrouw Sawlie gevraagd of ze nog een glaasje sleepruimenbrandewijn wilden komen drinken, die ze vorige winter zelf gemaakt had. Ze zaten net gezellig bij de tv toen de spuitbussen ontploften.

'Volgens mij moet iemand eens naar zijn auto laten kijken,' zei mevrouw Sawlie.

'Ik vond het meer als een handgranaat klinken,' zei meneer Sawlie, die nog in de Tweede Wereldoorlog gevochten had. Vijf minuten later bereikte de oververhitte butagasfles in de keuken van de Manor het kookpunt en was het duidelijk dat er iets wat veel op een bom leek ontploft was. Een rode gloed in de richting van de Manor werd gevolgd door hoog oplaaiende vlammen.

'Godsamme,' zei mevrouw Sawlie. 'De Manor staat in de hens. We kunnen beter de brandweer bellen.'

Dat was niet meer nodig. In de verte klonken al sirenes. De Sawlies gingen haastig naar buiten om van de brand te genieten. Binnen schonk Martha Meadows nog een groot glas brandewijn in. Stel dat Bert zichzelf ook had opgeblazen? Ze klokte de brandewijn naar binnen en deed een schietgebedje.

TIEN

De brandweer probeerde vergeefs het vuur te bestrijden. De vlammen hadden zich al vanuit de keuken naar de rest van de Manor verspreid en bovendien ondervonden de brandweerlieden hinder van de Range Rover, die precies voor de ingang van het erf geparkeerd stond. Ze waren uiteindelijk gedwongen een raampje in te slaan, waardoor het alarm afging. Dat zorgde voor nog meer oponthoud en de ontdekking van de pornoblaadjes en aanverwante artikelen. Tegen de tijd dat de politie ten tonele verscheen, was de oorzaak van de brand al vastgesteld.

'Ik heb zelden zo'n duidelijk geval van brandstichting meegemaakt,' zei de brandweercommandant toen de hoofdinspecteur arriveerde. 'Het is zo klaar als een klontje, in elk geval voor mij. Het onderzoeksteam zorgt wel voor de rest van het bewijs. Er stond een plastic afvalbak midden in de keuken, vol met spuitbussen. De dader moet niet goed bij zijn hoofd zijn als hij denkt dat wij hier intrappen.'

'Dus er is geen enkele kans dat het een ongeluk geweest kan zijn?'

'De achterdeur open, de ramen naar buiten geblazen en dan een ongeluk? In geen honderd jaar.'

'De ramen naar buiten geblazen?'

'Alsof er binnen een bom is afgegaan. Sommige mensen uit het dorp hebben een vuurbal gezien. De brandstichter moet stapelgek of stomdronken zijn geweest.'

De hoofdinspecteur dacht er precies zo over, alleen nog een graadje erger. Gek en dronken.

'En moet je eens zien wat er in de Range Rover ligt,' zei de brandweercommandant. Ze liepen naar de wagen en keken naar de blaadjes. 'Ik heb van m'n leven al heel wat smeerlapperij gezien – sommige mensen hebben de ergste porno thuis – maar dit slaat werkelijk alles. Die vent moet eigenlijk voor de rechter worden gesleept, al is dat natuurlijk niet mijn pakkie-an.'

De hoofdinspecteur bekeek de blaadjes zorgvuldig en dacht ook meteen aan de rechter. Een aanklacht wegens bezit van kinderporno leek hem uitermate haalbaar. Hij hield sowieso niet van porno, maar als er ook nog eens SM en kleine kinderen bij kwamen kijken, kende hij geen enkele genade. En hij had het ook niet erg op leren riempjes en handboeien.

'Heb je niets aangeraakt?'

'Alsjeblieft zeg! Al kreeg ik ervoor betaald! Ik heb zelf kleine kinderen, of liever gezegd kleinkinderen. Als het aan mij lag, werden de lui die dit soort dingen doen gegeseld.'

Dat was de hoofdinspecteur met hem eens. Hij had nog nooit zulke walgelijke rotzooi gezien en bovendien had hij toch al een hekel aan Bob Battleby. Hij had een slechte reputatie en een vreselijk humeur, en het feit dat er duidelijk brand was gesticht, was heel interessant. Volgens de geruchten had Battleby een fortuin verspeeld op de effectenbeurs en leefde hij nu van het geld dat de vrouw van de generaal aan hem had nagelaten. Hij moest de financiële situatie van Battleby eens onder de loep nemen, net als het feit dat hij iets zou hebben met Ruth Rottecombe, de vrouw van het plaatselijke parlementslid. Haar mocht de hoofdinspecteur ook al niet. Daar stond tegenover dat de Battleby's veel invloed hadden en dat parlementsleden, vooral als ze ook nog eens tot het schaduwkabinet behoorden, met fluwelen handschoentjes moesten worden aangepakt. Hij keek naar de knevel en de handboeien en schudde zijn hoofd. Er liepen altijd weer meer gekken en smeerlappen rond op de wereld dan je gedacht had.

Bob Battleby stond op de weg voor zijn huis en staarde vol ongeloof naar de rokende puinhoop die tweehonderd jaar lang zo'n trots familiebezit was geweest. Hij had het nieuws op de Country Club gehoord en omdat hij nog zatter was dan gewoonlijk, had hij gedacht dat de secretaris van de club hem voor de gek hield.

'Leuk geprobeerd, maar daar trap ik niet in,' zei hij. 'Er is niemand thuis.'

'Praat dan zelf maar met de brandweer,' zei de secretaris. Als Battleby nuchter was, was hij al een arrogante en onbeschofte kwal, maar als hij ook nog eens een stuk in zijn kraag had en geld had verloren met pokeren, was hij honderd keer erger.

'Ik hoop dat dit geen geintje is,' zei Battleby dreigend. 'Als het loos alarm is, zorg ik dat je godverdomme de laan wordt uitgestuurd...'

Maar de rest van zijn woorden bleef onuitgesproken. Hij plofte in een stoel en liet zijn glas op de grond vallen. Mevrouw Rottecombe nam het gesprek aan in het kantoor van de secretaris en luisterde uiterlijk onbewogen naar het nieuws van de brand. Ze was een spijkerharde tante en haar relatie met Bob Battleby was uitsluitend gebaseerd op eigenbelang.

Ondanks zijn drankzucht en algehele onuitstaanbaarheid, kwam hij in sociaal opzicht goed van pas. Hij was een Battleby en die naam telde als het op het winnen van stemmen aankwam, net zoals invloed en macht telden voor Ruth Rottecombe. Kort nadat Harold Rottecombe in het parlement was gekozen was ze met hem getrouwd, omdat ze het gevoel had gehad dat hij een ambitieuze man was die alleen nog maar de steun van een sterke vrouw nodig had om te slagen in het leven. Ruth beschouwde zichzelf als die sterke vrouw. Ze deed wat gedaan moest worden en had geen scrupules. Zelfbehoud kwam bij haar op de eerste plaats en seks binnen haar huwelijk op de laatste. Ze had genoeg seks gehad toen ze jong was en nu was ze alleen nog maar op macht belust. Bovendien zat Harold de hele week in Westminster en wist ze zeker dat hij zo zijn eigen seksuele eigenaardigheden had. Het belangrijkste was dat hij zijn veilige parlementszetel behield en schaduwminister bleef. Als dat inhield dat ze het Bob Battleby naar de zin moest maken en zijn sadomasochistische neigingen moest bevredigen door hem op donderdagavond vast te binden en af te ranselen, was ze daar best toe bereid. Het schonk haar zelfs een hoop voldoening en het was heel wat leuker dan thuiszitten en langzaam doodgaan van de verveling die blijkbaar onlosmakelijk verbonden was met het buitenleven, dat voornamelijk draaide om jagen, paardrijden, bridgen, bij elkaar op de koffie gaan en praten over tuinieren. Daarom maakte ze lange wandelingen met haar twee bulterriërs en zorgde ze ervoor dat ze niet al te elegant gekleed ging. Waarschijnlijk was de familie van Battleby haar dankbaar omdat ze als zijn chauffeur en oppasser fungeerde, al maakte ze zich geen illusies over wat ze werkelijk van haar dachten. Ze stonden bij haar in het krijt, zoals ze het zelf formuleerde, en als ze op een dag veilig geïnstalleerd was in Londen, de partij van haar man aan de macht was en de regering een stevige meerderheid had in het parlement, zou ze ervoor zorgen dat ze haar terugbetaalden met het respect dat ze verdiende.

Nu legde ze de telefoon neer met het gevoel dat er een crisis dreigde. Als Bob vol dronken nonchalance een pan op het vuur had laten staan en daardoor de Manor was afgebrand, waren de poppen aan het dansen. Bedachtzaam verliet ze het kantoor van de secretaris en ging terug naar Battleby.

'Sorry, Bob, maar het is waar. Het huis staat in brand. We kunnen beter gaan kijken.'

'In brand? Kan niet. Het staat op de monumentenlijst. Tweehonderd jaar oud. Zulke huizen vliegen niet in brand. Heel anders dan de moderne rotzooi die ze tegenwoordig bouwen.'

Ruth negeerde de impliciete belediging van haar eigen huis, hees Bob met behulp van de secretaris overeind en hielp hem in haar Volvo stationcar.

Pas nu hij wankel voor het huis stond, omringd door brandslangen, en naar de rokende resten van zijn prachtige landhuis staarde – er moesten nog steeds hardnekkig oplaaiende brandjes in het interieur worden geblust – kreeg Battleby weer enig besef van de realiteit.

'O God, wat zal de familie zeggen?' jammerde hij. 'Ik bedoel, alle portretten en zo. Twee Gainsboroughs en een Constable. En het meubilair. Jezus Christus! En we zijn niet eens verzekerd!'

Er liepen dikke zweetdruppels over zijn gezicht, of misschien waren het wel tranen, dat was moeilijk te zien in het schemerige licht. Hij was nog steeds dronken en huilerig. Ruth Rottecombe zei niets. Ze had altijd al een lage dunk van hem gehad, maar nu koesterde ze alleen nog de diepste minachting. Ze had zich nooit met zo'n minderwaardig watje moeten inlaten.

'Het zal wel kortsluiting zijn geweest,' zei ze uiteindelijk. 'Wanneer is de elektrische bedrading voor het laatst vervangen?'

'De elektrische bedrading? Weet ik veel. Twaalf of dertien jaar geleden. Zoiets. Er was niks mis met de bedrading.'

Ze werden gestoord door de hoofdinspecteur van politie.

'Vreselijk wat er gebeurd is, meneer Battleby. Een tragisch verlies.'

Battleby draaide zich om en keek hem agressief aan. Plotseling oplaaiende vlammen in wat ooit de bibliotheek was geweest verlichtten zijn rood aangelopen gezicht.

'Wat heb jij daarmee te maken? 't Is verdomme niet jouw verlies,' zei hij.

'Niet voor mij persoonlijk, dat klopt. Ik bedoel een groot verlies voor u en de hele streek, meneer.'

De beleefdheid van de hoofdinspecteur was doorspekt met verborgen woede. Hij zou 'u' en 'meneer' blijven zeggen en rustig de tijd nemen. Het had geen zin om mevrouw Rottecombe tegen zich in het harnas te jagen. Aan de andere kant was dit wel precies het goede moment om te zien hoe Battleby zou reageren op de smeerlapperij in de Range Rover.

'Zoudt u even mee willen komen, meneer?'

'Waarom in jezusnaam? Waarom rot je niet gewoon op? Het is godverdomme niet jouw huis.'

Ruth Rottecombe kwam tussenbeiden. 'Kom, Bob. De inspecteur probeert alleen maar te helpen.'

De hoofdinspecteur negeerde zijn terugzetting in rang. 'Het is een kwestie van identificatie, meneer,' zei hij. Hij hield Battleby nauwlettend in de gaten.

Ruth was geschokt, maar Battleby was nog steeds dronken en begreep de hoofdinspecteur verkeerd. 'Sta niet zo stom te lullen, man! Je kent me godverdomme goed genoeg! Je kent me al jaren.'

'Het gaat niet om u, meneer,' zei de hoofdinspecteur. Hij liet een veelbetekenende stilte vallen. 'Er is iets anders.'

'Iets anders, hoofdcommissaris?' zei Ruth, om haar

eerdere vergissing goed te maken. Ze raakte nu echt ongerust.

De hoofdinspecteur buitte haar ongerustheid uit en knikte langzaam. 'Een nare zaak, ben ik bang. Heel onaangenaam.'

'Er zijn toch geen doden gevallen...?'

De hoofdinspecteur gaf geen antwoord, maar ging hen voor naar de Range Rover. Hij stapte met Ruth over de brandslangen heen, met de bijtende geur van rook in hun neusgaten, en Battleby wankelde achter hen aan.

Ruth begon steeds banger te worden. De stank en de sinistere nadruk waarmee de hoofdinspecteur sprak werkten op haar verbeelding. In het duister had de Range Rover veel weg van een ambulance. Er stonden diverse agenten omheen. Pas toen ze dichterbij kwamen, zag ze dat het Bobs auto was. Dat zag Battleby ook en hij begon meteen te protesteren.

'Wat doet mijn auto godverdomme hier?' vroeg hij.

De hoofdinspecteur reageerde met een tegenvraag. 'Ik neem aan dat u uw auto altijd op slot doet, meneer?'

'Ja, natuurlijk. Ik ben niet achterlijk. Denk je dat ik wil dat hij gestolen wordt?'

'En heeft u hem vanavond ook afgesloten?'

'Dat zeg ik toch? Waarom stel je van die stomme vragen?' zei Battleby. 'Natuurlijk heb ik hem afgesloten.'

'Dat wilde ik alleen even zeker weten, meneer. De brandweer moest namelijk een raampje inslaan om uw voertuig te kunnen verplaatsen, meneer.' De bedoeling van zijn vele gemeneer was nu maar al te duidelijk, in elk geval voor Ruth Rottecombe. Het was bedoeld om te provoceren en dat lukte ook.

'Waar was dat nou voor nodig? Godverdomme, dat is je reinste vandalisme. Ze hadden het recht niet –'

'U had uw voertuig op slot gedaan, meneer, zoals u

zojuist zelf hebt toegegeven. Uw wagen blokkeerde de toegang tot het erf. De brandweerwagens konden er niet bij,' zei de hoofdinspecteur langzaam, alsof hij iets uitlegde aan een dom kind. Ook dat was bedoeld om te provoceren. 'Als u zo vriendelijk zoudt willen zijn me de sleuteltjes te geven, meneer...'

Maar Battleby was lang genoeg getergd. 'Rot op, stomme kutsmeris, en bemoei je met je eigen zaken,' zei hij. 'Mijn huis brandt godverdomme tot de grond toe af en dan kom jij met je –'

'Geef hem de sleuteltjes, Bob,' zei Ruth Rottecombe streng. Battleby vloekte nog even, maar zocht toen in zijn zakken en wist uiteindelijk de sleuteltjes te vinden. Hij gooide ze naar de hoofdinspecteur, die ze van de grond opraapte en toen net deed alsof hij het portier aan de passagierskant openmaakte.

'Ik zou graag willen dat u een blik werpt op dit materiaal, meneer,' zei hij. Hij ging zo staan dat Ruth niets kon zien en deed het lichtje in de auto aan. De blaadjes lagen naast de handboeien en de knevel. De hoofdinspecteur deed een stap opzij, zodat Battleby ze kon zien. Hij staarde er een paar tellen met open mond naar.

'Wie heeft godverdomme die dingen daar neergelegd?'

'Ik hoopte dat u me dat zou kunnen vertellen, meneer,' zei de hoofdinspecteur. Hij ging wat verder opzij, zodat Ruth de verzameling ook kon zien. Haar reactie was heel wat informatiever en ook berekenender.

'Hè Bob, dat is echt weerzinwekkend! Waar heb je die rotzooi in hemelsnaam gekocht?'

Bob keek haar woedend aan. Zijn pafferige gezicht was vuurrood. 'Gekocht? Ik heb het helemaal niet gekocht. Ik heb geen idee wat die dingen daar doen.'

'Bedoelt u dat u dit van iemand hebt gekregen, meneer? Zoudt u dan willen zeggen wie –'

'Lazer op!' schreeuwde Battleby, die zijn laatste restje zelfbeheersing verloor. Ruth Rottecombe schuifelde bij hem weg. Ze besefte nu dat ze zo veel mogelijk afstand moest nemen van Battleby. Bevriend zijn met een man die kickte op foto's van kinderen die gemarteld en verkracht werden was wel het laatste wat ze nodig had. Bob vastbinden en afranselen was één ding, maar sadistische pedofilie... en het was duidelijk dat de politie er nu bij betrokken was. Ze wilde er niets meer mee te maken hebben. De hoofdinspecteur stapte naar Battleby en keek naar zijn paarse gezicht en bloeddoorlopen ogen.

'Als u dit materiaal niet hebt gekocht en het niet van iemand gekregen hebt, wat doet het dan in uw auto, meneer? Uw afgesloten auto. Dat zou ik graag willen weten. U wilt toch niet zeggen dat het uit zichzelf naar binnen is gevlogen?'

Zijn sarcasme was overduidelijk. Dit was een regelrecht verhoor. Ruth deed een poging ertussenuit te knijpen.

'Als u het niet erg vindt...' begon ze, maar de tactiek van de hoofdinspecteur had het gewenste effect. Battleby haalde vol dronken woede uit. De hoofdinspecteur deed geen poging de klap te ontwijken: hij raakte hem vol op zijn neus en het bloed drupte van zijn kin. Het was bijna alsof hij glimlachte. Een tel later werden Battleby's armen op zijn rug gedraaid, werd hij in de boeien geslagen, greep een potige hoofdagent hem bij zijn kraag en werd hij in een politiewagen geduwd.

'Het lijkt me verstandig om dit gesprek in een wat kalmere atmosfeer voort te zetten,' zei de hoofdinspecteur, die niet de moeite nam om het bloed van zijn gezicht te vegen. 'Ik moet u helaas vragen ook mee te gaan, mevrouw Rottecombe. Ik weet dat het al laat is, maar u moet een verklaring afleggen. Het gaat niet alleen om mishandeling van een politieambtenaar tijdens de uitoefening van zijn functie, maar ook om het bezit van kinderporno. U bent getuige geweest van alles wat is voorgevallen en bovendien speelt er een andere zaak mee, die mogelijk zelfs nog ernstiger is.'

Ruth Rottecombe liep naar haar Volvo en volgde de politiewagens vol beheerste woede naar het bureau in Oston. Van haar hoefde Battleby geen enkele hulp te verwachten.

ELF

'Je gaat dit niet leuk vinden, Flint,' zei hoofdinspecteur Hodge van de politie in Ipford met het duivelse genoegen van iemand die eindelijk gelijk krijgt, en dan nog wel ten koste van een ondergeschikte die hij niet kon uitstaan. Hij ging op de rand van Flints bureau zitten om dat te benadrukken.

'Ach jeetje,' zei inspecteur Flint. 'Je wilt toch niet zeggen dat je gedegradeerd bent tot verkeersagent? Ik bedoel, dat zou me nou echt pijn doen.'

De hoofdinspecteur grijnsde hatelijk. 'Weet je nog wat je zei over Wilt? Dat hij zich nooit met drugs zou inlaten? Daar was hij zogenaamd het type niet voor. Nou, ik heb nieuws voor je. Onze collega's uit de vs hebben een verzoek om inlichtingen gefaxt. Ze verdenken mevrouw Wilt van connectie met een grote drugszaak. En nou jij weer.'

'Volgens mij heb je te veel ouwe Amerikaanse films gezien. Je begint zelf ook al Amerikaans te praten. De Wilt Connectie? Is dat een geintje?'

'Ze vragen om informatie betreffende Eva Wilt, Oakhurst Avenue 45...'

'Vertel mij niet waar de Wilts wonen. Dat weet ik helaas maar al te goed,' zei Flint. 'Maar als je mij wilt wijsmaken dat Eva Wilt coke schuift, ben je niet goed snik. Ze is de drijvende kracht achter onze plaatselijke anti-drugscampagne, net zoals ze de drijvende kracht is achter vrijwel alles hier in Ipford, van Red de Walvissen tot laat de kabelmaatschappij geen sleuven graven in Oakhurst Avenue, omdat dat niet goed is voor de prunussen die deel uitmaken van ons plaatselijke regenwoud. Daar trap ik dus niet in.'

Hodge negeerde Flints sarcasme. 'Natuurlijk dóét ze alsof ze fel tegen drugs is. Dan heeft ze een goudgerand alibi in de States.'

Inspecteur Flint zuchtte diep. Hoofdinspecteur Hodge leek met iedere promotie een grotere klojo te worden.

'Waar heb je dat vandaan? Uit Kojak? Je zou eens naar wat recentere series moeten kijken. Niet dat ik het erg vind, hoor. Nu begrijp ik tenminste enigszins waar je het over hebt.'

'Je blijft een grappenmaker,' zei Hodge. 'Maar leg eens even uit waarom ze informatie vragen als mevrouw Wilt zo brandschoon is.'

'Vraag me alsjeblieft niet om uit te leggen hoe Yanks denken. Dat heb ik nooit begrepen. Wat gaven ze zelf voor reden?'

'We moeten ervan uitgaan dat ze gerede grond voor verdenking hadden,' zei Hodge. Hij liet zich van het bureau glijden. 'Onze Amerikaanse confrères geven geen redenen. Ze vragen gewoon. Dat geeft te denken, nietwaar?'

'Het zou leuk zijn als sommige mensen dat eens zouden proberen,' zei Flint toen de hoofdinspecteur de deur achter zich dichtdeed. 'En wat was dat voor geleuter over confrères?'

'Volgens mij wilde hij laten zien dat hij niet alleen Amerikaans kan klinken, maar ook een paar woordjes Frans spreekt,' zei brigadier Yates. 'Maar vraag me alsjeblieft niet wat een confrère is.'

'Letterlijk betekent het de kut van m'n broer,' zei Flint.

'Hoe kan dat nou? Een man heeft geen kut.'

'Weet ik, Yates, maar probeer dat Hodge maar eens wijs te maken. Die is er zelf een.'

Hij concentreerde zich op dringender zaken dan Eva Wilt die in drugs zou doen, maar brigadier Yates had nog steeds een vraag.

'Ik snap gewoon niet dat ze hem nog wilden hebben bij Narcotica, na de puinhoop die hij er de laatste keer van heeft gemaakt. En dan nog promotie ook!'

'Je moet aan seks denken, Yates, seks en invloed en huwelijksbootjes. Hij is getrouwd met het lelijkste wijf uit heel Ipford, namelijk de zus van de burgemeester. Verklaart dat veel, of verklaart dat alles? Ik dacht dat zelfs jij dat wel wist. En laat me nou even rustig doorwerken.'

'De vuile kontkruiper,' zei de brigadier en hij verliet Flints kantoortje.

In Wilma dacht sheriff Stallard vrijwel exact hetzelfde over de federale agenten. 'Ze zijn van de ratten besnuffeld,' zei hij tegen Baxter, zijn hulpsheriff, terwijl ze koffie dronken in de plaatselijke drugstore. Baxter had net gemeld dat nog eens vijf agenten hun intrek hadden genomen in een naburig motel en dat Wally Immelmanns telefoon intussen werd afgetapt. 'Als Wally dat hoort, breekt hij de boel af.'

'Als volgende stap willen ze microfoontjes bij hem plaatsen,' zei Baxter. 'In het weekend, als Wally in zijn zomerhuis aan het meer is.'

De sheriff nam zich voor om tijdens het weekend niet in Wilma te zijn. Hij was niet van plan als zondebok te dienen als Wally ontdekte dat er microfoontjes bij hem waren geplaatst. Hij wilde er niet eens van weten. Het leek hem een goed tijdstip om op bezoek te gaan bij zijn moeder, in het verzorgingstehuis in Birmingham.

'Jij weet hier dus helemaal niks van, Baxter,' zei hij. 'Ik heb 't niet van jou gehoord, en jij niet van hen. Als we ons niet héél erg goed indekken, zouden we wel eens tot over onze oren in de shit kunnen belanden. Is er niet iemand die zaterdag gearresteerd moet worden?'

'Zaterdag? Ja, je hebt die rotzak in Roselea, die op vrijdagavond altijd z'n vrouw in elkaar slaat.'

'Nee, je hebt iets beters nodig,' zei de sheriff. 'Wat dacht je van Hank Veblen? Je zou hem kunnen oppakken voor die inbraak vorige maand en hem zaterdag en zondag de hele dag kunnen verhoren. Daar zou je je handen vol aan hebben.'

'Ja, Hank moet inderdaad nodig weer 'ns aan de tand worden gevoeld,' beaamde Baxter. 'Maar hij belt natuurlijk meteen z'n advocaat en dan staat ie zo weer buiten. Hij heeft een alibi.'

'Er moet toch iemand zijn in Wilma die verhoord moet worden?' zei de sheriff. 'Denk erover na, Herb. Je hebt zelf ook een alibi nodig, als die eikels met hun handen vol microfoontjes Wally's huis binnenstormen.'

'O, er zal zaterdag heus wel ergens gedonder zijn. Ik zorg wel dat ik een smoes heb.'

Ook Wally zat dringend om een smoes verlegen. Hij verheugde zich er niet bepaald op om samen met Eva en de vierling naar Lake Sassaquassee te gaan.

'Ik heb een slecht gevoel wat betreft die meiden, Joanie. Volgens jou waren ze lief. Kleine schatjes, zei je. Nou, ze zijn misschien klein, maar ik zou ze geen schatjes willen noemen. Eerder onuitstaanbare kleine etterbakjes. Die Penny stelt allerlei vragen aan Maybelle en de rest van het personeel.'

'Wat voor vragen, schat? Dat had ik nog niet gehoord.'

'Hoeveel we haar betalen en of ze genoeg vrijaf krijgt en we haar wel fatsoenlijk behandelen.'

'O, dat. Eva zei al dat ze daarin geïnteresseerd waren. Ze

moeten van school een werkstuk maken over het leven in de Verenigde Staten.'

'Een werkstuk voor school? Op wat voor school willen ze weten wat hier het minimumloon is, en of ik vaak met m'n dienstmeisjes wip?'

Zelfs tante Joan was geschokt.

'Heeft ze dat aan Maybelle gevraagd? O mijn God. Maybelle is ouderlinge van haar kerkgenootschap en heel erg religieus. Als ze dat soort dingen vragen, neemt ze dadelijk nog ontslag.'

'Kijk, dat bedoel ik. En dat is nog niet alles. Volgens Rube wilden ze weten welk percentage van de bevolking van Wilma homo is, of daar ook zwarte en blanke stelletjes bij zijn en of we hier 't homohuwelijk al hebben ingevoerd. In Wilma! Als dat bekend wordt, stapt niet alleen Maybelle op, maar kan ik zelf ook m'n biezen pakken.'

'O Wally!' zei tante Joan. Ze plofte op bed. 'Wat moeten we doen?'

Wally dacht na. 'Misschien kunnen we toch beter met z'n allen naar het meer gaan,' zei hij. 'Daar is tenminste niemand aan wie ze dingen kunnen vragen. Praat jij met Eva. Ze moet zorgen dat die meiden ophouden, voor de hele stad ervan hoort. Hoeveel blanke en zwarte homopaartjes in Wilma? Jezus, erger kan het niet worden!'

Daar vergiste hij zich in. Tante Joan had dominee Cooper en zijn vrouw en dochters uitgenodigd om 's middags langs te komen en haar nichtjes te ontmoeten. Het bezoek werd geen onverdeeld succes. De dominee vroeg wat de vierling op school leerde over God. Tante Joan probeerde nog tussenbeiden te komen, maar het was al te laat. Samantha wist in één oogopslag wat ze aan dominee Cooper had.

'God?' vroeg ze verbouwereerd. 'Wie is God?'

Het was nu de beurt van dominee Cooper om verbouwereerd te zijn. Het was duidelijk dat niemand hem ooit zo'n vraag had gesteld.

'God? Nou, ik zou zeggen... ik zou zeggen...' hakkelde hij.

Zijn vrouw sprong voor hem in de bres. 'God is liefde,' zei ze, druipend van vroomheid.

De vierling keek haar met hernieuwde belangstelling aan. Dit ging leuk worden.

'Is God een bedrijf?' vroeg Emmeline.

'Een bedrijf? Zei je "Is God een bedrijf"?' vroeg mevrouw Cooper.

Tante Joan glimlachte heel erg zuinigjes. Ze wist niet wat er precies ging komen, maar had zo'n idee dat het geen aangename bijdrage zou leveren aan de conversatie. Zelfs zij stond paf bij het horen van Emmy's antwoord.

'Je zegt "ik bedrijf de liefde", dus als God liefde is, moet hij een bedrijf zijn,' zei Emmeline met een engelachtige glimlach. 'Een bedrijf dat kindertjes maakt. Dat gebeurt namelijk als je de liefde bedrijft.'

Mevrouw Cooper staarde haar vol afschuw aan. Op zo'n uitspraak had ook zij geen antwoord.

Dominee Cooper had dat wel. 'Kind,' galmde hij zonder erbij na te denken, 'kind, je weet niet waarvan je spreekt. Dit zijn de woorden van Satan. Het zijn slechte woorden.'

'Nee hoor. Het is gewoon logisch en logica kan niet slecht zijn. Volgens uw vrouw is God liefde en ik zei –'

'We hebben allemaal gehoord wat je zei,' riep Eva, die dominee Cooper overstemde. 'En nu hou je je mond! Begrijp je me, Emmy?'

'Ja, mama,' zei Emmeline. 'Maar ik begrijp nog steeds niet wie God is.'

Er viel een lange stilte, die ten slotte werd verbroken

door tante Joans vraag of iemand nog ijsthee lustte. Dominee Cooper bad zwijgend om raad. Ze zeiden dat kleine kinderen vaak de waarheid spraken, maar dat was hier niet van toepassing. Deze vier afschuwelijke meisjes waren geen normale kinderen, maar duivelsgebroed. Desondanks moest hij aan zijn roeping denken.

'We zijn allen kinderen van God. In den beginne schiep God hemel en aarde. Lees de bijbel er maar op na. Genesis 1:1...,' begon hij, maar Josephine viel hem in de rede. 'Ja, ik weet dat de bijbel vol staat met dat soort nummertjes,' zei ze, met een merkwaardige maar wellustige nadruk op het woord 'nummertjes'.

Eva was het zat. 'Naar jullie kamer, nu meteen!' schreeuwde ze bijna even woedend als dominee Cooper zich voelde.

'Ik probeer er alleen maar achter te komen wie God is,' zei Josephine gedwee.

Mevrouw Cooper worstelde met tegenstrijdige gevoelens, maar besloot uiteindelijk dat zuidelijke gastvrijheid de boventoon moest voeren. 'O, dat geeft niks,' zei ze poeslief. 'Waarschijnlijk heeft ieder mens behoefte aan de waarheid.'

Dat betwijfelde Eva. Zo te zien had tante Joan niet zozeer behoefte aan de waarheid als wel aan een fikse borrel. Eva wilde niet dat ze een beroerte zou krijgen.

'Het spijt me, maar ik wil dat ze naar hun kamer gaan,' zei ze tegen de Coopers. 'Ik heb geen zin in nog meer ongepaste opmerkingen.'

De vierling sjokte mopperend de kamer uit.

'Ik vermoed dat het onderwijs in Engeland nogal verschilt van het onderwijs hier,' zei dominee Cooper toen de meisjes weg waren. 'En ik had nog wel gehoord dat ze iedere ochtend godsdienstles kregen. Alleen vertellen ze daarbij blijkbaar niets over de bijbel.'

'Het is niet eenvoudig om een vierling op te voeden,' zei Eva, in een wanhopige poging nog iets te redden uit de catastrofe. 'We hebben ons nooit een kinderjuffrouw of iets dergelijks kunnen permitteren.'

'O, arme stakkers,' zei mevrouw Cooper. 'Wat vreselijk. Bedoel je dat jullie in Engeland geen personeel hebben? Dat zou je niet denken, als je al die films met butlers en kastelen ziet.' Ze wendde zich tot tante Joan. 'Jij hebt maar geboft met je vader, Joanie. Een echte lord, die vaak logeerde bij de koning op Sandring... nou ja, dat huis waar je over vertelde, waar ze op eendenjacht gingen. Zo iemand móét toch een butler hebben, om de deur open te doen en zo. Hoe heette jullie butler ook alweer, je weet wel, die dikke die altijd aan de port zat? Je hebt ons er nog zo uitgebreid over verteld op de Country Club, tijdens de zilveren bruiloft van Sandra en Al.'

Het vreemde, gesmoorde geluid dat tante Joan voortbracht wees erop dat haar toestand verder verslechterd was. De middag was geen succes. 's Avonds probeerde Eva voor de vierde keer om Wilt te bellen, maar kreeg opnieuw geen gehoor. Eva deed die nacht bijna geen oog dicht. Ze besefte nu dat ze nooit had moeten komen. Dat beseften Wally en Joan ook.

'We kunnen morgen beter naar het meer gaan,' zei Wally, die een limonadeglas whisky inschonk. 'Dan zijn ze hier tenminste weg.'

Maar toen de vierling naar bed ging, vond Josephine het voorwerp dat Sol Campito in haar handbagage had verstopt. Het was een kleine, verzegelde, gelatineachtige cilinder en Josephine vond hem er maar eng uitzien, net als haar zusjes, die zwoeren dat zij hem niet in haar tas hadden gedaan.

'Misschien is het wel iets gevaarlijks,' zei Penelope.

'Wat dan?' vroeg Emmeline.

'Een bom of zo.'

'Daar is het te klein voor. En te zacht. Als je erin knijpt...'

'Knijp er dan alsjeblieft niet in. Dadelijk knapt het nog, en we weten niet wat erin zit.'

'Ik wil het in elk geval niet hebben,' zei Josephine.

Niemand wilde het hebben. Uiteindelijk gooiden ze de cilinder uit het raam. Hij landde met een plons in het zwembad.

'Als het een bom is, kan hij daar in ieder geval geen kwaad doen,' zei Emmeline.

'Behalve als oom Wally 's ochtends vroeg gaat zwemmen. Dadelijk vliegt hij nog de lucht in.'

'Net goed. Hij heeft veel te veel praatjes,' zei Samantha.

TWAALF

Toen Ruth Rottecombe eindelijk in bed kroop, was het zeven uur 's ochtends. Ze had een uiterst onplezierige nacht achter de rug. Het politiebureau in Oston was niet bepaald modern te noemen, en hoewel het in de ogen van bejaarde recidivisten misschien een zekere ouderwetse charme bezat, kon Ruth die niet ontdekken. Om te beginnen hingen er allerlei weerzinwekkende en onhygiënische luchtjes. Tabaksrook vermengde zich met de smerige bijproducten van te veel bier en te veel angst en zweet. Zelfs de houding van de hoofdinspecteur was veranderd zodra ze eenmaal op het bureau waren. Zijn neus bloedde nog steeds en de politiearts die uit bed was gehaald om bloed af te nemen van een man die was aangehouden wegens rijden onder invloed, zei dat hij best eens gebroken zou kunnen zijn. De hoofdinspecteur reageerde daarop door Ruths aanwezigheid te negeren en zijn gevoelens over 'die dronken klootzak van een Battleby' in de meest grove termen te luchten. Hij maakte ook duidelijk dat hij Battleby ervan verdacht zelf zijn huis in brand te hebben gestoken, om de verzekeringspremie te kunnen opstrijken.

'Twijfel?' had hij gesmoord gegromd vanachter een bebloede zakdoek. 'Twijfel? Vraag maar aan Robson, de brandweercommandant. Die weet het zeker. Of vliegt een plastic afvalemmer vol spuitbussen uit zichzelf in de fik? Het bewijs ligt onder onze neus... au! Wacht maar tot ik die eikel achtenveertig uur onder handen heb genomen!'

Ruth Rottecombe vroeg flauwtjes of ze mocht gaan zitten en de hoofdinspecteur leek enigszins bij zinnen te komen, maar niet veel. Ze was dan misschien de vrouw van het plaatselijke parlementslid, maar ze stond ook op intieme voet met een smeerlap die werd verdacht van brandstichting en pedofilie en die bovendien zijn neus had gebroken. Eén ding was zeker: ze stond niet boven de wet, en dat zou hij laten merken ook.

'Ja, daarzo,' zei hij kortaf. Hij gebaarde met zijn duim naar het aangrenzende kantoortje. Vervolgens maakte Ruth de vergissing om te vragen of ze van het toilet gebruik mocht maken.

'Van mij wel,' zei de hoofdinspecteur en hij wees naar de gang. Vijf traumatische minuten later keerde een asgrauwe Ruth terug. Ze had twee keer overgegeven en alleen door met haar ene hand haar neus dicht te knijpen en met de andere te steunen tegen een muur die was besmeurd met uitwerpselen, had ze weten te voorkomen dat ze moest gaan zitten. Er was trouwens geen wc-bril geweest, maar dat zou niets hebben uitgemaakt. Ook van doortrekken hadden de vorige gebruikers blijkbaar nooit gehoord.

'Zijn dat de beste sanitaire voorzieningen die u kunt bieden?' vroeg ze toen ze terugkwam, en kreeg daar meteen spijt van. De hoofdinspecteur keek op. Hij had watten in zijn neus gepropt, die nu gruwelijk rood gevlekt waren, en zijn ogen zagen er niet veel aangenamer uit.

'Ik bied geen voorzieningen,' snauwde hij, met de stem van iemand die aan ernstige neusverstopping lijdt. 'Dat doet de gemeenteraad. Vraag maar aan uw man. Goed, wat betreft uw activiteiten van hedenavond. Ik heb van de andere verdachte begrepen dat u elkaar iedere donderdagavond ontmoet op de Country Club. Zoudt u willen uitleggen wat uw relatie met Battleby precies is?'

Gestoken door dat 'andere verdachte' deed Ruth Rottecombe een beroep op haar arrogantie. 'Wat heeft u daarmee te maken?' zei ze uit de hoogte. 'Ik vind uw vraag hoogst ongepast.'

De hoofdinspecteur sperde woedend zijn neusgaten open. 'En volgens mij is uw relatie met Battleby ook ongepast, mevrouw Rottecombe, om niet te zeggen onzedig.'

Ruth stond op. 'Hoe durft u zo'n toon aan te slaan!' piepte ze. 'Weet u wel wie ik ben?'

De hoofdinspecteur ademde diep in door zijn mond en snoof toen krachtig door zijn neus. Twee rode propjes kletsten op het vloeiblad op zijn bureau. Hij scheurde een vers stuk watten af en vulde op zijn gemak zijn neus.

'O, dus we gaan op onze sociale strepen staan? Even het gepeupel afbekken? Nou, dat werkt dus mooi niet, niet hier en niet bij mij. Ga zitten of blijf staan, net wat u wilt, en geef antwoord op mijn vraag. Wist u dat "Bobby Billenkoek"... o, ik zie dat u zijn bijnaam kent. Nou, uw vriend vertelt interessante dingen over die donderdagavonden. Hij noemt ze "Zweepjesavond". Wilt u ook weten hoe hij u noemt? Ruth de Ranselaar. Zegt u dat iets? Waarom zou dat zijn? Het past heel goed bij de smerige blaadjes die we gevonden hebben. Wat zegt u daarvan?'

Wat Ruth het liefst had willen zeggen, was te erg voor woorden. 'Dit wordt een aanklacht wegens laster.'

De hoofdinspecteur grijnsde. Hij had nu bloed op zijn tanden. 'Heel verstandig. Sleep die rotzak voor de rechter. Ze zeggen tenslotte dat ongunstige publiciteit niet bestaat.' Hij zweeg even en keek naar zijn aantekeningen. 'Goed, wat betreft de brand. We weten dat die kort na middernacht is ontstaan. Bent u bereid onder ede te verklaren dat u in het gezelschap van verdachte op de Country Club was?'

'Daar was ik inderdaad en meneer Battleby ook. Dat kan de secretaris van de club bevestigen. Ik zou niet willen zeggen dat ik in zijn gezelschap was, zoals u het stelt.'

'O, dan is hij er zeker zelf heen gereden?'

Ruth probeerde het nu met een dosis neerbuigendheid. 'M'n beste hoofdinspecteur, ik kan u ervan verzekeren dat ik werkelijk niets te maken heb met die brand. Ik hoorde er voor het eerst van toen de secretaris vroeg of ik even aan de telefoon wilde komen.'

Dat had ook niet gewerkt. Het had de hoofdinspecteur alleen maar woedender gemaakt. Zodra Ruth was vertrokken, vroeg hij aan een van zijn ondergeschikten om de *News on Sunday* en de *Daily Rag* te bellen en te suggereren dat er in Meldrum Slocum een verhaal de ronde deed waarbij de echtgenote van een schaduwminister betrokken was. Een sappig verhaal vol brandstichting en seks. Nadat hij dat gedaan had, ging hij naar huis. Zijn neus bloedde niet meer.

Ruth verkeerde daarom niet in een toestand om tegen halfnegen 's ochtends ruw wakker geschud te worden door een duidelijk zwaar overspannen echtgenoot. Ze staarde wezenloos naar zijn asgrauwe gelaat. Zijn ogen puilden uit zijn hoofd en keken haar met een gruwelijke intensiteit aan.

'Wat is er?' mompelde ze slaapdronken. 'Wat is er aan de hand, Harold?'

Er viel een stilte terwijl de schaduwminister voor Integratie en Deportatie zichzelf probeerde te beheersen. Zijn vrouw besefte dat hij gehoord moest hebben van de brand in de Manor.

'Aan de hand? Vraag je wat er aan de hand is?' bulderde hij toen hij weer in staat was om iets uit te brengen.

'Ja, eigenlijk wel. En schreeuw alsjeblieft niet zo. Wat doe je hier trouwens? Meestal kom je vrijdagavond pas thuis.'

De grote, gespierde handen van Harold Rottecombe

bewogen krampachtig, vlak voor haar gezicht. Ruth besefte dat hij de grootst mogelijk moeite moest doen om haar niet te wurgen, maar hij reageerde zijn woede af door de lakens van het bed te trekken en op de grond te smijten.

'Ga godverdomme maar eens in de garage kijken!' snauwde hij. Hij greep haar bij haar arm en sleurde haar uit bed. Voor het eerst sinds ze getrouwd waren, was Ruth de Ranselaar bang voor hem. 'Vooruit, stomme trut. Ga kijken wat je deze keer hebt aangericht. En je hebt geen ochtendjas nodig!'

Ruth deed slippers aan en liep vlug de trap af naar de keuken. Bij de deur naar de garage bleef ze staan.

'Wat is er dan?' vroeg ze.

Die vraag was te veel voor Harold. 'Sta daar niet zo stom! Ga kijken!' brulde hij.

Ruth keek. Een paar minuten lang staarde ze naar het lichaam van Wilt en probeerde ze vertwijfeld deze nieuwste ramp te bevatten. Toen ze terugging naar de keuken, was ze in elk geval tot één conclusie gekomen. Voor deze ene keer was ze onschuldig, en ze was niet van plan als zondebok te dienen. Harold zat aan de keukentafel, met een groot glas cognac, en Ruth maakte gebruik van zijn verslagenheid.

'Je denkt toch niet serieus dat ik daar iets mee te maken heb?' zei ze. 'Ik heb die vent nog nooit van mijn leven gezien.'

Die uitspraak werkte als een elektrische schok op Harold. Hij sprong overeind. 'Nee?' schreeuwde hij. 'Zeker omdat het te donker was? Je pikt een of andere arme rotzak op... was die smeerlap van een Battleby te bezopen om aan je sadistische behoeftes te voldoen? Je pikt die kerel op en... lieve God!'

De telefoon in de studeerkamer ging.

'Ik neem wel op,' zei Ruth, met het gevoel dat ze de situatie weer een beetje onder controle had.

'En? Wie was het?' vroeg haar man toen ze terugkwam.
'O, de *News on Sunday*. Ze willen een interview met je.'
'Met mij? Dat ranzige vod? Waarom in godsnaam?'

Ruth nam de tijd. 'Laten we eerst een kopje koffie nemen,' zei ze. Ze liep naar het aanrecht en zette water op.

'Vooruit, zeg op! Waar willen ze me over interviewen?'

Ruth aarzelde heel even terwijl ze besloot hoe ze zou toeslaan. 'O, gewoon over het feit dat je jongens in huis haalt.'

Harold Rottecombe kon een paar tellen geen woord uitbrengen. Vooral dat "gewoon" hakte erin. Ongeloof streed met woede, maar toen barstte de bom.

'Ik heb die klootzak verdomme niet binnengehaald, dat was jij! Ik haal nooit jongens in huis! En bovendien is hij geen jongen meer. Hij is minstens vijftig. Ik kan m'n oren niet geloven. Ik denk dat ik je verkeerd verstaan heb!'

'Ik vertel je alleen maar wat die man zei. Hij had het over "jongens". En ook over "jongenshoertjes" volgens mij,' zei Ruth, om de crisis aan te wakkeren en zelf wat minder onder druk te staan.

Harolds ogen puilden nog verder uit zijn hoofd. Even leek het erop dat hij een beroerte zou krijgen en op dat moment had zijn vrouw dat niet erg gevonden. Dan zou ze tenminste geen antwoord hoeven geven op een hoop lastige vragen. Plotseling ging de telefoon weer.

'Ik neem wel op!' schreeuwde Harold en hij stormde de keuken uit. Ze hoorde hoe hij iemand eerst een klootzak noemde en toen riep dat hij moest oplazeren en hem met rust moest laten. Ze deed de deur dicht, schonk koffie in en dacht na over haar volgende stap. Harold bleef een hele tijd weg en toen hij terugkwam, gedroeg hij zich een stuk ingetogener.

'Dat was Charles,' zei hij grimmig.

Ruth knikte. 'Dat dacht ik al. Altijd verstandig om de plaatselijke partijvoorzitter een klootzak te noemen en te zeggen dat hij moet oplazeren. En dit was zo'n veilige zetel.'

Het parlementslid voor Otterton keek haar vol afkeer aan, maar monterde toen weer een beetje op en zette de tegenaanval in. 'Het goede nieuws is dat je vriendje Battleby is gearresteerd wegens mishandeling van een politiefunctionaris en momenteel vastzit in afwachting van een aanklacht wegens ernstigere delicten, zoals het bezit van kinderporno en misschien ook brandstichting. Blijkbaar is Meldrum Manor gisteravond tot de grond toe afgebrand.'

'Weet ik,' zei Ruth koeltjes. 'Ik heb de puinhopen gezien. Maar dat is ons probleem niet. In de cel wordt hij misschien eindelijk weer eens nuchter.'

De telefoon ging opnieuw. Harold was verbijsterd door de nonchalance van zijn vrouw en liet haar opnemen.

'De *Daily Graphic*,' zei ze toen ze terugkwam. 'Ze wilden niet zeggen waarom ze je wilden spreken. Dat betekent dat ze op hetzelfde spoor zitten. Iemand heeft zijn mond voorbij gepraat.'

Harold schonk met trillende hand nog een bel cognac in.

Ruth schudde vermoeid haar hoofd. Er waren momenten – en dit was er een van – wanneer ze zich afvroeg hoe een man met zo weinig lef het ooit zo ver had kunnen schoppen in de politiek. Geen wonder dat het land naar de haaien ging. De telefoon ging opnieuw.

'Neem alsjeblieft niet op,' zei Harold.

'Natuurlijk moeten we opnemen. We mogen niet de indruk wekken dat we ons schuilhouden. Laat maar aan mij over,' zei ze. 'Jij gaat natuurlijk schreeuwen en dat maakt het er alleen maar erger op.'

Ze ging naar de hal. Harold liep vlug naar zijn studeerkamer en nam het toestel daar op.

'Nee, ik ben bang dat hij nog in Londen is,' hoorde hij haar zeggen. De beller, een journalist van de *Weekly Echo*, antwoordde dat hij uit betrouwbare bron had vernomen dat dat niet het geval was. Hij vroeg of ze Ruth Rottecombe was, de vrouw van de schaduwminister van Integratie en Deportatie.

Ruth zei koeltjes dat dat klopte.

'En was u om vier uur 's ochtends in het gezelschap van een zekere Bob Battleby toen de politie zwepen, een knevel en handboeien in beslag nam, plus een aantal blaadjes met sadistische kinderporno?' Het was niet zozeer een vraag als wel een opsomming van feiten.

Nu verloor Ruth haar zelfbeheersing. 'Dat is een regelrechte leugen!' schreeuwde ze. Harold hield de hoorn een eindje van zijn oor. 'Als jullie dat publiceren, sleep ik jullie voor de rechter wegens smaad!'

'We hebben het uit betrouwbare bron,' zei de man. 'Uiterst betrouwbare bron. We hebben het telefoontje nagetrokken. Battleby is in staat van beschuldiging gesteld. Ze verdenken hem ook van brandstichting en van het mishandelen van een politieman. Volgens onze bron voorziet u al enige tijd in de behoeften van "Bobby Billenkoek". Bijvoorbeeld door hem vast te binden en hem er met de zweep van langs te geven. U staat blijkbaar plaatselijk bekend als "Ruth de Ranselaar".'

Ruth gooide de hoorn op de haak. Harold wachtte even en hoorde de journalist aan iemand anders vragen of het allemaal op de band stond. Het antwoord was: 'Ja, en het klopt met dat andere verhaal. Haar man is schaduwminister van Integratie en Deportatie en de reactie van die trut bevestigt wat we van de politie hebben gehoord.'

Met trillende hand hing Harold Rottecombe op. Zijn

hele carrière stond plotseling op het spel. Hij ging terug naar de keuken.

'Ik wist wel dat dit zou gebeuren!' schreeuwde hij. 'Jij moest weer zo nodig aanpappen met de plaatselijke zuiplap... Bobby Billenkoek en Ruth de Ranselaar. O God. En dan ook nog dreigen met een aanklacht wegens smaad! Wat een klerezooi!' Hij schonk een glas goedkope keukencognac in, want het betere spul was op. Zijn vrouw keek hem ijzig aan. Macht en invloed glipten plotseling door haar vingers. Ze moest een maatschappelijk aanvaardbare verklaring bedenken voor wat ze had gedaan. Het was te laat om te ontkennen dat ze iets had gehad met die verdomde Battleby, maar ze kon altijd nog beweren dat ze alleen als zijn chauffeur gefungeerd had, om te voorkomen dat hij zijn rijbewijs zou kwijtraken. Of was hij werkelijk alleen maar een verstokte, hopeloze dronkelap? Iemand die dergelijke porno letterlijk open en bloot in zijn Range Rover liet liggen, moest niet goed bij zijn hoofd zijn. Had hij het huis per ongeluk in de fik gestoken? Ruth wist dat onverbeterlijke zuiplappen zich vaak irrationeel gedroegen en gisteren had Bob een ongelooflijk stuk in zijn kraag gehad. Hij was zelfs zo zat geweest dat hij de hoofdinspecteur had geslagen, maar toch... Niet dat het lot van Battleby haar veel kon schelen. Ze moest nu in de eerste plaats aan zichzelf denken. En aan Harold. Hij zat tot over zijn oren in de stront, maar had voorlopig toch nog enige invloed als schaduwminister. Er moest een manier zijn om, met behulp van die invloed, de schade zoveel mogelijk te beperken. En ten slotte had je die bewusteloze man in de garage nog. Ruth dacht diep na. Ze moest zorgen dat Harold niet bij het schandaal betrokken werd. Terwijl haar man cognac naar binnen goot, trad zijn vrouw handelend op en griste de fles weg.

'Genoeg!' beet ze hem toe. 'Je moet meteen terug naar

Londen en als je nog meer drinkt, kun je niet meer rijden. Ik blijf wel hier en vang alle telefoontjes op.'

'Oké, ik ga al, ik ga al,' zei hij, maar het was al te laat. Er stopte een auto voor de deur. Twee mannen stapten uit en een van hen had een camera bij zich. Harold holde vloekend naar de achterdeur, rende over het grasveld en langs het zwembad, klom over de lage tuinmuur en verschool zich in de greppel erachter. Ruth had gelijk. De pers mocht niet weten dat hij was teruggekomen uit Londen. Zodra ze waren opgekrast, zou hij als een haas teruggaan. Hij ging met zijn rug tegen de muur zitten en keek naar het golvende landschap en het donkere lint van de rivier, die in de verte naar zee stroomde. Ooit had het allemaal zo vredig geleken, maar nu niet meer.

Dat gebrek aan vredigheid bleek het duidelijkst bij de voordeur. De intense afkeer die Ruth toch al koesterde voor journalisten was overgegaan in onverholen woede. Ze werd gevolgd door Wilfred en Pickles, haar bulterriërs, die voelden dat er iets niet in de haak was. Er was beneden een hoop geschreeuwd, de telefoon was veel vaker gegaan dan normaal en hun baas had woorden gebruikt waarvan ze uit bittere ervaring wisten dat ze weinig goeds voorspelden. Ze gingen naast hun bazin staan en roken haar angst en woede.

DERTIEN

De journalist en cameraman van de *News on Sunday* waren minder scherpzinnig, en waren het bovendien gewend dat de mensen die ze interviewden woedend en bang waren. Zelfs gemeten naar de maatstaven van de rioolpers was de *News on Sunday* een uitzonderlijk geval, waar geharde redacteuren en verslaggevers een heilig ontzag voor hadden. De krant blonk uit in privacyvernietigende journalistiek, oftewel pure bagger, en Aasgier Cassidy en Tommy Telelens, zoals het duo werd genoemd, waren trots op hun reputatie als rioolratten. Ze hadden in Meldrum Slocum al navraag gedaan naar Battleby en Ruth de Ranselaar en een interessant praatje gemaakt met een politieman die op dat moment geen dienst had. Vervolgens hadden ze besloten tot hun gebruikelijke brute aanpak en waren ze naar Leyline Lodge gereden. Er hing wel een bordje met PAS OP VOOR DE HOND op het hek, maar daar trokken ze zich niets van aan. Ze hadden in de loop der jaren talloze honden getrotseerd en hoewel ze niet altijd ongeschonden uit de strijd waren gekomen, lieten ze zich daardoor niet afschrikken. Ze moesten tenslotte aan hun reputatie denken, die weer een stukje zou stijgen door een sappig verhaal over een schaduwminister die het met jongenshoertjes deed.

Voor ze aanbelden, keken ze eerst even naar de tuin met zijn bomen en struiken en fraaie rozenperken. Ze waren vooral onder de indruk van de grote oude eik. Het was de volmaakte ambiance voor een seksschandaal in hoge politieke kringen. Toen ging de deur open en heel even, terwijl ze zich vol geveinsde charme omdraaiden, vingen ze een glimp op van Ruth Rottecombes strakke gezicht. Het volgende moment sprongen er twee gespierde witte dieren op hen af. Wilfred vloog naar de keel van Aasgier, maar miste gelukkig. Pickles koos een gemakkelijker doelwit en begroef haar tanden in de dij van Telelens. Plotseling kreeg de hoge eik een geheel nieuwe aantrekkingskracht. Met Wilfred op zijn hielen sprintte Aasgier naar de boom en wist de onderste tak te grijpen, voor Wilfred zijn kaken als een bankschroef om zijn linkerenkel sloot. Telelens, die gehinderd werd door de hond aan zijn dij, probeerde te vluchten via de rozenperken, maar dat was niet de meest verstandige route. Tegen de tijd dat hij de overzijde had bereikt, waren zijn handen bijna net zo erg gehavend als zijn dij en schreeuwde hij luidkeels om hulp. Zijn kreten werden echter overstemd door het gegil van Aasgier. Wilfred was een behoorlijke zware hond van ruim dertig kilo, en had de neiging om de dingen die hij tussen zijn kaken had flink door elkaar te schudden.

Terwijl de journalisten gilden – en hun kreten waren tot in Meldrum Slocum hoorbaar – trad Ruth Rottecombe handelend op. Ze sprong in de auto van de journalisten, reed ermee terug naar de weg, deed het hek op slot en slenterde toen rustig terug naar de plaats waar zo bevredigend veel bloed vergoten werd. Tegen die tijd had de eigenaar van het postagentschap in Little Meldrum al een ambulance gebeld. Het was duidelijk dat die dringend nodig was, als ze nog levens wilden redden. Tommy Telelens dacht er net zo over. Pickles klampte zich zo hardnekkig aan zijn dij vast dat ze blijkbaar niet van plan was ooit nog los te laten. Hij had haar dwars door het rozenperk gesleurd, maar was aan de rand van het grasveld gestruikeld en werd nu achterwaarts teruggesleept door dezelfde grote oude rozenstruiken, geënt op *canina*-stammen en voorzien van uitzonderlijk grote doornen. Bovendien waren ze een dag of wat eerder rijkelijk bemest met paardenvijgen. Telelens beging de fout om zich aan de rozenstruiken vast te grijpen, en deze keer besefte heel Meldrum Slocum dat er elk moment doden konden vallen bij Leyline Lodge. Aasgier Cassidy deelde die mening. Hij klampte zich wanhopig aan de tak van de eik vast, met dezelfde hardnekkigheid waarmee hij aan moeders wier dochters net waren vermoord had gevraagd wat er door hen heen ging toen ze hoorden dat hun kind dood was. Niets op aarde zou hem ertoe bewegen los te laten en Wilfred dacht er blijkbaar net zo over. Hij had de enkel net lekker tussen zijn tanden. Hij schudde aan Aasgiers been, hij trok eraan, hij boorde zijn vlijmscherpe gebit er steeds dieper in en trok zich niets aan van de suède schoen aan Aasgiers andere voet, die hem tegen zijn kop trapte. Wilfred vond het eigenlijk wel lekker om zachtjes geschopt te worden. In een vlaag van opperste irritatie had Ruth Rottecombe hem ooit eens heel wat harder geschopt, en dat had Wilfred ook niet erg gevonden. De voet van Aasgier kietelde alleen maar.

Na voor het bewijs gezorgd te hebben dat de journalisten het terrein wederrechtelijk betreden hadden door over het afgesloten hek te klimmen, liep Ruth terug naar het huis. Zelfs zij zag in dat het tijd was om de honden terug te roepen, voor Wilfred de voet van Aasgier Cassidy afbeet of dat andere stuk verdriet doodbloedde tussen de rozen.

'Zo is het genoeg,' commandeerde ze en ze liep haastig naar de eik. Wilfred negeerde haar. Die enkel smaakte naar meer. Ruth was gedwongen haar toevlucht te nemen tot radicalere maatregelen. Ze had verstand van bulterriërs en wist dat het geen zin had om ze op hun kop te slaan; hun andere uiteinde was veel kwetsbaarder en in het geval van Wilfred ook bereikbaarder. Ze greep Wilfreds scrotum met beide handen beet en paste met kracht de notenkrakermethode toe. Even gromde Wilfred alleen, maar toen werd de pijn zelfs hem te veel. Hij opende zijn bek om te protesteren en werd onmiddellijk weggetrokken.

'Stoute hond!' zei Ruth vermanend. 'Je bent een heel stout hondje.'

In de oren van de Aasgier, die zich vlug op de tak had gehesen en nu nog hoger in de boom klom, klonken die woorden volkomen gestoord. Stout was wel het understatement van de eeuw. Het was een krokodil in hondengedaante, een vierpotige voetklem, en hij zou ervoor zorgen dat dat pokkenbeest zo snel en tegelijkertijd zo pijnlijk mogelijk werd afgemaakt.

Ruth richtte haar aandacht op Pickles, die als teefje geen scrotum had. Ze greep het dichtstbijzijnde wapen, een plantenlabel dat verkondigde dat de rozen Crimson Glory's waren, veegde zorgvuldig de aarde en paardenvijgen van het plastic (ze wilde niet dat die kleine schat van een Pickles tetanus kreeg, of een nog gevaarlijkere vorm van kaakkramp dan waar ze nu al aan leed), hief de staart van de bulterriër op en prikte. Pickles reageerde nog sneller dan Wilfred. Ze liet Tommy Telelens los en schoot via het rozenperk het diepe struikgewas in om haar wonden te likken. Ruth Rottecombe zette het label terug en richtte haar aandacht op de stukgekauwde fotograaf.

'Wat doe jij daar?' vroeg ze met een hooghartig gebrek aan bezorgdheid om zijn verwondingen dat Telelens de adem zou hebben benomen als hij adem over had gehad. Telelens wist maar al te goed wat hij daar deed. Hij ging dood. Hij staarde die afschuwelijke vrouw aan en wist moeizaam een paar woorden uit te brengen.

'Help me, help me,' jammerde hij. 'Ik bloed dood.'

'Onzin,' zei Ruth. 'Dan had je maar niet op privéterrein moeten komen. Als je zonder toestemming op privéterrein komt, moet je niet raar opkijken als je gebeten wordt. Het staat in koeienletters op dat bord bij het hek: PAS OP VOOR DE HOND. Dat moet je gezien hebben. Maar nee, je trok je er niets van aan, klom over het hek en viel een onschuldig huisdier aan. Dan moet je niet verbaasd zijn als het beest zich verdedigt. Je bent in overtreding. En wat doet die andere kerel in mijn eik?'

De ogen van Telelens rolden bijna uit hun kassen. Een vrouw die het moorddadige schepsel dat bijna zijn been geamputeerd had een 'onschuldig huisdier' kon noemen, was duidelijk niet goed snik.

'In godsnaam...' begon hij, maar Ruth negeerde zijn gebed.

'Naam en adres,' snauwde ze. 'Van jullie allebei, graag.' Ze besefte plotseling dat ze haar ochtendjas nog aan had en liep terug naar het huis. 'En verroer je niet,' zei ze. 'Ik haal de politie erbij en dien een aanklacht in wegens terreinvredebreuk en dierenmishandeling.'

Dat dreigement was te veel voor Telelens. Hij plofte weer tussen de paardenvijgen en verloor het bewustzijn. Alleen Aasgier Cassidy, die inmiddels drie takken hoger was geklommen, liet een protest horen.

'Dierenmishandeling? Stomme trut!' schreeuwde hij terwijl ze met de tot inkeer gekomen Wilfred naar de deur liep. 'Jij bent degene die wordt aangeklaagd wegens mishandeling! We laten geen spaan van je heel! Let maar eens op. We knijpen je uit tot de laatste cent!'

Ruth glimlachte en aaide Wilfred. 'Brave hond. Je bent braaf, hè Wilfie? Heeft die nare man je geschopt?'

Ze haalde een fles tomatenketchup, hield Wilfred bij zijn halsband en goot de ketchup over zijn rug. Vervolgens nam ze hem weer mee naar de tuin en liet hem achter onder de eik. Daar zat hij nog steeds toen eerst een ambulance arriveerde, en kort daarna de politie. Het bloed uit Aasgiers enkel had de grond onder de eik rijkelijk besproeid, en ook de rug van Wilfred, waar het de nodige authenticiteit toevoegde aan de ketchup. Ruth Rottecombe had haar doel bereikt. In noodgevallen was ze altijd al vindingrijk geweest.

VEERTIEN

De schaduwminister voor Integratie en Deportatie zat in het gras, met zijn rug tegen de muur en zijn hoofd in zijn handen. Hij besefte nu dat hij twee vreselijke vergissingen had begaan. Ten eerste had hij niet een dag eerder naar huis moeten gaan en ten tweede had hij nooit moeten trouwen met iemand die zulke bloeddorstige honden kon loslaten op twee journalisten. Het gegrom en gegil, om nog maar te zwijgen over het feit dat er een bewusteloze en bebloede man in zijn garage lag, had hem daar wel van overtuigd. Harold Rottecombe was niet van plan als medeplichtige te worden aangeklaagd wegens de mishandeling en misschien zelfs wel het vermoorden van die arme stakker. Als de media daar lucht van kregen, kon hij niet alleen zijn carrière als schaduwminister maar ook die als parlementslid vaarwel zeggen. Hij had nooit met dat gestoorde wijf moeten trouwen. Plotseling schoot hem nog iets te binnen. Toen ze terugkwam uit de garage, had haar afschuw iets authentieks gehad en was hij er bijna van overtuigd geweest dat die man daar niét door haar toedoen was beland. Misschien kon hij dat 'bijna' beter schrappen. Ze had werkelijk niet geweten dat hij daar lag, en in dat geval was iemand anders verantwoordelijk. Harold Rottecombe zocht een verklaring en vond die vrijwel onmiddellijk. Iemand wilde hem ruïneren. Daarom was de pers op de hoogte gebracht. Helaas was het nu te laat om daar nog iets aan te doen. Hij kon alleen maar zo snel mogelijk naar Londen terugkeren, met de trein, want met de auto was onmogelijk. Hij keek even over de muur en zag al een horde verslaggevers en tv-journalisten aan het begin van de oprit staan. Die zouden daar de hele dag blijven en dadelijk zou de politie uit Oston komen opdraven. Hij kon dus ook geen gebruik maken van het stationnetje in Oston. Hij zou naar Slawford moeten gaan en daar de trein nemen naar Bristol en Londen. Slawford lag niet in zijn kiesdistrict en daar had hij minder kans om herkend te worden. Aan de andere kant was het wel een godsgruwelijk eind lopen.

Gelukkig was er altijd de rivier nog. Die stroomde door Slawford en van waar hij zat, kon hij het dak van het botenhuis zien. Ja, dat was een veel beter idee dan vijftien kilometer door akkers en velden sjouwen. Hij zou de roeiboot nemen en rustig stroomafwaarts dobberen.

In Leyline Lodge maakte Ruth nuttig gebruik van haar ervaring in het vastbinden van mensen. Na gecontroleerd te hebben dat Wilt niet dood was, bond ze zijn polsen vast met een ruime hoeveelheid hechtpleister. Dat zou geen insnoeringen achterlaten, zoals touw. Ze trok zijn spijkerbroek uit en sleepte hem naar haar Volvo stationcar, waarbij Wilts onderbroek besmeurd raakte met zijn eigen bloed. Met behulp van twee planken en een geweldige krachtsinspanning wist ze hem achterin te rollen. Vervolgens bond ze een zakdoek voor zijn mond en bedekte hem met oude kranten en kartonnen dozen. Ze nam zijn rugzak en broek mee, deed de garage op slot, ging terug naar het huis en wachtte op Harold.

Toen hij na een halfuur nog niet was komen opdagen riep ze hem, maar kreeg geen reactie. Ze ging de tuin in en keek over de muur. Op een bepaalde plaats was het lange gras geplet. Daar moest hij gezeten hebben, maar nu was hij nergens meer te bekennen. Waarschijnlijk was hij bang geworden en had hij de benen genomen. Eigenlijk was dat maar beter ook. Ze moest bedenken wat ze tegen de journalisten bij het hek zou zeggen, maar dat kon nog wel even wachten. Eerst wilde ze zien wat er in die rugzak zat. Ze ging terug naar de garage, maar toen ze in de rugzak keek, snapte ze er helemaal geen snars meer van. Volgens Wilts rijbewijs woonde hij in Ipford, maar dat lag ver naar het zuiden. Wat deed die ellendeling in haar garage? Het sloeg nergens op, net als alles wat er die dag gebeurd was. Misschien was het nog het verstandigst om hem gewoon ergens in de buurt van Ipford te dumpen. Hij zou hij er een hele kluif aan hebben om uit te leggen wat hij zonder broek had uitgevoerd in een slaperig gat als Meldrum Slocum. Ruth dacht tien minuten na en nam toen een besluit.

Een uur later liep ze de oprit af met Wilfred en Pickles en liet de verzamelde media zien hoe erg Wilfred was toegetakeld door de bruten van de *News on Sunday*.

'Ze klommen over het hek en probeerden het huis binnen te dringen en toen ze betrapt werden door Pickles, waren ze zo stom om haar te schoppen. Nou, dat hoef je niet te proberen met een Engelse bulterriër. Nee hè, schatje?' Pickles kwispelde en keek zelfvoldaan. Ze vond het prettig om geaaid te worden. Wilfred was veel te zwaar om op te pakken, maar zijn achterlijf was in een indrukwekkende hoeveelheid verband gewikkeld. 'Een van die mannen heeft hem toegetakeld met een mes,' legde ze uit. 'Dat was echt vreselijk.'

'Nee, ik ga geen vragen beantwoorden,' zei ze toen een van de reporters vroeg of het waar was dat – 'Ik ben nog veel te veel van streek. Als ik ergens een hekel aan heb, is het wel aan dierenmishandeling en wat die twee mannen gedaan hebben is te erg voor woorden. Mijn man is in Londen. Als jullie hem willen spreken, moeten jullie daar zijn. Ik ga nu eerst een beetje uitrusten. Het is een stressvolle dag geweest, dat snappen jullie vast wel.'

Wat de verslaggevers vooral snapten was dat Aasgier Cassidy en Tommy Telelens volslagen krankzinnig geweest moesten zijn om ook maar in de buurt te komen van twee zulke vervaarlijke honden. Als ze het teefje werkelijk geschopt hadden met die reus van een Wilfred in de buurt... nou, dan waren ze levensmoe geweest. Terwijl Ruth terugliep naar het huis, waren de meningen onder de journalisten bij het hek verdeeld. Sommigen vonden het prachtig dat Aasgier en Telelens eindelijk hun verdiende loon hadden gekregen, maar anderen vonden dat ze een bijna krankzinnige moed hadden getoond, die veel verder ging dan louter plichtsbesef, om aan een verhaal te komen. Desondanks was niemand bereid hun inspirerende voorbeeld te volgen en na enige tijd blies de hele stoet de aftocht.

Ruth keek hen na en ging toen terug naar het huis om het probleem van Wilt aan te pakken.

Ze deed zijn schoenen, sokken en broek in een vuilniszak, die ze onderweg ergens zou weggooien. Ze overwoog Wilfred en Pickles mee te nemen, maar bedacht zich. Ze moest volkomen anoniem zijn en als mensen de honden zagen, zouden ze zich dat misschien herinneren. Ze controleerde vanuit het slaapkamerraam nogmaals of de journalisten werkelijk waren opgekrast en tot haar opluchting stond er niemand meer bij het hek. Om negen uur 's avonds stapte ze in haar auto en ging op weg naar Ipford.

VIJFTIEN

Oom Wally voelde zich zelfs niet een heel klein beetje veiliger toen hij eenmaal samen met de vierling in zijn zomerhuis aan Lake Sassaquassee was. Niet dat het zomaar een zomerhuis was. Wally had een splinternieuw klassiek oud landhuis laten bouwen aan het meer en alle bomen binnen een kilometer omtrek laten omhakken, omdat tante Joan bang was voor wilde dieren en het verrekte een boswandeling te maken als ze niet kon zien of er beren losliepen. Aan de rand van die open plek was op haar aandrang een extra sterk stalen hek geplaatst, om er helemaal zeker van te zijn dat er geen beren op het terrein zouden komen, die misschien op strooptocht zouden gaan rond het huis of naar binnen zouden stormen door de enorme glazen schuifpui die uitkeek over het zwembad (ze weigerde ook om te zwemmen in het meer, omdat ze gehoord had dat er giftige waterslangen waren), het terras, de barbecuekuil en de rest. De vierling was vooral opgewonden over 'de rest', net als Wally. Dat was ook de reden waarom hij zoveel tijd en geld besteedde aan zijn verzameling.

'Dat daar is een Shermantank. Heeft de hele Tweede Wereldoorlog dienstgedaan,' zei hij trots tegen de meiden. 'Is op D-Day geland op Omaha Beach, samen met generaal Patton. Ze zeggen dat hij in deze tank naar het slagveld is gereden en vandaar helemaal naar Berlijn. Nou, niet helemaal naar Berlijn, omdat die Montgomery te schijterig was om de stad in te nemen, maar het scheelde niet veel. De beste tank die ze ooit hebben gebouwd. Dat daar is een Huey helikopter met een snelvuurkanon in de deuropening. Ja, daar hebben we flink mee huisgehouden onder die spleetogen in Vietnam. Zo'n dingetje vuurt duizenden schoten per minuut af. En daar staat een houwitser die nog door generaal MacArthur in Korea is gebruikt. Als dat schatje vuurspuwde, wisten onze gele vrienden dat er met Uncle Sam niet te spotten viel. Net als met deze draagbare barbecue.' Hij wees op een vlammenwerper. 'Daar hebben we op Okinawa hele rissen Jappen mee geflambeerd alsof 't –'

'Wat mee geflambeerd?' vroeg Emmeline.

'Jappen,' zei oom Wally trots. 'Er spuit vuur uit dit mondstuk en als je daar iemand mee raakt, is een steengrill er kinderspel bij. We hebben die smeerlappen echt met honderden tegelijk geroosterd. Kijk, hier staat een napalmbom. Jullie weten vast wel wat napalm is. Geweldig spul. Net een mengsel van frituurolie en drilpudding. Gooi het op een dorp en boem! – alle inboorlingen kunnen aan de satéprikker. En hier staat een raket die ik in Duitsland heb opgepikt, toen we de Koude Oorlog gewonnen hadden. Zet een atoomkop op dit schatje en je vaagt er een stad mee weg die vijf keer zo groot is als Wilma. Dat wisten de Russen ook wel en daardoor hebben we de wereld van het communisme gered. Ze waren wel zo slim om geen nucleaire vernietigingsoorlog te riskeren.'

Het terrein rond het huis was bezaaid met aandenkens aan verschrikkelijke oorlogen, maar het hoogtepunt van Wally's militaire verzameling was een B-52 bommenwerper. Die stond aan de andere kant van het huis, zodat je hem goed kon zien door de grote ramen, zelfs 's nachts, want dan werd hij door schijnwerpers verlicht: een monsterlijk zwart vliegtuig dat achtenvijftig missies had gevlogen boven Vietnam en Irak, volgens de geschilderde symbolen op de flank. Zoals Wally trots benadrukte, kon hij twintigduizend kilometer vliegen en een H-bom vervoeren die zelfs de grootste stad ter wereld kon uitvlakken.

'Wat betekent "uitvlakken", oom Wally?' vroeg Josephine met geveinsde onschuld, maar Wally Immelmann ging zo op in zijn droom van massavernietigingswapens dat hij dat niet merkte.

'Dat betekent eerst de schokgolf, dan de vuurbal, dan de straling en hoppa, vijftien, zestien miljoen mensen zijn er geweest. Dat betekent het, schatje. Vroeger hield de luchtmacht deze jongens constant in de lucht, klaar om aan te vallen als de president van de Verenigde Staten op de rode knop drukte. Tegenwoordig hebben we natuurlijk betere wapens, maar in hun tijd waren deze prachttoestellen heer en meester in de lucht. En over de hele wereld. Nu zijn zulke grote vliegtuigen niet meer nodig. We hebben intercontinentale raketten en stealthbommenwerpers en kruisraketten en neutronenbommen en nog meer dingen die zo geheim zijn dat niemand ervan weet, maar die in nog geen uur de Atlantische Oceaan kunnen oversteken. En het mooiste zijn natuurlijk de lasers in satellieten in de ruimte, die iedere plek op aarde met de snelheid van het licht kunnen roosteren.'

Toen ze uiteindelijk weer naar binnen gingen, was oom Wally in een opperbest humeur.

'Die meiden van je zijn hartstikke slim,' zei hij tegen Eva, die de rondleiding nogal zenuwachtig vanuit de verte had gevolgd. 'Ik heb ze geschiedenisles gegeven, en nu snappen ze waarom wij altijd winnen en niemand op technologiegebied ook maar aan ons kan tippen. Ja toch, meiden?'

'Ja, oom Wally,' zei de vierling eensgezind. Eva keek hen wantrouwig aan. Ze kende die eensgezindheid. Het was een onheilspellend voorteken.

Die avond, terwijl oom Wally naar het honkbal keek en zijn vijfde whisky met ijs inschonk en Eva en tante Joan het over de familie in Engeland hadden, vond Samantha een oude bandrecorder in Wally's hobbykamer. Het was er een met een band van vier uur en een automatische stop en tegen de tijd dat Wally en zijn vrouw naar hun slaapkamer wankelden, stond hij zachtjes snorrend onder hun kingsize bed. Wally wilde wippen.

'Kom op, schat,' zei hij. 'We worden er ook niet jonger op en –'

'Spreek voor jezelf,' zei tante Joan. Ze was niet in een goed humeur. Eva had verteld dat Maude, de zus van Joan, besloten had om lesbisch te worden en nu samenwoonde met een pas verbouwde transseksueel. Dat waren niet echt de familienieuwtjes waar ze op zat te wachten, net zomin als op Wally's seksuele attenties. Misschien had lesbisch worden toch zijn voordelen.

'Ik spreek ook voor mezelf,' zei Wally. 'Voor wie moet ik anders spreken? Jij hebt verdomme geen prostaat. Daar heb ik die dr. Hellster uit Atlanta in ieder geval nog nooit over gehoord. Hij zegt dat ik actief moet blijven of anders.'

'Actief? Probeer hem nou eerst maar eens omhoog te krijgen. Dat lukt de laatste tijd niet best meer. Weet je zeker dat je je zaakje niet in de badkamer hebt laten liggen, samen met je toupetje? Het is nog gemakkelijker om een zeeslak hard te maken.'

'O ja?' zei Wally. Die vergelijking deed blijkbaar zeer. 'Nou, vind je het gek? Als je wilt dat ik hem omhoog krijg, begin dan 'ns met een beetje voorspel.'

'Voorspel? Denk je dat dat de taak van de vrouw is? Dan heb je mooi de verkeerde uitgekozen. Jij hoort het voorspel te doen, met je tong en zo.'

'Godallemachtig!' zei oom Wally. 'Wil je dat ik bij jou mondorgel ga spelen, op jouw leeftijd? Sorry hoor, maar ik heb nooit van diepzeeduiken gehouden. Jezus! Leuk gevoel voor humor heb je.'

'Nou, vraag dan niet of ik je wil pijpen.'

'Dat vroeg ik ook helemaal niet! De laatste keer dat je dat deed, was Nixon volgens mij president.'

'Is het nog maar zo kort geleden?' zei tante Joan. Na nog wat getouwtrek stemde ze erin toe om zich niet meer te verzetten, plat op haar rug te gaan liggen en te doen alsof Wally Arnold Schwarzenegger met een overdosis Viagra was, iets wat niet echt stimulerend werkte.

'Eerst moet ik dat ding zien te vinden,' zei Wally. 'Net alsof je op een regenachtige nacht verdwaald bent in het bos, zonder zaklantaarn. Weet je zeker dat je nog wel een poesje hebt? Heeft die chirurg niet alles dichtgenaaid toen hij je baarmoeder weghaalde?'

Uiteindelijk vond hij wat hij zocht, of dat dacht hij tenminste. Tante Joan wist wel beter.

'Vuile smeerlap!' krijste ze. 'Jezus, ben je wel goed bij je hoofd? Op mijn leeftijd begin ik niet meer aan anale seks, Wally Immelman! Als je zin hebt om iemand van achteren te pakken, zoek je maar een kerel die dat lekker vindt. Bij mij hoef je er niet mee aan te komen!'

'Van achteren pakken? Dat probeerde ik helemaal niet,' zei Wally oprecht verontwaardigd. 'We zijn goddomme al dertig jaar met elkaar getrouwd! Heb ik ooit geprobeerd je van achteren te pakken?'

'Jazeker,' zei tante Joan verbitterd. 'Doe maar niet zo onschuldig. Dr. Cohen zegt dat –'

'Dr. Cohen? Heb je aan dr. Cohen verteld dat ik je van achteren heb gepakt? Dit wil ik niet horen! Ik geloof het gewoon niet!' schreeuwde Wally. 'Dus je hebt tegen dr. Cohen gezegd... Christus!'

'Ik hoefde niks te zeggen. Hij heeft ogen in zijn hoofd. Hij kon het zelf zien en hij vond het walgelijk. Hij zegt dat het tegen de wet is en daar heeft hij groot gelijk in.'

Wally had geen zin meer in een wip. Hij zat kaarsrecht overeind in het kingsize bed.

'Tegen de wet? Gelul! Als het tegen de wet is, waarom doen homo's het dan de hele tijd en zitten we nu met die aidsepidemie opgescheept?'

'Niet die wet. De Wet van God. Volgens dr. Cohen staat het in de bijbel. "Gij zult niet –"'

'De bijbel? Wat weet dr. Cohen van de bijbel? Denkt die stomme jid soms dat de joden de bijbel hebben geschreven? Jezus, wat een mafkees.'

'Wally, schat, wie anders?' zei tante Joan, die het initiatief nam nu Wally niet meer op haar lag en verdwaald was in een moeras van onwetendheid. 'Wie heeft de bijbel anders geschreven?'

'Hoe bedoel je, wie anders? Genesis, natuurlijk, en Jozua en Jonas en zo. Dat soort types, die hebben de bijbel geschreven.'

'Je vergeet Mozes,' zei Joan zelfvoldaan. 'Zoals in dr. Mozes Cohen. Joden, lieve Wally, joden. De bijbel is geschreven door joden. Wist je dat niet?'

'Jezus!' zei Wally.

'Ja, die ook. Mattheus, Marcus, Lucas en Johannes. Allemaal joden, Wally. Dat durf ik te zweren op de bijbel.'

Wally zakte onderuit in bed. 'Ja, dat wist ik natuurlijk ook wel,' zei hij vlug. 'Maar dat wil nog niet zeggen dat je dr. Cohen moet wijsmaken dat ik er een gewoonte van maak om jou van achteren te pakken. Ik bedoel, dan ben je echt gek. Klinisch gestoord.'

'Ik heb niets gezegd. Hij zag het zelf toen hij dat baarmoederonderzoek deed en hij vond het walgelijk. Je had eens moeten horen wat hij allemaal zei over mannen die er dat soort praktijken op na houden. Ik moest een bloedtest doen.'

'Ik wil het niet horen!' schreeuwde Wally, maar dat hielp natuurlijk niks. Joan vertelde alles, in geuren en kleuren en tot in de kleinste details, terwijl hij haar constant in de rede viel met dreigende uitspraken over hoe hij het haar betaald zou zetten, bijvoorbeeld door van haar te scheiden. Hij kende een paar juristen die geen spaan van haar heel zouden laten.

'O, wat word ik nou bang!' schreeuwde tante Joan op haar beurt. 'Dacht je soms dat ik me niet heb ingedekt? Dr. Cohen heeft me de naam van een eersteklas advocaat gegeven, en ik heb hem al gesproken. Als je ook maar iets probeert uit te halen zul je eens zien wat voor belastende verklaringen ik allemaal heb afgelegd, Wally Immelmann. Je zult versteld staan!'

Wally zei dat hij er versteld van stond dat zijn bloedeigen vrouw hem erbij kon lappen bij zo'n klotedokter en een advocaat. Ze bleven tegen elkaar schreeuwen, tot Wally ten slotte uitgeput achterover plofte en zich afvroeg wat hij moest doen. Eén ding was zeker: hij zou van dokter moeten veranderen, en naar dr. Lesky moeten gaan. Daar had hij helemaal geen zin in, want dr. Lesky was voorstander van abortus. Als ouderling in de Kerk van de Levende God hoorde je geen dokter als dr. Lesky te hebben, maar hij verdomde het om naar die kliniek voor zwarten en zwervers te gaan. Daar kwam je met meer ziektes naar buiten dan je had toen je naar binnen ging. Zelfs de artsen liepen ze op. De baas van Immelmann Enterprises tussen de steuntrekkers? Dat nooit! Wally staarde door het donker en probeerde te bedenken hoe hij het gevaar van dr. Cohen kon bezweren. Als in Wilma bekend zou worden dat hij zijn vrouw van achteren pakte, kon hij het wel schudden.

Ook de apparatuur die de agenten van Narcotica in Starfighter Mansion hadden geïnstalleerd, zou zijn reputatie geen goed doen.

'In elke kamer zitten twee microfoontjes. Als hij de boel

scant en er eentje vindt, hebben we altijd de ander nog achter de hand. Die tweede wordt pas geactiveerd als wij het willen, zodat de scanner hem de eerste keer niet oppikt. Als hij de eerste heeft gevonden, scant hij geen tweede keer. Dat doen ze nooit,' zei de afluisterexpert tijdens de bijeenkomst. 'We kunnen zien wanneer we de backups moeten inschakelen door middel van onze videocameraatjes. Zo klein dat een vliegenoog er nog groot bij is. Je kunt ze onmogelijk ontdekken, maar wij zien precies wat er gebeurt en de microfoontjes vangen ieder woord op. Als die kerel in drugs doet, halen wij gegarandeerd het bewijs boven water. Alleen buiten kan hij ongemerkt met iemand praten, en zelfs dan kan hij er niet zeker van zijn dat hij niet afgeluisterd wordt. Er zou een microfoontje achter de knoop van zijn overhemd kunnen zitten, of weet ik waar. Al zijn auto's zijn ook van microfoontjes voorzien, en als hij in huis is kunnen we horen of hij zich wel goed achter zijn oren wast en of hij besneden is. Ik snap alleen niet waarom we zoveel moeite doen voor deze vent. Ik bedoel, de spullen die we geïnstalleerd hebben gebruiken we normaal gesproken alleen bij topmaffiosi, en dit lijkt me eerlijk gezegd kruimelwerk.'

'Dit zou wel eens een heel grote zaak kunnen worden,' zei Palowski. 'Volgens de informatie uit Polen is het spul waar het om draait een gloednieuwe, superzuivere designerdrug uit Rusland. Puur synthetisch en duizend keer zo verslavend als crack. De straatwaarde loopt in de miljarden en het is net zo gemakkelijk te fabriceren als speed, of nog gemakkelijker. Dat verklaart waarom Sol Campito verdwenen is. Als je zo'n monster kwijtraakt, raak je ook je leven kwijt. Ik denk dat Sol al lang onder de groene zoden ligt. Volgens sheriff Stallard wil Immelmann Enterprises in de farmaceutica gaan. Dat gerucht doet tenminste de ronde. Een of ander Duits bedrijf zou geld in

Immelmann willen steken en heeft ook zwaar geïnvesteerd in Rusland. Vandaar de belangstelling uit Washington. Volgens mij is dit een poging tot ondermijning van Amerika. Militair gezien stellen de Russen niks meer voor, maar als ze dit land kunnen volplempen met designerdrugs van dit kaliber, hoeven ze ook geen oorlog meer te voeren.'

'Die kerel is echt paranoïde, ik zweer het je. Hij ziet achter iedere boom een Rus,' zei de afluisterexpert na afloop van de bijeenkomst.

Die mening werd gedeeld door sheriff Stallard, toen Baxter vertelde dat Starfighter Mansion van onder tot boven volgehangen was met camera's en microfoons.

'Bedoel je dat als Wally Immelmann... als zijn vrouw naar de plee gaat, dat allemaal op video wordt vastgelegd? Dat is toch zeker een geintje, hè? Nou, ik hoef niet te zien hoe ze zit te pissen.'

'Het is nog erger...'

'Nog erger? Niets kan erger zijn dan Joan... waar hebben ze die klotecamera geplaatst? Ze filmen toch niet van onderen, hè? Gatverdamme. Om te kotsen.'

'Nee, de camera zit ergens in de wand, maar ze kunnen wel inzoomen,' zei Baxter. 'Ze gebruiken de allernieuwste snufjes, sheriff.'

'Dat geloof ik graag,' zei de sheriff, die nog steeds geobsedeerd werd door de gedachte aan tante Joan op de wc. 'Maar waar willen ze zo graag op inzoomen? Wat zijn die lui voor viezerikken? Ik bedoel, ze overtreden zo'n beetje de hele zedenwetgeving. Wat is daar nou te filmen?'

'Als Wally probeert het spul door de plee te spoelen, willen ze dat op film hebben. O ja, nog zoiets. Ze hebben er ook de Strontploeg bijgehaald.'

'Ja, dat zei je al,' zei de sheriff. 'Toepasselijke naam voor die rotzakken. Ik had het zelf niet beter kunnen formuleren.'

'Nee, deze lui zijn anders.'

'Zeg dat wel. Zo anders als maar zijn kan. Een brave burger zoals ik kickt niet op dikke vrouwen die pissen op hun eigen plee. Als je dat leuk vindt, ben je echt gestoord.'

'Nee, de Strontploeg bestaat uit rioleringsexperts. Ze voeren al het spoelwater uit Starfighter Mansion af naar een tankwagen, zodat ze het kunnen analyseren. Die wagen staat achter het scherm van de oude drive-inbioscoop en is gigantisch. Volgens mij is het een tank van minstens zestigduizend liter. Ze hebben daar ook een laboratoriumtruck, vol spullen waarmee ze weken nadat een atleet doping heeft gebruikt, nog sporen in zijn urine kunnen vinden.'

De sheriff staarde hem met open mond aan. Hij werkte al zijn hele leven bij de politie, maar zoiets had hij nog nooit gehoord. 'Ze voeren al het spoelwater...? Zeg dat nog eens Baxter, maar nu ietsje langzamer, graag. Ik geloof dat ik het de eerste keer niet goed gehoord heb.'

'Het zit zo,' zei Baxter. 'Ze hebben alle leidingen, de waterafvoer en de riolering en zo, aangesloten op een reusachtige pomp en...'

'Shit,' zei de sheriff. 'Gebruiken die eikels onze belastingcenten om alle pis uit het huis van Wally Immelmann te testen? Dadelijk hoor ik nog dat er een satelliet in een statutaire baan boven Wilma hangt.' Hij zweeg en keek geschokt omhoog. 'Ze zouden de letters op m'n insigne kunnen lezen.'

'Volgens mij is het "stationair", sheriff. Stationaire baan. U zei "statutair".'

Stallard keek zijn hulpsheriff met glazige ogen aan. Hij kreeg steeds meer het gevoel dat hij gek begon te worden. 'Stationair kan dat ding niet zijn, Baxter. Wilma draait met ruim vijfduizend kilometer per uur rond, net als de hele aarde. Nou, als er dan een satelliet boven Wilma hangt, en ik hoop dat je me niet in de zeik neemt... o nee, niet in de zeik, geen zeik, daar wil ik niet meer aan denken! Maar goed, dat ding moet hoog boven Wilma hangen om een vaste baan te kunnen aanhouden – ik betwijfel zelf steeds meer of ik m'n eigen vaste baan wel wil aanhouden – en dus nog sneller vliegen dan wij om ons te kunnen bijhouden. Ja toch?' Baxter knikte. 'Dat dacht ik al. Dus toen ik "statutair" zei, bedoelde ik ook "statutair". Deze hele operatie moet miljoenen kosten. Dan moet hij statutair zijn goedgekeurd, door Washington. En ik maar denken dat ze daar iets aan het begrotingstekort wilden doen.'

Hij ging terug naar zijn kantoortje, nam een pil in, ging op zijn veldbed liggen en probeerde te doen alsof er niets aan de hand was, maar dat lukte hem niet. Het beeld van Joanie Immelmann op de plee bleef hem achtervolgen.

Op het politiebureau in Oston hield Bob Battleby hardnekkig vol dat hij onschuldig was. Hij had zijn eigen huis niet in brand gestoken. Waarom zou hij? Het was een prachtig huis, dat al eeuwen familiebezit was. Hij was er juist heel erg op gesteld geweest. Hij had geen idee hoe die pornoblaadjes en andere spullen in zijn Range Rover waren beland. Misschien had de brandweer ze er wel neergelegd. Het was precies het soort vuiligheid waar brandweerlui van hielden. Hij kende persoonlijk geen brandweerlieden, met dat slag mensen ging hij niet om, maar ze deden nooit iets nuttigs. Ze hadden bijvoorbeeld niet kunnen voorkomen dat zijn huis tot de grond toe afbrandde. Waarschijnlijk hielpen die seksblaadjes hen om te tijd te doden. En die handboeien en zweepjes? Dacht hij werkelijk dat de brandweer die ook gebruikte om de tijd te doden? Nou nee, dat ook weer niet. Eerlijk gezegd leek hem dat meer iets voor de politie.

Die opmerking viel niet bepaald in goede aarde bij de inspecteur die de leiding had over het verhoor, in afwezigheid van de hoofdinspecteur die zijn slaaptekort probeerde weg te werken. Battleby was minder fortuinlijk. De vragen bleven maar komen en hij zou geen oog dichtdoen tot hij ze beantwoord had. Waar was zijn vrouw? Hij had geen vrouw. Stond hij op goede voet met zijn familie? Ze moesten zich godverdomme met hun eigen zaken bemoeien. Maar dat deden ze ook: het was hun zaak om criminelen te arresteren en mensen die hun eigen huis in brand staken, in het bezit waren van kinderporno en een hoofdinspecteur van politie mishandelden, kon je rustig criminelen noemen.

Battleby herhaalde dat hij zijn huis niet in brand had gestoken. Dat kon Ruth Rottecombe bevestigen. Zij was bij hem geweest toen hij de keuken had verlaten. De inspecteur keek hem met opgetrokken wenkbrauwen aan. Mevrouw Rottecombe had in een officiële verklaring gezegd dat zij hem in haar auto bij de voordeur had opgewacht. Battleby legde een uiterst obscene verklaring af over dat kutwijf van een Rottecombe. Hij wees erop dat het team dat zich met brandstichting bezighield met het onderzoek was begonnen en werd bijgestaan door mensen van de verzekering, die de echte experts waren, zodat ze binnenkort zouden weten wat er werkelijk gebeurd was. Wat de inspecteur graag wilde weten was hoe Battleby er financieel voorstond. Battleby weigerde antwoord te geven. Niet dat dat er iets toe deed: ze zouden gerechtelijke toestemming vragen om zijn bankrekeningen te controleren. Dat was standaardprocedure als er verdenking was van brandstichting en er zo veel verzekeringsgeld op het spel stond. De inspecteur ging er in ieder geval maar vanuit dat Battleby het huis verzekerd had? Battleby nam aan van wel. Hij liet dat soort financiële zaken over aan zijn accountant. Maar de verzekering stond wel op zijn naam? Ja, natuurlijk. Dat moest wel. Het huis was al honderden jaren familiebezit, dus het kon moeilijk op de naam van iemand anders staan. Aha. En nu wat betreft die porno... in haar verklaring had mevrouw Rottecombe gezegd dat hij haar gevraagd had om hem vast te binden en af te ranselen en dat ze dat geweigerd had... Gelul! Die trut vond het juist heerlijk om mensen af te ranselen en te martelen. Als ze ergens van hield, dan was het wel van SM... Hij zweeg. Zelfs in zijn toestand van bijna volslagen uitputting, zag hij aan het gezicht van de inspecteur dat hij precies de verkeerde dingen zei. Hij vroeg of hij zijn advocaat mocht spreken. Natuurlijk. Als hij de naam en het telefoonnummer van zijn advocaat gaf, mocht hij hem bellen. Battleby kon zich het nummer van zijn advocaat niet herinneren. Hij zat ergens in Londen en... Wilde hij misschien een plaatselijke advocaat? Nee, dank je hartelijk. Dat soort idioten had alleen verstand van mestquota's.

De vragen bleven komen en iedere keer dat Battleby indommelde, werd hij wakker geschud. Hij kreeg sterke koffie en mocht naar de wc, maar toen begonnen de vragen weer. Rond een uur of twaalf 's middags nam een andere politieman het over en stelde dezelfde vragen.

ZESTIEN

Op het politiebureau van Ipford had inspecteur Flint al net zo'n lage dunk van de afdeling Narcotica als sheriff Stallard. Hij had het rapport van hoofdinspecteur Hodge gelezen en was diep geschokt.

'Je kunt dit soort onzin niet naar Amerika sturen,' protesteerde hij. 'Er is geen flintertje bewijs dat de Wilts hier bij drugssmokkel betrokken zijn geweest. Ze zijn brandschoon.'

'Alleen omdat iemand ze gewaarschuwd heeft,' zei Hodge.

'Hoe bedoel je?' vroeg Flint. Zijn bloeddruk begon snel te stijgen.

'Dat iemand gezegd heeft dat de politie ze in de gaten hield en dat ze daarom dekking hebben gezocht op die Amerikaanse luchtmachtbasis en het spul hebben gedumpt.'

'Je wilt toch niet suggereren dat ik –'

'Jij niet, Flint. Kijk eens naar het bewijsmateriaal. Wilt gaf les aan de Yanks op de basis in Lakenheath, waar die Immelmann ook gestationeerd was. Wilt heeft dus contacten met Amerikanen. Dat is een. Twee is dat PCP een Amerikaanse designerdrug is en dat de dochter van een hele hoge ambtenaar aan een overdosis van dat spul is gestorven, op de hogeschool waar Wilt lesgaf. En zo zijn er nog veel meer aanwijzingen, een hele berg, en ze pakken allemaal ongunstig uit voor de Wilts. Je kunt er niet omheen, Flint. En nog iets. Waar heeft Wilt nog meer lesgegeven? In de bajes hier in Ipford. Daar ging hij om met sommige van de zwaarste criminelen uit de drugswereld. Die kleine rotzak heeft al drie slag tegen. Nummer vier is...'

'Hodge, ik wil je niet in de rede vallen, maar vier slag bestaat niet. Drie slag is uit. Als je echt in de huid van een Amerikaan wilt kruipen, mag je je in dat soort dingetjes niet vergissen, anders krijg je nooit een contract bij een profhonkbalploeg.'

'Heel grappig, Flint. Je hebt altijd bekend gestaan om je gevoel voor humor. Zeggen ze. Alleen zou ik me deze keer beperken tot de harde bewijzen. De tante van Eva Wilt is getrouwd met een bekende importeur van farmaceutica in de Verenigde Staten. Oké, op het eerste gezicht doet hij misschien legale zaken, maar hij heeft een huis in de Cariben, een supersnel motorjacht en diverse privévliegtuigen. Alles wat je van een succesvolle drugssmokkelaar zou verwachten. En nu gaat Eva Wilt heel toevallig bij hem op bezoek, samen met haar vierling. Die kinderen zijn natuurlijk een prima afleidingsmanoeuvre. En als klap op de vuurpijl is Wilt niet thuis en weet niemand waar hij uithangt. Het klopt allemaal. Het klopt als een bus. Daar kun je niet omheen.'

Flint schoof zijn stoel naar voren. 'Is Wilt verdwenen. Weet niemand waar hij is? Ben je daar zeker van?' vroeg hij.

Hodge knikte triomfantelijk. 'En nog iets,' zei hij. 'Op de dag dat Eva Wilt naar Atlanta vloog, nam haar man een grote hoeveelheid geld op bij de bank. In contanten. En waar liet hij zijn creditcards en paspoort achter? Thuis. Op de keukentafel. Ja, precies, op de keukentafel,' zei hij bij het zien van Flints verbijsterde gezicht. 'Het bed was niet opgemaakt en de afwas niet gedaan. De lades van de kast in de slaapkamer waren open en de auto stond in de garage. Alles was er nog, behalve de heer Wilt zelf. Verder ontbreekt er niets. Zelfs zijn schoenen zijn er nog. Dat hebben we laten controleren door de werkster. Nou, wat kunnen we hieruit afleiden?'

'Het is in elk geval weer eens iets anders,' zei Flint zuur. Hij hield er niet van om op het verkeerde been gezet te worden, en zeker niet door zo'n halvegare als Hodge.

'Iets anders? Wat betekent dat nou weer?' vroeg Hodge.

'Dit: de eerste keer dat ik Wilt tegen het lijf liep, werd zijn vrouw vermist. We dachten dat ze begraven lag onder een enorme heipaal op het terrein van de school, maar wat bleek: Wilt had een opblaaspop de kleren van zijn vrouw aangetrokken en in dat gat gemikt, waarna er twintig ton beton op was gestort. In werkelijkheid zat Eva Wilt op een gestolen boot in Lincolnshire en zette ze de bloemetjes buiten met een paar gestoorde Amerikanen. En waar is onze Eva nu? Blijkbaar zit ze er mooi bij – of zo mooi als ze ooit zal zijn – in Amerika en deze keer wordt Henry vermist. Ja, dat is iets anders. Iets heel anders.'

'Denk je dat hij ervandoor is?' vroeg Hodge.

'Als het om Wilt gaat, denk ik niet meer. Ik heb geen flauw idee wat zich in het hoofd van die idioot afspeelt. Ik weet alleen dat het niet zal zijn wat je denkt. Het zal iets zijn waar je in geen honderdduizend jaar op was gekomen. Vraag me daarom niet wat hij heeft uitgespookt, want ik weet het echt niet.'

'Nou, ik denk dat hij zichzelf een alibi probeert te bezorgen,' zei Hodge.

'Terwijl zijn creditcards op de keukentafel liggen?' zei Flint. 'En al zijn kleren in de kast hangen? Dat klinkt helemaal niet als een vrijwillige verdwijning. Ik denk eerder dat er iets met dat kleine stuk verdriet gebeurd is. Heb je het ziekenhuis gebeld?'

'Ja, natuurlijk. Dat was het eerste wat ik deed. Alle ziekenhuizen in de wijde omtrek, maar er ligt niemand die aan zijn beschrijving beantwoordt. De lijkenhuizen idem dito. Hij is er gewoon niet meer. Dat zet je aan het denken, hè?'

'Nee,' zei Flint resoluut. 'Mij niet. Dat zei ik toch? Als het om Henry Wilt gaat, probeer ik niet meer te denken. Dat doet te veel pijn.'

Toch mijmerde Flint nog een tijdje door over de situatie toen Hodge weer was vertrokken.

'Het is je reinste waanzin om te denken dat Wilt bij een of andere drugszaak betrokken is,' zei hij tegen brigadier Yates. 'En zie je Eva Wilt als cokesmokkelaar? Nou, ik niet, al denkt die eikel van een Hodge er waarschijnlijk anders over. De Wilts zijn misschien gestoord, maar wel de allerlaatsten die echte misdaden zouden plegen.'

'Dat ben ik met u eens,' zei Yates. 'Maar Hodge schotelt de Amerikanen een behoorlijk crimineel beeld van de Wilts voor. Het ziet er allemaal niet best uit, die informatie over Lakenheath en zo.'

'Allemaal roddel en achterklap. Hij heeft geen flinterje bewijs,' zei Flint. 'Laten we hopen dat de politie in Amerika dat ook inziet. Ik zou de Wilts niet graag voor een Amerikaanse rechtbank zien verschijnen, niet na dat proces van O.J. Simpson. Als je camera's eenmaal toelaat in de rechtszaal, wordt iedereen een verdomde acteur. En we weten wat voor zakken dat meestal zijn.' Hij zweeg even. 'Ik vraag me wel af waar Henry gebleven is. Dat is het echte mysterie.'

ZEVENTIEN

'Ik maak me vreselijk veel zorgen om Henry,' zei Eva tegen tante Joan. 'Ik probeer hem steeds te bellen – vandaag al zeven keer – maar hij neemt nooit op.'

'Misschien geeft hij die cursus waar je over vertelde. Je weet wel, Traditie en Cultuur voor Canadezen.'

'Maar dat duurt hoogstens een uur of twee en bovendien geeft hij niet midden in de nacht les,' zei Eva. 'Ik bedoel, er is toch een tijdsverschil?'

'Ja, in Engeland is het vijf uur later dan hier. Het moet daar nu rond middernacht zijn,' zei tante Joan. Oom Wally kreunde in zijn stoel voor de tv. Het had hem de hele dag de grootste moeite gekost om de gedachte te verdringen aan dr. Cohen en het schandaal dat zou losbarsten als het gerucht de ronde deed dat hij anale seks prefereerde. Het leven in Wilma zou onmogelijk worden. Het schandaal zou ook op het meest ongunstige tijdstip komen, net nu hij overwoog om met Immelmann Enterprises in de farmaceutica te stappen, en dan zat hij ook nog eens opgezadeld met een vrouw die niet eens wist dat het in Engeland vijf uur later was dan in de Verenigde Staten. Zou ze eigenlijk wel weten dat de zon opkwam in het oosten?

'Maar dan moet hij nu thuis zijn,' zei Eva, die nog ongeruster werd. 'Ik heb hem iedere dag rond deze tijd gebeld omdat zijn cursus er halverwege de middag op zit en hij 's avonds nooit lang uithuizig is. Zal ik het nog eens proberen?'

'Ja,' zei Wally. 'Dat lijkt me een goed idee. Misschien heeft hij een ongeluk gehad. Vorig jaar herfst viel er in

Alabama iemand van een huishoudtrap. Zijn vrouw belde steeds, maar hij kon niet bij de telefoon komen en ook niet bij de koelkast. Uiteindelijk is hij doodgegaan van de honger. En de dorst. Ze vonden hem pas toen een paar jongens inbraken en er alleen nog maar een geraamte van hem over was.'

Meer hoefde hij niet te zeggen. Eva holde al naar haar slaapkamer om het opnieuw te proberen.

'Moest je dat nou per se zeggen?' bitste tante Joan. 'Dat was echt erg van je.'

'Dat moest ik inderdaad en dat was het niet. In elk geval niet erger dan opgesloten zitten met haar en die nichtjes van je.'

'Het zijn toevallig ook jouw nichtjes, Wally Immelmann.'

Wally glimlachte gemeen en schudde zijn hoofd. 'Ik ben met jou getrouwd, schat, en niet met je achterlijke familie. Mijn bloedverwanten zijn het niet.'

Voor er opnieuw een knetterende ruzie kon losbarsten, keerde Eva terug met het nieuws dat ze de telefoon weer heel lang had laten overgaan, maar dat Henry nog steeds niet opnam.

'Verstandig van hem,' zei Wally, maar niet echt hardop.

'Kun je niet aan een vriend van hem vragen of hij even wil gaan kijken?' vroeg tante Joan.

Eva zei dat Henry een hekel had aan de Mottrams en niet op al te goede voet stond met de buren.

'Zijn beste vriend is Peter Braintree. Misschien zou ik hem kunnen proberen.'

Ze ging weer naar de slaapkamer en kwam vijf minuten later terug.

'Hij neemt ook niet op,' zei ze. 'Het is zomervakantie en dan zijn ze altijd weg.'

'Misschien is Henry met hen mee,' zei tante Joan.

Eva was niet overtuigd. 'Dan had hij me dat wel verteld. Hij heeft duidelijk gezegd dat hij in Engeland moest blijven omdat hij die Canadese cursus moest geven. We hebben het geld hard nodig voor de schoolopleiding van de meisjes.'

'Te oordelen naar wat ze tegen dominee Cooper zeiden...' begon Wally, maar na een blik van Joan deed hij er haastig het zwijgen toe.

'Morgen trekken we er met de zeilboot op uit en gaan we gezellig picknicken,' zei tante Joan. 'Rond deze tijd van het jaar is het heerlijk op het meer.'

In het zwembad amuseerde de vierling zich opperbest.

'Die meiden zijn dol op het zwembad,' zei tante Joan. 'Ze genieten er echt van.'

'Zeg dat wel,' zei oom Wally. Hij dacht dat hij nu wel wist waarom ze zo apart waren. Met zo'n achterlijke moeder als Eva was het in feite een wonder dat ze zelfs maar konden praten. Voor het eerst betrapte hij zich, tot zijn eigen verbazing, op een gevoel van genegenheid voor de vierling. Ze leidden zijn gedachten tenminste af van zijn andere zorgen.

Ondertussen kon Eva alleen maar aan Henry denken. Het was niets voor hem om de hele tijd de hort op te zijn en hij kon ook niet op vakantie zijn. Dan zou hij wel gebeld hebben. Ze wist niet wie ze om hulp moest vragen. Bovendien zou ze het nu wel gehoord hebben als hij was aangereden of ziek was geworden. Ze had Joans adres en telefoonnummer achtergelaten op het prikbord in de keuken, waar je het onmogelijk over het hoofd kon zien, en om het zekere voor het onzekere te nemen had ze het ook nog eens aan Mavis Mottram doorgegeven, al kon Henry niet opschieten met Mavis of Patrick Mottram en was dat gevoel wederzijds. Mavis kon Henry zelfs niet uitstaan, voornamelijk, vermoedde Eva, omdat ze ooit geprobeerd had hem te verleiden en hij haar nogal bruut had afgewezen. Desondanks zou Mavis direct aan de telefoon hebben gehangen als er iets ergs was gebeurd. Dat zou ze juist heerlijk hebben gevonden. Eva verheugde zich er daarentegen niet op om Mavis te bellen en haar te vragen wat Henry uitvoerde. Nee, dat was alleen voor in uiterste noodgevallen. Ze probeerde zich te troosten met de gedachte dat de meiden heel veel opstaken en zich kostelijk amuseerden.

Ze had in beide opzichten gelijk, al was het niet precies zoals ze gedacht had. Josephine en Samantha hadden de bandrecorder onder het bed vandaan gehaald en aan oom Wally gevraagd of ze zijn koptelefoon mochten lenen, met als smoes dat ze een dagje rustig op hun kamer naar muziek wilden luisteren zonder Wally of tante Joan te storen.

Dat hoefden ze geen twee keer te vragen. 'Ga je gang. Doe alsof je thuis bent,' zei Wally enthousiast terwijl hij hen zijn muziekkamer liet zien. 'Ik heb dit geluidssysteem zelf gebouwd en het is het beste dat er buiten Nashville te vinden is. Zelfs Elvis heeft nooit zulke apparatuur gehad. Ik noem het mijn muzikale commandocentrum. Hiermee, en met een nummer van Tina Turner, kan ik op vijf kilometer afstand een boot uit het water blazen en de trommelvliezen van zo'n kut... of liever gezegd, de trommelvliezen van een beer op vijfhonderd meter laten springen. Het draait allemaal om decibels, meiden, en de speakers die ik heb geïnstalleerd op het terrein, in de bomen en noem maar op, zijn water- en weerbestendig en zo krachtig dat, als ik een bandje draai van de lancering van de Space Shuttle, dat meer lawaai maakt dan in het echt. Heb ik voor jullie tante gedaan, omdat ze het niet op beren heeft. Daarom heb ik een bandje met geweerschoten aangesloten op een timer, zodat het ieder uur draait als wij weg zijn. Ik kan het ook variëren. Soms eens in de vier uur, en dan drie schoten per minuut. Ik heb ook een bandje met een vreselijk, snerpend gekrijs waar indringers niet van houden. Als ze over het hek klimmen en de sensoren op het terrein afgaan, breekt de hel los. Ik heb het een keer uitgeprobeerd op een kerel die me een dagvaarding wilde overhandigen. Hij kwam gewoon door het hek naar binnen, maar toen liet ik dat automatisch dichtgaan en zette ik de volumeknop vol open. Ik hoorde pas hoe hij gilde toen ik het bandje weer uitzette. Ik zag wel dat hij het niet naar zijn zin had omdat hij als een gek rondrende en over het hek probeerde te klimmen. Uiteindelijk dook hij in het meer en moest ik hem eruit vissen, want hij kon niet zwemmen. Tegen die tijd kon hij trouwens ook niet meer horen. En die dagvaarding heb ik ook nooit gekregen. Zal hij wel ergens zijn kwijtgeraakt, net als zijn gehoor. Hij wilde er een rechtszaak van maken, maar zover is het nooit gekomen. Er waren geen getuigen, behalve beren, en die laten ze niet toe in de rechtbank. Bovendien heb ik invloed in deze contreien. Als ik iets zeg, luisteren de mensen naar die ouwe Wally Immelmann, reken maar van yes. En ze steken er nog wat van op ook.'

De vierling had oom Wally bedankt en de koptelefoon meegenomen naar hun slaapkamer, waar ze hadden geluisterd hoe Wally en tante Joan ruzieden in bed. Ze hadden er inderdaad veel van opgestoken. Terwijl Wally zich gedeisd hield en aan zijn Shermantank sleutelde en tante Joan en Eva koekjes bakten in de keuken – Eva vertelde dat Henry de laatste tijd zo moeilijk deed en dat hij nodig toe was aan een andere baan in plaats van altijd maar les te geven aan die duffe school – ging de vierling terug naar het muzikale commandocentrum en deed daar de nodige dingen. Het waren geen dingen die tante

Joan of Eva zelfs maar hadden willen weten en oom Wally's gevoelens zouden zelfs niet te beschrijven zijn geweest. Ze vonden nog een lange band en maakten een kopie van de bedopnames. Oom Wally was heel behulpzaam. Hij kreeg steeds sterker het idee dat er in feite weinig mis was met de meisjes, behalve dan dat ze werden opgevoed aan een goddeloze nonnenschool. Ze hadden behoefte aan een goede Amerikaanse schoolopleiding en een beetje Amerikaanse knowhow. Hij klom uit de geschutskoepel van de tank en liet nogmaals zien hoe ze de geluidsapparatuur moesten bedienen, bijvoorbeeld als ze de timer wilden gebruiken of dingen wilden kopiëren. Hij was onder de indruk van de snelheid waarmee ze alles doorhadden.

'Die meiden van je hebben talent,' zei hij tegen Eva toen ze halverwege de middag koffie dronken in de keuken. 'Eigenlijk zouden ze hier moeten blijven. Als we ze naar Wilma High School zouden sturen, zouden ze binnen de kortste keren echte Amerikanen zijn.'

Eva was blij dat te horen en zei dat ook. Helaas was Henry zo'n aartsconservatieveling dat hij nooit zou willen emigreren.

's Avonds had de vierling oom Wally overgehaald om het muzikale commandocentrum en de timer zo in te stellen dat het zou starten als ze met zijn allen aan het picknicken waren op het eiland in het meer, waar oom Wally nog een barbecue had staan.

'Ik zou jullie graag het maximale aantal decibels laten horen, maar tante Joan vindt het niet leuk als de muziek echt hard staat,' zei hij. 'Wat zullen we draaien? Iets wat niet al te luidruchtig is. Jullie tante is dol op Abba. Misschien vinden jullie dat een beetje ouderwets, maar het is kalmerend en we zullen het heel goed kunnen horen.' Hij zette het bandje op en even later denderde Abba door het huis. In de keuken moesten Joan en Eva schreeuwen om elkaar te kunnen verstaan.

'Als ik die tape nog één keer hoor, word ik gek!' gilde Joan. 'Ik heb al zo vaak gezegd dat ik Abba niet meer leuk vind, maar hij luistert gewoon niet. Mannen! Ik zei: "Mannen!"'

Eva zei dat Henry ook nooit naar haar luisterde. Ze had wel duizend keer gezegd dat hij eens wat meer ambitie moest tonen. Tante Joan knikte, maar had er geen woord van verstaan.

In het muzikale commandocentrum stopte Wally de tape en glimlachte blij. 'Hij spoelt automatisch terug,' zei hij tegen de vierling. 'Zo blijft de muziek constant doorgaan. Ik heb Frankie Sinatra een keer een maand lang "My Way" laten zingen. Toen was ik er zelf natuurlijk niet, maar ze vertelden me later dat je het tot twintig kilometer verderop kon horen, en dan nog wel met tegenwind. Een vent in de buurt van Lossville moest een machinegeweer kopen, om de hordes beren af te knallen die zijn terrein overspoelden. Ik heb tegen jullie tante gezegd dat, als ze een beer ziet, ze alleen maar "My Way" hoeft te fluiten en hij dan direct de benen neemt. De geluidsinstallatie heeft zijn eigen stroomvoorziening. Als hier wordt ingebroken en ze de elektriciteit uitschakelen, maakt dat niks uit. Kijk, dat noem ik nou Amerikaanse knowhow. Dat leren jullie vast niet in Engeland. En die katholieke nonnen weten ook van toeten noch blazen. Die zijn zelfs nog nooit... nou, ik bedoel dat jullie nog heel wat kunnen leren van ons Amerikanen.'

Dat had de vierling al gedaan. Terwijl oom Wally naar een film keek en whisky dronk, haalden zij het plakkertje van de Abbatape, deden dat op de band die zij hadden gemaakt en deden hem in de recorder, precies zoals oom Wally had voorgedaan. Ze wisten de Abbatape, deden hem in een doos en gingen naar de keuken, om lief te zijn tegen tante Joan en koekjes te eten.

De volgende dag regende het en moest zelfs oom Wally toegeven dat het niet echt weer was om te picknicken.

'We kunnen beter teruggaan naar Wilma. Morgen heb ik een belangrijke vergadering en zo te zien blijft het nog wel een tijdje gieten.'

Ze persten zich met z'n allen in zijn terreinwagen en reden over de onverharde weg door het bos terug naar de stad. Achter hen tikte de timer in het muzikale commandocentrum onheilspellend. Hij was ingesteld op zes uur 's avonds en maximaal volume. Volgens oom Wally was dat zo'n duizend decibel.

Onderweg zei Eva dat ze van plan was de buren in Engeland te bellen, ook al kon Henry niet met hen overweg.

'Hij is heel erg op zijn privacy gesteld,' zei ze. 'Hij vindt het vreselijk als mensen weten wat hij doet.'

'Logisch,' zei oom Wally. 'Het is een vrij land. Iedereen heeft recht op privacy. Lees het Eerste Amendement op de Grondwet er maar op na. Niemand hoeft zichzelf onnodig te incrimineren.'

'Wat betekent "incrimineren", oom Wally?' vroeg Emmeline.

Achter het stuur groeide oom Wally. Hij vond het heerlijk als mensen hem dingen vroegen, want hij wist alle antwoorden. 'Jezelf incrimineren betekent dingen zeggen die je reputatie zouden kunnen schaden, of waardoor je voor de rechter zou kunnen belanden. Het zijn net drie woordjes, "in", "crime", en "eren". Zo kun je dat onthouden, door het woord in kleine stukjes te hakken.'

Vanuit hun huurhuis aan de overkant van de straat zagen Palowski en Murphy hoe de terreinwagen afsloeg naar

Starfighter Mansion en de hekken automatisch opengingen.

'Bigfoot is terug,' zei Murphy over de gecodeerde lijn tegen de ploeg in de surveillancewagen achter de oude drive-inbioscoop.

'Ja, we zien ze op het scherm. Geen probleem. Audio en video aan.'

Murphy leunde achterover en moest toegeven dat alle apparatuur perfect werkte. Op het scherm zag hij tante Joan uitstappen en het huis binnengaan.

'Het enige probleem is die mevrouw Immelmann. Om haar te kunnen volgen hebben we breedbeeld nodig,' zei hij tegen Palowski. 'Alsof ze een sumoworstelaar een fietspomp in z'n reet hebben gestoken en flink hebben opgepompt. En daar komt nog zo'n tientonner.' Eva en de vierling stapten de hal in. 'Ik wil niet zien hoe die vrouwen zich uitkleden. In godsnaam niet! Je zou je hele leven geen zin meer hebben in seks.'

Palowski was meer geïnteresseerd in de vierling.

'Slim om zulke kinderen als dekmantel te gebruiken. Een vierling. Dat zie je niet vaak. Niemand zal denken dat dat drugssmokkelaars zijn. Die mevrouw Wilt moet weinig moedergevoelens hebben. Als ze tot tien of twintig jaar wordt veroordeeld, raakt ze ook de voogdij kwijt. Als ik dat rapport uit Engeland niet had gelezen, had ik nooit gedacht dat ze bij verdachte activiteiten betrokken zou zijn. Ze heeft te veel te verliezen.'

'Op gewichtgebied zou ze zeker wat mogen verliezen. Maar sommige mensen leren het nooit en die meisjes zijn meer dan alleen een dekmantel. Als ze een goede advocaat in de arm neemt en een beetje op het publieke sentiment speelt, belandt ze misschien wel helemaal niet in de bak. Hangt ervan af hoeveel we bij haar vinden.'

'Volgens Sol ging het enkel om een monster. Ze zou

zelfs kunnen beweren dat ze niet eens wist dat het in haar koffer zat.'

'Ja, wie weet. Om haar maak ik me ook niet druk. Nee, het is die rotzak van een Immelmann, die wil ik te grazen nemen. Wat is het schema voor het huis aan het meer?'

Murphy sprak met het observatieteam.

'Ze zouden daar nu druk in de weer moeten zijn. Lijkt dat huis je belangrijk?'

'Het heeft zijn eigen vliegveld. Het zou de ideale plek kunnen zijn voor een lab, om die rotzooi te produceren.'

Maar Murphy luisterde niet meer. Tante Joan was naar het toilet gegaan.

ACHTTIEN

Toen Harold Rottecombe eenmaal bij het botenhuis was, besefte hij dat zijn briljante plannetje om naar Slawford te varen niet zou werken. Het zou zelfs gekkenwerk zijn. De rivier was gezwollen door de stortbuien die Wilt hadden gedwongen zijn toevlucht te nemen tot de whisky, en stroomde woest langs het botenhuis. Harold zag takken drijven, plastic flessen, een hele struik die door de rivier ontworteld was, een koffer en – waar hij nog het meest van schrok – een dood schaap. Harold keek even naar het schaap. Het dreef gelukkig te snel voorbij om er lang bij stil te kunnen staan, maar hij kwam wel tot de conclusie dat hij geen zin had het lot van het onfortuinlijke dier te delen. Het roeibootje zou niet kalmpjes de rivier af dobberen, maar meegesleurd worden door het schuimende water en binnen de kortste keren zinken. Er zat niets anders op: hij moest naar Slawford lopen en dat lag ruim vijftien kilometer stroomafwaarts. Het was heel lang geleden dat Harold vijftien kilometer had gelopen. Het was zelfs lang geleden dat hij er drie gelopen had, maar hij was niet van plan terug te gaan naar het huis en besprongen te worden door de dolle honden van de media. Ze waren door Ruths schuld in deze rotzooi beland en dus mocht zij zorgen dat ze er ook weer uitraakten. Harold ging op weg, langs de oever van de rivier. De grond was doorweekt, zijn schoenen waren niet geschikt voor lang nat gras en toen de rivier een bocht maakte, zag hij opeens een afrastering van prikkeldraad opdoemen. Het uiteinde stond in ruim een halve meter water, zo hoog was de rivier gestegen.

Harold keek vol wanhoop naar het prikkeldraad. Zelfs zonder al dat woelige water zou hij nooit een poging hebben gedaan er overheen te klimmen. Dat kon alleen maar tot castratie leiden. Een paar honderd meter landinwaarts zag hij gelukkig een hek. Hij liep ernaartoe, maar het zat op slot en hij was gedwongen er moeizaam overheen te klimmen. Daarna moest hij nog diverse keren lange omwegen maken om hekken of doorgangen in de heggen te vinden, en die doorgangen waren altijd te smal voor een man van zijn omvang terwijl de hekken steevast op slot zaten. Bovendien was er overal prikkeldraad. Zelfs heggen die er op een mooie zomerdag fris en groen uitgezien zouden hebben, bleken bij nader inzien een hel van prikkeldraad. Harold Rottecombe, parlementslid van een landelijk kiesdistrict en tot nu toe een groot voorvechter van agrarische belangen, begon langzaam een gloeiende hekel te krijgen aan boeren. Hij had het natuurlijk altijd al inhalige, onwetende en sociaal inferieure wezens gevonden, maar hij had nooit beseft wat een satanisch genoegen ze erin schepten om het onschuldige wandelaars zo moeilijk mogelijk te maken hun land over te steken. En door al die omwegen en de enorme plassen die hij ook regelmatig moest zien te vermijden, zouden de vijftien kilometer waar hij al zo tegenop had gezien er eerder vijftig worden.

Hij zou Slawford nooit bereiken.

Terwijl hij vermoeid voortsjokte, vervloekte hij zijn vrouw. Die stomme trut moest stapelgek zijn geweest om de honden los te laten op die twee klotejournalisten. Waarom had ze niet gewoon tactvol kunnen zijn? Hij bedacht wat hij het liefst met haar zou doen, maar tenzij hij haar vermoordde, had ze hem in feite bij de ballen. Hij was net tot die sombere conclusie gekomen toen het opnieuw begon te regenen. Harold liep haastig verder en kwam bij een stroompje dat naar de rivier liep. Hij sjokte langs het water, op zoek naar een plaats waar hij kon oversteken. Plotseling verloor hij zijn doorweekte linkerschoen. Hij ging vloekend aan de rand van het stroompje zitten en ontdekte dat er een gat in zijn sok zat. Bovendien had hij een blaar op zijn hiel en zag hij bloed. Hij deed zijn sok uit om beter te kunnen kijken en terwijl hij dat deed gleed hij lang de oever omlaag, landde pijnlijk op een scherpe steen en lag een fractie van een seconde later languit in het water. Hij deed verwoede pogingen om op te staan, maar zijn hoofd kwam met een klap tegen een tak die laag boven het water hing en tegen de tijd dat hij de rivier in werd gespoeld, was hij maar gedeeltelijk bij bewustzijn en niet meer in staat om zich tegen de schuimende golven te verzetten. Zijn hoofd kwam nog heel even boven, maar werd toen omlaag getrokken door de onderstroom. Hij dreef onopgemerkt onder de stenen brug in Slawford door en vervolgde zijn weg naar de Severn en het kanaal van Bristol. Lang voor die tijd had hij al heel wat meer vaarwel moeten zeggen dan alleen zijn politieke ambities. De schaduwminister voor Integratie en Deportatie dobberde morsdood in de richting van de zee.

NEGENTIEN

Sheriff Stallard en hulpsheriff Baxter reden in hun politiewagen over de onverharde weg naar Lake Sassaquassee. De man in Lossville die zoveel problemen had gehad met de hordes beren had hen gewaarschuwd dat de Immelmanns werkelijk ongelooflijke ruzie hadden en dat er ongetwijfeld doden zouden vallen als de politie niet onmiddellijk ingreep. De sheriff vond het maar vreemd. Hij snapte niet hoe iemand die naar eigen zeggen vijftien kilometer van de Immelmanns woonde kon weten wat daar aan de hand was, maar tegen de tijd dat hij het huis zelf tot op tien kilometer genaderd was, begreep hij het maar al te goed. Zelfs met de raampjes dicht hoorden ze Joan luid en duidelijk schreeuwen dat ze het verdomde om van achteren gepakt te worden en dat Wally maar een homo moest zoeken als hij zin had in zulke smeerlapperij. De man uit Lossville zei dat zijn vrouw het meer dan zat was om naar dat geschreeuw te moeten luisteren. Hij overwoog er een rechtszaak van te maken. Hij had al genoeg gelazer gehad toen hij die beren had moeten afschieten. Hij had geen vergunning gehad en het waren beschermde dieren, dus die klotepolitie... De sheriff zette de radio uit. Hij wilde veel liever over dr. Cohen horen en daar hoefde hij geen enkele moeite voor te doen. Het was luid en duidelijk, zelfs op zes kilometer afstand, maar dat wist de Sheriff niet. Hij was nog nooit bij het buitenhuis van de Immelmanns geweest maar had ook nog nooit iemand zó hard horen schreeuwen, zelfs niet als die in de kamer ernaast was. De man uit Lossville had gelijk. Op een schaal van een tot tien, haalde deze echtelijke ruzie minstens honderdvijftig. Al dat gekrijs over waar haar poesje was en of de dokter soms alles had dichtgenaaid toen hij haar baarmoeder verwijderde was te erg voor woorden, zeker voor woorden die de halve staat kon horen.

'Hoe ver nog?' schreeuwde de sheriff boven het helse lawaai uit.

'Drie kilometer,' riep Baxter.

De sheriff keek hem verbijsterd aan. 'Hoe bedoel je, drie kilometer? Stop. Ze moeten hier ergens zijn. Vlakbij.'

Baxter stopte en de sheriff wilde uitstappen, maar kwam niet ver. 'Jezus!' gilde hij. Hij sloeg het portier haastig dicht en drukte zijn handen tegen zijn oren. 'Laten we als de sodemieter maken dat we wegkomen! Vlug!'

'Wat zei u?' schreeuwde Baxter, die het moest opnemen tegen tante Joan en de revelatie dat het boek Genesis was geschreven door een jood van dezelfde naam.

'Ik zei, laten we in godsnaam gauw rechtsomkeert maken voor we doof worden. En alarmeer de Dienst Openbare Ordeverstoring. Misschien dat zij er iets aan kunnen doen. Zeg dat dit Alarmfase Rood is.'

Baxter keerde op de modderige, onverharde weg en de sheriff klampte zich aan zijn veiligheidsgordel vast terwijl ze langs een diep ravijn glibberden. Op de terugweg naar Wilma probeerde Baxter contact te krijgen met de hulpdiensten, maar ze hoorden alleen de man uit Lossville, die gilde dat hij stapelgek werd. Hij vroeg waarom ze niet iets verstandigs deden, zoals dat klotehuis van die Immelmanns bombarderen, en of zijn vrouw dat pistool wilde wegleggen omdat die klereherrie heus niet zou ophouden als ze hem neerknalde. Ze hoorden zijn vrouw krijsen dat ze zichzelf een kogel door haar kop zou jagen als er niet gauw een einde kwam aan die smerige onthullingen.

'Gooi er een AAA uit, op alle kanalen!' schreeuwde de sheriff terwijl de auto richting Wilma denderde.

'AAA?' gilde Baxter op zijn beurt. 'Atoom Aanval Alarm? Jezus, dat kunnen we niet maken! Dadelijk veroorzaken we hier nog de Derde Wereldoorlog!'

Hij probeerde opnieuw de hulpdiensten te bereiken, maar kon zich onmogelijk verstaanbaar maken. Tegen die tijd liep de echtelijke ruzie tussen de Immelmanns op zijn einde. Heel even, terwijl het bandje terugspoelde, viel er een verlossende stilte en toen begon het weer van voren af aan. Joan krijste over zeeslakken en Wally die zijn toupetje had laten liggen in de badkamer.

Sheriff Stallard kon zijn oren niet geloven. 'Dat heeft ze al gezegd. Woord voor woord. Ze moet niet goed bij haar hoofd zijn.'

'Misschien is het die nieuwe drug,' riep Baxter. 'Ik bedoel, ze moeten een of andere gruwelijke substantie hebben gebruikt om zo hard te kunnen schreeuwen.'

'Kon ik ook maar een of andere substantie gebruiken!' gilde de sheriff. Even overwoog hij de mogelijkheid dat hij die al gebruikt had. Zoiets moest het zijn. Hij had nog nooit van zijn leven zo'n ongelooflijk lawaai gehoord.

Dat gold ook voor het elektronische surveillanceteam dat microfoontjes in Wally's zomerhuis moest installeren. Ze waren net over het hek geklommen toen de klok en de timer op de bandrecorder op zes uur sprongen en zowel het geluidssysteem als Wally Immelmanns meest gesofisticeerde afschrikkingsmiddel in werking traden. Dat laatste was niet voor beren bedoeld, maar voor inbrekers, en Wally had uiterst doeltreffend gebruik gemaakt van zijn geliefde Amerikaanse knowhow. Hij had een manier bedacht om, naast hun louter esthetische en historische interesse, zijn verzameling militaire aandenkens ook nuttig te gebruiken. Zodra de eerste afluisterexpert zich op de grond liet vallen, reageerden de sensoren en werd hij gevangen in de bundels van drie zoeklichten. Ook de kanonnen van de Shermantank en de andere pantservoertuigen zwaaiden dreigend in zijn richting. De agenten zagen dat ze op de korrel werden genomen en lieten zich plat op de grond vallen, zodat de zoeklichten over hen heen gleden. Hun collega aan de andere kant van het hek had minder geluk. Verblind door het licht en verdoofd door het geluid van tante Joan die krijste dat Wally niet op voorspel hoefde te rekenen, strompelde hij hulpeloos rond. Zijn eigen wanhopige gegil was volkomen onhoorbaar. Ook de motor van de Shermantank kwam nu brullend tot leven. Plotseling gingen de zoeklichten uit, maar floepten overal op het terrein lampen aan. Tegen de tijd dat hij weer iets kon zien (hij kon absoluut niets horen) besefte agent Nurdler dat de Shermantank op hem af daverde. Hij wachtte de confrontatie tussen vlees en staal niet af. Met een vreselijke gil sprintte hij naar de omheining, klom eroverheen met een lenigheid die hij anders zelden vertoonde en vluchtte weg door de bomen, terwijl de tank stopte voor hij het hek bereikte en terugkeerde naar zijn oorspronkelijke positie. De lichten gingen uit en er heerste weer rust, afgezien van Wally die zich met een sterkte van duizend decibel verontwaardigd afvroeg wanneer hij ooit geprobeerd had tante Joan van achteren te pakken. Het Immelmann Indringers Afweersysteem had perfect gewerkt.

De audiovisuele apparatuur in Starfighter Mansion werkte ook perfect. Ieder detail van de activiteiten in huis werd gevolgd door de agenten in de truck achter de drive-inbioscoop. De opnames van tante Joan op het toilet waren misschien iets té onthullend geweest, maar verder gedroeg iedereen zich exact zoals de agenten van Narcotica verwacht hadden. Wally Immelmann knauwde op een sigaar, ijsbeerde door zijn studeerkamer en dronk whisky. Om de zoveel tijd pakte hij de telefoon om zijn advocaat te bellen, maar bedacht zich dan weer. Het was duidelijk dat hij ergens vreselijk mee zat.

'Denk je dat hij ons kan ruiken?' vroeg Palowski aan Murphy. 'Sommige mensen hebben een zesde zintuig. Ze weten gewoon wanneer ze geobserveerd worden. Weet je nog, die Panamees in Florida die aan voodoo deed? Griezelig gewoon.'

'Iemand die met Joan Immelmann trouwt, heeft geen zesde zintuig. Onmogelijk. Vijf lijkt me al rijkelijk veel.'

'Ze zeggen dat achter iedere rijke man een grote vrouw staat,' zei Murphy.

'Groot? Dat is wel heel zwak uitgedrukt. Zeg rustig gigantisch.'

Ze schakelden over naar de vierling, die hun schoolschriften vulden met bijzonderheden over de seksuele gewoontes van tante Joan en oom Wally, voor hun werkstuk over Amerikaanse cultuur.

'Hoe spel je "perversiteit"?' vroeg Emmeline.

'Per, vers, en dan ie tee ee ie tee,' zei Samantha.

'Oom Wally is echt een vieze vuile seksist. Om zo over haar ding te praten!'

'Oom Wally is vreselijk. Ze zijn allebei heel erg vreselijk. Al die dingen die hij vertelde over de oorlog en hoe ze Japanners verbrandden met dat vlammending. Hoe noemde hij het ook alweer?'

'Een draagbare barbecue,' zei Josephine.

'Hè getver, wat smerig. Ik denk niet dat ik ooit nog iets van de barbecue lust. Dan moet ik meteen aan die arme kleine Japannertjes denken.'

'Niet alle Japanners zijn klein,' zei Penelope. 'Je hebt ook van die moddervette worstelaars.'

'Net als tante Joan,' zei Samantha. 'Walgelijk zoals die eruit ziet.'

In de observatietruck knikten Palowski en Murphy instemmend.

De volgende opmerking van de vierling was zo mogelijk nog intrigerender.

'Ik snap niet waarom we dit allemaal opschrijven. Het belastende bewijs staat allemaal op de band.'

'Juffrouw Sprockett krijgt een rolberoerte als we die band afdraaien in de klas. Ze is zo lesbo als maar zijn kan. Ik zou haar wel eens willen horen over oom Wally.'

'Jammer dat we het niet op video hebben staan,' zei Emmeline. 'Oom Wally die tante Joans "ding" zoekt en haar van achteren probeert te pakken. We zouden een fortuin kunnen verdienen.'

'We hadden een fortuin kunnen verdienen als je gewoon gedaan had wat ik wilde, en we niet het reservebandje op het geluidssysteem hadden gezet,' zei Josephine. 'Ik ben echt benieuwd hoe het klinkt. Het is allang zes uur geweest. Ik denk dat oom Wally helemaal gek wordt. Hij zou een kapitaal hebben gegeven voor die tape. Ik bedoel, als mensen daar ooit achter komen...'

'Als?' zei Emmeline. 'Ik denk dat hij ons vermoordt als hij erachter komt.'

Maar Samantha schudde haar hoofd. 'Gebeurt niet,' zei ze zelfvoldaan. 'Ik heb het originele bandje ergens verborgen waar hij het nooit zal vinden.'

'Waar dan?' vroegen de anderen, maar dat wilde Samantha niet zeggen.

'Gewoon ergens waar hij het nooit zal vinden. Meer zeg ik niet. Dadelijk verklapt Emmy het nog aan oom Wally.'

'Dat zou ik nooit doen. Je weet best dat ik dat nooit zou doen,' zei Emmeline verontwaardigd.

'Dat zei je ook toen we die dingen hadden gedownload op de computer van dominee Vascoe en –'

'Dat was ik niet. Penny zei dat ik het had gedaan, maar dat was niet waar.'

'Jawel. Jij had het bedacht. En ik heb het niet aan mama verteld. Ze weet best dat het jouw schuld was, want door jou gaat altijd alles verkeerd.'

'Kan me allemaal niks schelen,' zei Samantha. 'Ik zeg toch niet waar het is, dus lekker puh.'

Het gesprek kwam op het uitstapje dat ze zouden maken naar de Florida Keys. Oom Wally had gezegd dat ze op haaien zouden gaan vissen met zijn boot terwijl tante Joan en Eva in Miami gingen winkelen.

Maar beneden werden Wally Immelmanns plannen zo ongeveer om de twee seconden bijgesteld.

'Bedoel je dat iemand geprobeerd heeft in te breken in het zomerhuis?' schreeuwde hij door de telefoon. Sheriff Stallard was terug in Wilma en zodra zijn gehoor weer een klein beetje normaal was, had hij Wally gebeld om hem op de hoogte te brengen.

'Of er is ingebroken weet ik niet,' zei de sheriff. 'Ik weet alleen dat een kerel uit Lossville u voor de rechter wil slepen wegens geluidsoverlast en schennis van de openbare eerbaarheid. Ik kon hem moeilijk verstaan.'

'Zeker weer die kloteberen. Daardoor is het systeem afgegaan. Ik ken die vent wel. Altijd maar klagen. En wat is dat voor gelul over schennis van de openbare eerbaarheid? Het is gewoon een bandje van Frank Sinatra die "My Way" zingt.'

'Nou, als u het zegt, meneer Immelmann,' zei de sheriff. 'Al had ik zelf de indruk –'

'Nee, ik lieg. Ik had een bandje met Abba opgezet. Je

weet wel, jaren zeventig. Heel rustgevend.'

Sheriff Stallard aarzelde even. Hij wilde Wally Immelmann niet tegen zich in het harnas jagen, maar als dat Abba was en heel rustgevend, heette hij geen Harry Stallard.

'Eigenlijk bel ik om te vragen of u het niet kunt uitzetten. Heeft u daar geen afstandsbediening?'

'Afstandsbediening? Voel je je wel lekker? Geen enkele afstandsbediening werkt over veertig kilometer, en dan ook nog eens met voornamelijk bos en bergen. Of dacht je soms dat ik een satelliet gebruik?'

'Ik dacht dat u misschien een manier had om het geluid uit te zetten,' zei de sheriff.

'Niet vanaf hier. Er staat daar juist speciaal een generator zodat de stroom niet kan worden afgesneden. Maar waarom valt de politie me daarover lastig?'

Sheriff Stallard besloot dat het tijd was om het nieuws bekend te maken. 'Nou, wat u en mevrouw Immelmann bespreken over het geluidssysteem lijkt me niet echt geschikt voor een groot publiek. Volgens die kerel uit Lossville –'

'Laat hem toch doodvallen, die klootzak,' zei Wally. 'Ik zei toch, hij zit altijd te klagen.' Hij zweeg even toen het tot hem doordrong wat de sheriff had gezegd. 'Hoe bedoel je, wat mevrouw Immelmann en ik bespreken?'

Sheriff Stallard beet op zijn lippen. Nu werd het lastig. 'Dat zeg ik liever niet,' mompelde hij. 'Het is nogal intiem allemaal.'

'Intiem?' schreeuwde Wally. 'Ben je godverdomme soms bezopen? Mevrouw Immelmann en ik?'

De sheriff was het zat. Hij begon nu echt pissig te worden. 'En dr. Cohen!' schreeuwde hij op zijn beurt. Aan de andere kant van de lijn snakte Wally naar adem en toen werd het stil. 'Bent u daar nog, meneer Immelmann?'

Meneer Immelmann was er nog. Net. Hij kon het niet

goed verstaan hebben. Dat was onmogelijk.

'Wat zei je?' vroeg hij op het laatst met een zwak stemmetje.

'Dat u en mevrouw Immelmann het over intieme zaken hebben, zoals... nou, dat weet u waarschijnlijk beter dan ik.'

'Zeg op!' eiste Wally.

'Nou, over een zekere dr. Cohen en dat –'

'Shit!' schreeuwde Wally. 'Wil je zeggen dat die klojo uit Lossville... o mijn God!'

'Hij belde om te zeggen dat de hele omgeving erover klaagde, dus dachten wij dat u het ook wel zou willen weten.'

'Dat ik het ook wel zou willen weten? Ook wel zou willen... wat zei hij verder nog?'

'Of u die klereherrie uit wil zetten. Zijn vrouw werd namelijk stapelgek van waar u en mevrouw Immelmann over schreeuwden, over uw seksleven en wat u van haar niet mocht doen. Dat vond ze niet leuk om te horen.'

Dat kon Wally zich heel goed voorstellen. Hij vond het zelf ook niet leuk om te horen. Hij probeerde te bedenken hoe het mogelijk was dat wat hij en Joanie in bed hadden besproken nu met een kracht van ruim duizend decibel werd rondgebazuind, maar snapte er geen snars van.

'Het gaat erom dat er een manier moet zijn om die herrie uit te zetten,' drong de sheriff aan. 'We hebben al om assistentie van de Nationale Garde gevraagd en... meneer Immelmann, voelt u zich wel goed?'

In Starfighter Mansion was iets met een doffe plof op de grond gevallen, iets wat heel goed een lichaam had kunnen zijn.

'Meneer Immelmann? Meneer Immelmann? O shit!' schreeuwde de sheriff. 'Baxter, laat een ambulance komen. Ik denk dat Wally een hartaanval heeft gehad.'

TWINTIG

De meeste Engelse industriesteden hebben wijken waar de verloedering zo ver is voortgeschreden dat alleen junks en alcoholisten die werkelijk verzuipen in het zelfmedelijden en ook door de meest verstokte hulpverleners zijn opgegeven er nog willen wonen. Een paar bejaarden, die dolgraag zouden verhuizen maar er het geld niet voor hebben, handhaven zich op de bovenste verdiepingen van de torenflats en vervloeken de dag dat de gemeente in de jaren zestig besloot hun negentiende-eeuwse rijtjeshuizen te slopen, zogenaamd in het belang van de volksgezondheid maar in feite in het belang van ambitieuze architecten die naam wilden maken en gemeenteraadsleden die aasden op de vette beloningen van projectontwikkelaars die alleen maar zoveel mogelijk geld wilden verdienen.

Ook aan de rand van Ipford lag zo'n wijk, en daar reed Ruth Rottecombe nu naartoe. Ze kende de buurt vrij goed, veel te goed om het er tegenwoordig ooit nog over te hebben. Een van haar vele klanten, lang voordat ze met Harold Rottecombe was getrouwd, had een huisje gehad buiten Ipford en daar was ze in het weekend vaak naartoe gegaan. Toen de klant zo onattent was geweest om tijdens een van hun sessies richting hiernamaals af te reizen, was Ruth vlug naar Londen verhuisd om eventuele juridische gevolgen te ontlopen. Ze had haar naam veranderd in die van een tante van moederskant, die zwaar dement was en nauwelijks nog wist wie ze zelf was, laat staan dat ze zich kon herinneren of haar nicht niet eigenlijk haar dochter was. Die truc had gewerkt. Daarna hoefde ze alleen nog maar een respectabele man te vinden en omdat ze slim en ambitieus was, had ze met Harold Rottecombe weten aan te pappen door vrijwilligerswerk te doen op het partijkantoor in zijn kiesdistrict. Daarna was het nog maar een kleine stap geweest naar de burgerlijke stand. Harold was op politiek gebied misschien dan wel gewiekst, maar hij had geen idee met wat voor iemand hij getrouwd was en daar zou hij ook nooit achter komen, tenzij... tenzij het tot een scheiding kwam. Kortom, Ruth Rottecombe had hem bij zijn kloten, zoals ze het in haar jeugd zou hebben uitgedrukt. En hoe hoger hij klom op het glibberige pad van de politiek, hoe vreselijker hij het zou vinden als haar verleden werd opgerakeld. Tot dusver was haar enige vergissing dat ze zich met Bob Battleby had ingelaten, en uiteraard ook dat ze nu de man achterin haar Volvo moest zien te lozen, op zo'n manier dat hij niets kon vertellen of dat niemand hem zou geloven als hij dat wel deed. Ze wist niet wie hij was, maar voelde instinctief dat hij een respectabel, getrouwd iemand was en geen verslaggever van een of ander schandaalblad. Hij zou er een hele kluif aan hebben om aan zijn vrouw of de politie uit te leggen hoe het kwam dat hij geen broek aan had.

Tegen de tijd dat ze bij Ipford aankwam, begon het donker te worden. Ze reed om de stad heen en naderde de verloederde wijk via een achterafweggetje. Het zag er allemaal nog erger uit dan ze zich herinnerde. Er was niemand op straat en nergens brandde licht. De meeste ramen waren trouwens dichtgespijkerd. Analfabeten met spuitbussen hadden bijna alle muren volgeklad met obscene graffiti. Ruth stopte in een donker steegje waar geen straatlantaarns waren, in de schaduw van een vervallen flatgebouw. Ze zette de motor af, stapte uit en keek behoedzaam naar de donkere of dichtgespijkerde ramen aan weerszijden. In de verte ronkten vrachtwagens op de snelweg, maar verder was er geen enkel teken van leven. Drie minuten later had ze de kranten en kartonnen dozen verwijderd, de pleisters om Wilts polsen losgemaakt en de prop uit zijn mond gehaald. Ze sleepte hem aan zijn voeten de goot in, waarbij hij zijn hoofd hard aan de stoeprand stootte, sloeg de klep van de Volvo dicht en reed vlug verder, maar merkte dat het steegje doodliep. Ze keerde en reed terug. De koplampen beschenen het vrijwel naakte lichaam van Wilt en ze zag tot haar genoegen dat zijn hoofd weer was gaan bloeden. Wat ze echter niet zag was dat het triplex waarmee een raam op de tweede verdieping van de flat was dichtgespijkerd op een kier stond. Ze sloeg rechtsaf en reed terug naar de snelweg, uitgeput maar opgetogen. Ze had een ernstige bedreiging van Harolds reputatie en haar eigen invloed onschadelijk gemaakt. Ze was alleen vergeten dat Wilts broek, schoenen, sokken en rugzak nog onder de kartonnen dozen achterin de auto lagen. Toen ze bij Leyline Lodge arriveerde was ze zo moe dat ze direct in bed plofte. In Ipford was het triplex voor het raam van de flat allang weer dichtgetrokken.

Een uur later kwam er een groepje dronken skinheads langs het steegje. Ze zagen Wilt en gingen kijken.

'Vuile ouwe flikker,' zei eentje, die dat baseerde op het feit dat Wilt geen broek aan had. 'Laten we hem verrot schoppen.' En na uitdrukking te hebben gegeven aan hun gevoelens voor homo's door hem een paar keer in zijn ribben en gezicht te schoppen, wankelden ze lachend verder. Wilt voelde er niets van. Hij had een veel ouder Engeland gevonden dan hij ooit verwacht had, maar wist dat zelf niet.

Pas in het grauwe ochtendgloren werd hij gevonden. Er stopte een politiewagen en twee agenten kwamen een kijkje nemen.

'Laten we maar een ambulance bellen. Hij ziet er niet best uit. Zeg dat het spoedeisend is.'

Terwijl de vrouwelijke agent de radio gebruikte, keek haar collega om zich heen. Boven zijn hoofd schoof het triplex weer opzij.

''t Is zo'n drie uur geleden gebeurd,' zei een oude vrouw. 'Er stopte een vrouw in een witte auto en die gooide hem op straat. Later schopte een stel jonge rotzakken hem voor de lol in elkaar.'

De agent keek omhoog. 'Je had ons moeten bellen, oma,' zei hij.

'Hoe? Denk je soms dat ik telefoon heb?'

'Nee, dat zal wel niet. Wat doe je hier trouwens? De laatste keer woonde je een eindje verderop.'

De oude vrouw stak haar hoofd verder naar buiten. 'Je denkt toch niet dat ik hier op één plek blijf rondhangen? Kom nou. Ik zie er misschien nog jong uit, maar zo groen ben ik ook weer niet. Je moet je blijven verplaatsen, zodat die jonge smeerlappen je niet te grazen kunnen nemen.'

De agent pakte zijn notitieboekje. 'Heb je het kenteken van de auto gezien?' vroeg hij.

'Wat, in het donker? Nee, natuurlijk niet. Maar die vrouw zag ik wel. Een rijke trut. Niet van hier uit de buurt.'

'Je kunt met ons meegaan naar het bureau. Daar ben je voorlopig veilig.'

'Nee, dat wil ik niet. Ik wil terug naar waar ik vandaan kom. Dat wil ik, agentje.'

Maar voor de agent kon vragen waar dat was, meldde zijn collega dat er geen ambulances beschikbaar waren. Er was zo'n dertig kilometer verderop een groot ongeluk gebeurd op de snelweg. Er waren twee bussen vol kinderen op een buitenlandse reis bij betrokken, een tankwagen met benzine en een truck vol varkens. Alle beschikbare ambulances en brandweerwagens waren naar de plaats van het ongeluk gedirigeerd.

'Varkens?' vroeg de agent.

'Dat denken ze tenminste. Volgens de brigadier in de meldkamer stinkt het er vreselijk naar aangebrande koteletjes.'

'Dat zal mij een zorg zijn. Hoe staat het met die schoolkinderen?'

'Daar zijn al die ambulances voor. De twee bussen slipten in het varkensvet en sloegen over de kop,' zei de agente.

'Nou, laten we die stomme hufter dan maar achterin leggen en zelf naar het ziekenhuis brengen.'

Boven hun hoofd had de oude vrouw het triplex weer op zijn plaats getrokken. Met Wilt languit op de achterbank reden de agenten naar het ziekenhuis van Ipford, waar ze niet bepaald met open armen ontvangen werden.

'Goed dan,' zei de overwerkte dokter die werd opgeroepen door de verpleegster op de eerstehulpafdeling. 'Maar het wordt moeilijk, door dat stomme ongeluk. We hebben geen bedden. Niet eens een brancard. Ik weet zelfs niet of er wel plaats is op de gang, en om het werken in een menselijk abattoir nog leuker te maken, zijn er vier artsen ziek en hebben we het gebruikelijke tekort aan verplegend personeel. Waarom brengen jullie hem niet gewoon naar huis? Daar heeft hij meer overlevingskans.'

Desondanks legden ze Wilt op een brancard en vonden ze uiteindelijk een plekje voor hem op een lange gang. Gelukkig was hij nog steeds bewusteloos.

EENENTWINTIG

Oom Wally had minder geluk. Hij was volledig bij bewustzijn en wenste vurig dat hij dat niet was. Na zijn ontslag uit de intensive care had hij geweigerd om Joan te spreken. Hij voerde nu een uiterst onaangenaam gesprek met dr. Cohen, die hem vertelde dat een man van zijn leeftijd, of welke leeftijd dan ook, het verdiende een hartinfarct te krijgen als hij deed wat Wally met zijn vrouw had gedaan. Het was, zo stelde hij, *contra natura*.

'Contra wat?' vroeg Wally verbouwereerd. De enige Contra's van wie hij ooit had gehoord, hadden tegen de Sandinisten gevochten in Nicaragua.

'Tegen de natuur. De sluitspier is bedoeld om fecaliën te laten passeren en niet –'

'Daar snap ik geen drol van! Wat is een fecaliër?'

'Wat u net zei. Een drol,' zei dr. Cohen. 'Zoals ik al zei, de sluitspier –'

'Ik weet niet eens waar je sluitspier zit.'

'Aars,' zei dr. Cohen dubbelzinnig.

Dat vatte Wally op als een persoonlijke belediging. 'Hé, kan het wat minder?' riep hij boos.

Dr. Cohen aarzelde. Wally Immelmann mocht dan misschien een geslaagd zakenman zijn, hij was ook een idioot. Daar stond tegenover dat hij ziek was. Hij wilde niet dat hij ter plekke dood bleef.

'Ik probeer uit te leggen wat de fysieke gevolgen zijn als je... als je iets in iemands anus steekt, in plaats van op de normale manier te werk te gaan.'

Wally staarde hem met open mond aan en kreeg een

rare kleur. Hij kon even geen woorden vinden.

Dr. Cohen vervolgde: 'U zou uw lieve vrouw niet alleen kunnen besmetten met aids, maar ook –'

Wally vond de woorden. 'Aids?' bulderde hij. 'Wat is dat voor gelul? Ik heb geen aids! Ik ben geen flikker!'

'Dat zeg ik niet, en het kan me trouwens ook niet schelen. Dat moet u zelf weten. Ik probeer alleen maar duidelijk te maken dat wat u met uw vrouw doet tot fysiek letsel zou kunnen leiden. Niet kunnen: het leidt ertoe, punt uit. Met een beetje pech moet ze de rest van haar leven met tampons rondlopen.'

'Wie zegt dat ik met haar doe wat u zegt dat ik doe?' vroeg Wally.

Dr. Cohen zuchtte. Hij had nu echt zijn buik vol van Wally Immelmann. 'Dat zegt u zelf,' beet hij hem toe. 'Iedereen binnen een straal van twintig kilometer weet dat u mevrouw Immelmann uitschold omdat u haar niet van achteren mocht pakken. Er rijden speciale bussen naar Lake Sassaquassee om het te kunnen horen.'

Wally's ogen puilden uit zijn paars aangelopen hoofd. 'Bedoelt u... o mijn God! Hebben ze het geluid nog steeds niet uitgezet? Dat moet, dat moet!'

'Zegt u maar hoe. De politie kan niet in de buurt komen. Ze hebben er al helikopters en de Nationale Garde op afgestuurd...'

Maar Wally Immelmann luisterde niet meer. Hij had zijn tweede hartinfarct gehad. Terwijl hij met spoed naar de intensive care werd teruggebracht, verliet dr. Cohen het ziekenhuis. Hij was een beminnelijk mens en homo's mochten van hem doen wat ze wilden, maar hij walgde van mannen die hun vrouwen dwongen tot anale seks.

In Starfighter Mansion was de chaos eveneens compleet. Tante Joan lag op bed en had haar slaapkamerdeur op slot gedaan. Ze kwam alleen naar beneden voor haar ontbijt, lunch en avondeten. Zij en Eva praatten niet meer met elkaar en de vierling had oom Wally's computer overgenomen. Ze stuurden e-mails naar al hun vriendinnen en obscene mailtjes naar iedereen uit oom Wally's adresboek. Eva wist niets van computers en maakte zich bovendien veel te veel zorgen om Henry. Ze liet de vierling hun gang gaan en zich uitleven op Wally's apparatuur. Zelf hing ze aan een stuk door aan de telefoon. Ze belde al hun vrienden en bekenden in Engeland, zelfs Mavis Mottram, in een poging erachter te komen waar Henry uithing. Niemand wist het.

'Maar hij kan toch niet zomaar verdwenen zijn? Dat is onmogelijk.'

'Nee, liefje. Ik zei ook niet dat hij verdwenen was,' zei Mavis vol geveinsd medeleven. 'Ik zei alleen dat niemand weet waar hij is.'

'Maar dat is hetzelfde als zeggen dat hij verdwenen is,' antwoordde Eva, die een heel klein beetje logica had geleerd van Wilt tijdens hun veelvuldige ruzies. 'Je zegt dat niemand weet waar hij is, maar íemand moet het weten. Ik bedoel, misschien is hij op vakantie met de Braintrees. Heb je die al geprobeerd?'

Aan de andere kant van de lijn haalde Mavis diep adem. Ze had altijd al moeite gehad met Eva en was niet van plan om zich zo te laten commanderen.

'Nee,' zei ze. 'Nog niet, om de doodeenvoudige reden dat ik niet weet waar ze wonen. Ik weet dus ook niet of ze op vakantie zijn, en al helemaal niet waar ze naartoe zijn.'

'In de zomervakantie huren ze altijd een maand een huisje in Norfolk.'

Deze keer haalde Mavis niet alleen diep adem, maar snoof ze verontwaardigd. 'Waarom bel je ze dan zelf niet?' snauwde ze.

'Omdat ik niet weet welk huisje. Ik weet alleen dat het ergens aan de kust is.'

'Ergens aan de kust?' piepte Mavis. 'Als je denkt dat ik alle huisjes aan de kust van Norfolk ga afbellen... vergeet het maar. Waarom neem je geen contact op met de politie en de ziekenhuizen? Die hebben al vaker voor je Henry moeten zorgen. Vraag maar naar de Afdeling Vermiste Personen.'

Al met al was het een heel onprettig en bits gesprek, dat eindigde toen Mavis de hoorn op de haak gooide zonder gedag te zeggen. Eva belde opnieuw naar huis, maar kreeg alleen haar eigen stem op het antwoordapparaat. Afgezien van de vierling, die ze er niet mee lastig wilde vallen, kon Eva niemand om raad vragen. Boven hoorde ze tante Joan snurken. Ze had opnieuw een slaappil ingenomen en die doorgespoeld met whisky. Eva ging naar de keuken. Ze kon in ieder geval even praten met Maybelle, de zwarte hulp, en haar vertellen over haar problemen. Zelfs dat luchtte echter niet op. Maybelles ervaringen met mannen waren nog slechter dan die van Eva.

'Mannen zijn allemaal hetzelfde. Zodra je je kont gekeerd hebt, rennen ze als krolse katers achter de meiden aan.'

'Maar zo is Henry helemaal niet. Hij is... nou, hij is anders dan andere mannen. En beslist geen homo, als je dat soms denkt.' Maybelle had haar wenkbrauwen veelbetekenend opgetrokken. 'Hij is alleen niet echt in seks geïnteresseerd,' vertrouwde Eva haar toe.

'Dan is hij inderdaad anders. Zo'n man heb ik nog nooit van m'n leven ontmoet. En ik weet zeker dat meneer Immelmann niet zo is. Waarschijnlijk heeft hij daarom last van zijn hart.' Ze keek uit het raam. 'Daar heb je die lui weer. Ik snap niet waarom ze de hele tijd rond het huis sluipen. En mevrouw Joanie is haar stem kwijt. Ze komt naar beneden, pakt ijs en chocoladekoekjes, gaat dan weer naar boven en zegt geen stom woord. Ze is waarschijnlijk vreselijk van streek omdat meneer Immelmann er zo slecht aan toe is.'

Aan Lake Sassaquassee heerste een gezegende stilte. Een speciaal team van stokdove veteranen uit de Eerste Golfoorlog had de generator opgeblazen. Zelfs zij hadden een soort maanpakken moeten dragen om bij hun doel in de buurt te komen, maar uiteindelijk waren ze daarin geslaagd. De luidsprekers zwegen en de agenten van Narcotica haalden het hele huis overhoop. Ze vonden niets incriminerends, behalve een stapeltje pornovideo's die Wally in zijn kluis verstopt had, maar tegen de tijd dat ze weer vertrokken, was het het hele huis in een grote puinhoop veranderd.

TWEEËNTWINTIG

In Starfighter Mansion was tante Joan ontwaakt uit haar door pillen en alcohol veroorzaakte slaap en vastbesloten bij Wally op bezoek te gaan. Ze reed naar het ziekenhuis, maar kreeg te horen dat hij op de intensive care lag en geen bezoek mocht ontvangen. Dr. Cohen en de hoofdcardioloog deelden haar het nieuws mee.

'Hij is weliswaar bij kennis, maar zijn toestand is uitermate zorgwekkend. We willen hem laten overplaatsen naar de Hartkliniek in Atlanta,' zei de cardioloog.

'Maar dat is waar ze harttransplantaties doen!' krijste Joan. 'Zo slecht kan hij er toch niet aan toe zijn?'

'Nee, het is gewoon dat we hier in Wilma niet de benodigde faciliteiten hebben. In de Hartkliniek kunnen ze veel beter voor hem zorgen.'

'Nou, ik ga met hem mee! Hij krijgt geen harttransplantatie als ik er niet bij ben.'

'Er is geen sprake van een harttransplantatie, mevrouw Immelmann. In Atlanta kunnen ze hem gewoon de beste behandeling geven.'

'Kan me niet schelen!' gilde Joan onlogisch. 'Ik blijf tot het einde toe bij hem en jullie houden me niet tegen!'

'Niemand houdt u tegen. Gaat u gerust mee naar Atlanta. Ik sta alleen niet voor de gevolgen in,' zei de cardioloog, die verdere ruzie voorkwam door terug te gaan naar de intensive care.

Terwijl Joan kokend van woede terugreed naar Starfighter Mansion, besloot ze wat als eerste zou doen: tegen Eva en haar rotkinderen zeggen dat ze zo snel mogelijk moesten opdonderen.

'Ik ga met Wally naar Atlanta!' schreeuwde ze. 'Jullie gaan terug naar Engeland en ik wil jullie nooit meer zien! Vooruit, pak je koffers!'

Voor deze ene keer was Eva het met haar eens. De hele vakantie was één grote ramp geweest en bovendien maakte ze zich doodongerust om Henry. Ze had hem nooit alleen moeten laten. Hij had zich zonder haar vast vreselijk in de nesten gewerkt. Ze zei dat de meiden hun spullen moesten pakken, maar de vierling had tante Joan horen schreeuwen en stond allang klaar. Het enige probleem was hoe ze naar het vliegveld moesten komen. Eva stelde die vraag aan Joan toen ze de trap afstormde.

'Bel een taxi, stomme trut!' snauwde ze.

'Maar ik heb geen geld,' zei Eva meelijwekkend.

'O God! Nou vooruit, als jullie het huis maar uit zijn!' Ze belde een taxibedrijf en even later waren de Wilts op weg naar het vliegveld. De vierling zweeg. Ze wisten dat ze niets tegen hun moeder moesten zeggen als ze in zo'n humeur was.

In de observatietruck zaten Murphy en Palowski ondertussen met hun handen in het haar. Er was geen spoor van drugs gevonden in het rioolwater uit Starfighter Mansion. Wally's hartaanval maakte de zaak een stuk gecompliceerder en ze hadden niets gezien of gehoord dat op enige betrokkenheid bij drugssmokkel wees. Als er al een misdrijf zou plaatsvinden, zou het waarschijnlijk een moord in de familie zijn.

'Laten we Atlanta bellen en zeggen dat ons nijlpaard en haar jongen eraan komen. Dan moeten zij maar beslissen.'

'Akkoord,' beaamde Palowski. Hij was vergeten hoe hij ja moest zeggen.

DRIEËNTWINTIG

In het ziekenhuis van Ipford was Wilt nog steeds niet bij kennis. Hij was diverse keren verplaatst op de gang, om ruimte te maken voor zes kinderen die gewond waren geraakt bij het varkensinferno. Ten langen leste, na achtenveertig uur, werden er röntgenfoto's van hem gemaakt waaruit bleek dat hij een zware hersenschudding en drie ernstig gekneusde ribben had, maar geen schedelfractuur. Hij werd naar de afdeling Neurologie gebracht, maar zoals gewoonlijk was daar alles vol.

'Natuurlijk was het een misdrijf,' zei de agent van dienst knorrig toen een arts uit het ziekenhuis belde om te vragen wat er precies gebeurd was. 'Die klojo is met geweld beroofd en gedumpt in een steegje. We hebben geen idee wat hij daar deed. Waarschijnlijk was hij dronken of... nou, wie het weet mag het zeggen. Hij had geen broek aan. Dan vraag je erom in die buurt.'

'Heeft u enig idee wie hij is?' vroeg de arts.

'Een van onze agenten dacht hem te herkennen. Het is een docent aan de hogeschool, een zekere Henry Wilt. Hij gaf les in Communicatie –'

'Wat is zijn adres. O, laat ook maar. Zeg tegen zijn familie dat hij ernstig is mishandeld en nu in het ziekenhuis ligt.' De arts hing op.

In zijn kantoortje sprong inspecteur Flint haastig overeind en stormde de gang op. 'Hoorde ik je "Henry Wilt" zeggen?'

De agent knikte. 'Hij ligt in het ziekenhuis. Volgens een

of andere kwakzalver is hij met geweld beroofd...'

Maar Flint luisterde al niet meer. Hij rende naar het parkeerterrein en reed naar het ziekenhuis.

Het was een behoorlijk gefrustreerde inspecteur Flint die Wilt uiteindelijk wist op te sporen in een doolhof van overvolle gangen. Eerst was hij naar Neurologie gestuurd, maar had daar te horen gekregen dat Wilt was overgeplaatst naar Sterilisatie.

'Waarom in godsnaam? Ik hoorde dat hij in elkaar was geslagen. Waarom moet hij dan gesteriliseerd worden?'

'Dat moest ook niet. Hij lag daar maar tijdelijk. Daarna werd hij overgeplaatst naar Gynaecologie.'

'Gynaecologie? Lieve God!' zei Flint zwakjes. Hij kon nog net begrijpen dat iemand die waarschijnlijk een actieve rol had gespeeld bij het verwekken van die verschrikkelijke vierling het verdiende om gesteriliseerd te worden, zodat hij in elk geval niet nog meer duivelsgebroed de wereld in zou helpen, maar gynaecologie was een ander chapiter. 'Wilt is een man. Wat moet die op Gynaecologie? Of hebben jullie hem meteen maar van geslacht veranderd?'

'Nee, natuurlijk niet. Daarom is hij overgeplaatst naar Besmettelijke Ziekten 3. Ze dachten dat daar een bed vrij was. Volgens mij was het tenminste BZ 3,' zei de verpleegster. 'Ik weet dat daar vanochtend iemand overleden is. Dat is daar vaste prik.'

'Hoezo?' vroeg Flint.

'Aids,' zei de verpleegster, die een zwaarlijvige vrouw op een brancard langs hem heen duwde.

'Ze kunnen iemand die in elkaar is geslagen en bloedt toch niet in het bed leggen van een patiënt die net aan aids gestorven is? Dat is te gek voor woorden. Waarom schieten ze hem dan niet meteen dood?'

'O, ze steriliseren de lakens,' zei de verpleegster over haar schouder.

Een bleke, gefrustreerde en geschokte Flint lokaliseerde Wilt uiteindelijk in Uniseks 8, een zaal voor hoogbejaarden die een scala van operaties hadden ondergaan waardoor ze nu noodgedwongen waren uitgerust met kathethers, infusen en allerlei andere slangetjes in alle mogelijke lichaamsopeningen. Flint snapte niet waarom de afdeling Uniseks werd genoemd. Multiseks zou even juist maar ook net zo onaangenaam zijn geweest. Om zijn aandacht af te leiden van een patiënt van onbestemde sekse – Flint gebruikte liever niet het woord 'geslacht', want dat leken de meeste mensen op de zaal inderdaad te zijn – die duidelijk aan chronische incontinentie leed en een haast manische afkeer van katheters had, concentreerde de inspecteur zich op Wilt. Die was er ook niet al te best aan toe. Zijn hoofd zat dik in het verband en zijn gezicht was gekneusd en opgezwollen, maar de verpleegster verzekerde Flint dat hij weer zou opknappen. Dat hoopte Flint oprecht.

Kort daarop kreeg de oude man in het bed ernaast een toeval en spuwde zijn kunstgebit uit. Een verpleegster stopte het weer terug en waarschuwde de hoofdzuster. Het duurde een tijd voor ze kwam.

'Wat heb je toch?' zei ze bits. Zelfs een medisch ongeschoold iemand als Flint vond die vraag vrij bizar. Hoe kon die arme oude stakker nou weten wat er met hem aan de hand was?

'Hoe moet ik dat weten? Ik krijg steeds maar van die opvliegers. Ik ben dinsdag aan m'n prostaat geopereerd,' zei hij.

'En met succes. Sinds je op deze zaal bent, heb je alleen maar liggen klagen. Je bent een stuk oud chagrijn en ik zal blij zijn als je bent opgehoepeld.'

De verpleegster kwam tussenbeiden. 'Maar hij is eenentachtig,' zei ze.

'En heel gezond voor zijn leeftijd,' zei de hoofdzuster. Ze liep nijdig weg, om zich te bekommeren om de patiënt die zijn katheter er voor de vijfde keer uit had getrokken. Het was nu maar al te duidelijk van welk geslacht hij was. Om geen getuige te hoeven zijn van de terugplaatsing van het katheter en een nieuwe toeval van de oude man in het bed ernaast, keek Flint naar Wilt en zag een oog dat hem aanstaarde. Wilt was weer bij bewustzijn en aan dat oog te oordelen, was hij daar niet echt blij mee. Flint was ook niet bepaald enthousiast. Hij staarde terug en vroeg zich af wat hij moest doen, maar het oog ging abrupt weer dicht. Flint wilde aan de verpleegster vragen of een open oog betekende dat de patiënt bij bewustzijn was, maar ze had grote moeite om het kunstgebit van de oude man weer in te doen. Toen ze daar uiteindelijk in geslaagd was, stelde Flint zijn vraag.

'Moeilijk te zeggen,' antwoordde ze. 'Soms sterven mensen met hun ogen open. Na een tijdje worden ze glazig en een beetje blauw en dan weet je vanzelf dat ze de pijp uit zijn.'

'Leuk,' zei de inspecteur. Hij keek weer naar Wilt, maar diens ogen waren nu potdicht. Hij was zo geschrokken van de aanblik van Flint naast zijn bed dat hij bijna was vergeten dat hij vreselijke hoofdpijn had en zich ongelooflijk rot voelde, ook al herkende hij de inspecteur niet echt. Hij had geen flauw idee waar hij was geweest of wat hij had gedaan, maar Flints vagelijk bekende gedaante was niet bepaald geruststellend. Even later raakte hij weer in coma en liet Flint brigadier Yates komen.

'Ik ga wat eten en een paar uur slapen,' zei hij. 'Bel me zodra hij bijkomt en zorg er vooral voor dat die idioot van een Hodge er niet achter komt dat Wilt hier ligt. Hij zou die arme drommel nog voor hij goed en wel bij kennis is laten arresteren wegens drugssmokkel.'

Hij liep het schijnbaar eindeloze labyrint van gangen uit en reed naar huis.

VIERENTWINTIG

Aan de andere kant van de Atlantische Oceaan wachtten Eva en de vierling op het vertrek van hun vlucht. Die had eerst vertraging opgelopen door een bommelding en daarna, toen het toestel van onder tot boven doorzocht was, door een mechanisch defect. Eva was niet langer ongeduldig. Ze was zelfs niet meer boos op de vierling of tante Joan. Ze was alleen nog maar blij dat ze naar huis ging, naar haar Henry, ook al vroeg ze zich nog steeds doodongerust af waar hij kon zijn en wat er met hem gebeurd was. De meisjes krioelden spelend en ruziënd om haar heen. Ze nam het zichzelf kwalijk dat ze de uitnodiging om naar Wilma te komen geaccepteerd had, maar godzijdank zat het bezoek erop en in zekere zin was ze blij dat haar missie om de Immelmanns zover te krijgen dat ze de vierling in hun testament zouden zetten mislukt was. Het vooruitzicht van al dat geld zou alleen maar slecht zijn geweest voor de meiden.

Vanuit een kantoortje dat uitkeek over de incheckbalies bestudeerden de agenten van Narcotica het groepje en vroegen zich af wat ze moesten doen.

'Als we nu ingrijpen, vinden we helemaal niks. Als er ooit al iets te vinden was. Volgens mij heeft Palowski gelijk. Eva Wilt was gewoon een afleidingsmanoeuvre. Laten de jongens in Londen het maar overnemen. Het heeft geen zin om haar hier op te pakken.'

Ondertussen was Ruth Rottecombe druk bezig Wilt zoveel mogelijk te incrimineren. Toen ze na de lange terugrit vanuit Ipford een telefoontje kreeg van de hoofdinspecteur uit Oston, die zei dat hij langs wilde komen om haar nogmaals te spreken, besefte ze met een schok dat ze zich niet van Wilts broek en rugzak had ontdaan. Zijn spullen lagen nog achterin de Volvo en als de politie ze vond... Ruth dacht maar liever niet aan de gevolgen. Ze ging haastig naar de garage, pakte Wilts spullen, stopte ze in een lege hutkoffer op zolder en deed die op slot. Vervolgens ging ze terug naar de garage, zette de Jaguar van Harold op de plek waar Wilt had gelegen en sloot Wilfred en Pickles op in de auto. Hun aanwezigheid zou voldoende zijn om een grondig onderzoek van de plaats delict te voorkomen. Ze had geen zin om nog meer lastige vragen te beantwoorden.

Ze had zich geen zorgen hoeven maken. De politie had navraag gedaan op de Country Club en Battleby's alibi leek te kloppen. Hij was daar minstens een uur voor het uitbreken van de brand gearriveerd en het onderzoeksteam had in de verkoolde resten van het huis geen spoor van een vertragingsmechanisme gevonden. Het bleef een raadsel wie de brand dan had aangestoken, maar Ruth Rottecombe of Battleby konden het in elk geval niet geweest zijn. Gelukkig hadden ze die smerige pedofiel kunnen pakken wegens twee andere misdrijven, waarvan in elk geval eentje tot een heel lange gevangenisstraf zou leiden en zijn reputatie voor de rest van zijn leven zou ruïneren. Die brandstichting kon de hoofdinspecteur niet eens zoveel schelen. Hij had weliswaar een bloedhekel aan Ruth de Ranselaar, maar hij besefte dat hij voorzichtig moest zijn. Ze was getrouwd met een invloedrijk parlementslid, dat lastige vragen kon stellen in het Lagerhuis over ongeoorloofde verhoormethoden en intimidatie door de politie. Het zou verstandig zijn om voorlopig beleefd tegen haar te doen. Als hij over de brand kwam praten, had hij gelijk een goede gelegenheid haar nogmaals van dichtbij te bestuderen.

'Het spijt me vreselijk dat ik u moet storen,' zei hij toen ze opendeed, 'maar op sommige punten zijn we nog niet helemaal tevreden met de verklaring van meneer Battleby en we hoopten dat u ons zou kunnen helpen. Het gaat alleen om de brand.'

Ruth aarzelde even, maar besloot toen mee te werken. 'Nou, als ik kan helpen... Komt u binnen.'

Ze hield de deur open, maar de hoofdinspecteur voelde er weinig voor zich binnen te wagen als die twee bulterriërs losliepen. Hij had al zijn moed nodig gehad om naar Leyline Lodge te rijden en uit te stappen.

'Eh... wat uw honden betreft...' begon hij. Ruth stelde hem gerust.

'Die heb ik in de garage opgesloten. Komt u binnen.'

Ze gingen naar de woonkamer.

'Gaat u zitten.'

Dat deed de hoofdinspecteur, zij het nogal aarzelend. Het was niet bepaald de ontvangst die hij verwacht had. Ruth ging ook zitten en bereidde zich voor op zijn vragen.

De hoofdinspecteur koos zijn woorden zorgvuldig uit. 'We hebben navraag gedaan, en de secretaris van de Country Club bevestigt dat Battleby minstens een uur voor het uitbreken van de brand op de club zat te bridgen. Bovendien is gebleken dat de keukendeur niet op slot was. Iedereen had dus binnen kunnen komen en de brand kunnen aansteken.'

'Maar dat is onmogelijk. Ik heb de deur zelf –' zei Ruth, voor ze besefte dat ze met open ogen in de val liep. 'Ik bedoel, iemand moet geweten hebben waar de reservesleutels lagen. U denkt hopelijk toch niet dat ik –'

'Nee, geen sprake van,' zei de hoofdinspecteur. 'We weten dat u gelijktijdig met Battleby op de club arriveerde. U bent geen verdachte. Wat ons veel meer interesseert zijn de voetafdrukken in de moestuin, de voetafdrukken van een man die blijkbaar gewacht heeft op het weggetje achter het huis. In de modder van het weggetje hebben we wielsporen gevonden, die erop wijzen dat daar een voertuig heeft gestaan dat later haastig is weggereden. Het begint erop te lijken dat de brand is gesticht door een buitenstaander.'

Ruth nam aanstoot aan dat 'buitenstaander'. 'Als u insinueert dat Bob iemand heeft ingehuurd om brand te stichten...'

'Ik insinueer niets,' zei de hoofdinspecteur haastig. 'Ik bedoel alleen dat een onbekend persoon het huis is binnengedrongen en de brand heeft veroorzaakt. Hij heeft een aanzienlijke tijd in de moestuin doorgebracht, blijkbaar om het huis te observeren. Voetafdrukken bij de poort in de tuinmuur wijzen erop dat hij heen en weer heeft gelopen terwijl hij zijn kans afwachtte.' Hij zweeg even. 'We willen graag weten of iemand het op de persoon Battleby gemunt had en vroegen ons af of u ons zou kunnen helpen.'

Ruth knikte. 'Ik denk dat heel veel mensen Bob niet konden uitstaan,' zei ze. 'Hij was niet bepaald geliefd in deze streek. Die smerige blaadjes in zijn Range Rover wijzen op pedofiele neigingen en wie weet heeft hij misbruik gemaakt... nou, vreselijke dingen gedaan.'

Het was haar beurt om te zwijgen en haar woorden goed tot de hoofdinspecteur te laten doordringen. Ze moesten duidelijk maken dat ze helemaal niets te maken had gehad met dat aspect van Battleby's seksuele voorkeuren. Ze was tenslotte geen kind meer of, zoals de hoofdinspecteur het zelf uitdrukte, geen jonge blom meer.

Toen hij weer vertrok, was hij nauwelijks iets wijzer

geworden. Aan de andere kant had Ruth nu een aardig idee waarom die bewusteloze man in hun garage had gelegen. Hij had iets te maken gehad met die rampzalige nacht en het leek haar een goed idee om de politie te trakteren op een stukje overtuigend bewijsmateriaal in de vorm van zijn spijkerbroek, overdekt met as. Ze zou hem neerleggen in de buurt van de uitgebrande Manor, maar nu nog niet. Ze zou wachten tot het donker was. Na middernacht, bijvoorbeeld.

VIJFENTWINTIG

Toen Wilt zijn ogen weer opendeed, zat Flint nog steeds naast zijn bed. De inspecteur had zelf zijn ogen ook even dichtgedaan, op het moment dat de oude man in het bed ernaast zijn kunstgebit voor de vijfde keer uitspuwde, samen met zo'n hoeveelheid bloed dat er spetters op Flints broek terecht kwamen. Daarna was hij geen vervelende oude man van eenentachtig meer, maar alleen nog een lijk. Wilt hoorde Flint 'Kut!' roepen, vergezeld door allerlei onaangename geluiden, maar hij kneep zijn ogen stevig dicht. Precies op het moment dat hij ze vlug even opendeed, draaide Flint zich om en keek hem nieuwsgierig aan.

'Voel je je al wat beter, Henry?' vroeg Flint.

Wilt gaf geen antwoord. Het feit dat de politie blijkbaar klaar zat om een verklaring af te nemen beviel hem helemaal niet. Hij had geen idee wat er met hem gebeurd was of wat hij had gedaan en het leek hem verstandig geheugenverlies voor te wenden. Bovendien voelde hij zich totaal niet beter. Door de aanblik van Flint voelde hij zich juist een stuk rotter, maar voor de inspecteur meer vragen kon stellen verscheen er een dokter en was het de beurt van Flint om ondervraagd te worden.

'Wat doet u hier?' vroeg de dokter bits. Schijnbaar had hij net zulke grote bezwaren tegen de aanwezigheid van een politieman op de ziekenzaal als Wilt zelf.

'Ik wil een verklaring afnemen van deze patiënt,' zei Flint, met een gebaar naar Wilt.

'Nou, dat kunt u voorlopig wel vergeten. Hij lijdt aan

een zware hersenschudding en waarschijnlijk ook aan geheugenverlies. Het is heel goed mogelijk dat hij zich niets meer herinnert. Dat komt vaak voor na een zware slag op het hoofd en een ernstige hersenschudding.'

'Hoe lang duurt het voor hij zijn geheugen weer terugkrijgt?'

'Hangt ervan af. Ik heb gevallen meegemaakt van compleet en blijvend geheugenverlies. Dat is uiteraard zeldzaam, maar het komt voor. Het is eerlijk gezegd nauwelijks te voorspellen, maar in dit geval denk ik dat over een dag of twee de eerste herinneringen zullen terugkeren.'

Wilt luisterde naar het gesprek en besloot er een dag of drie van te maken. Eerst moest hij erachter zien te komen wat hij had uitgevreten.

Eva keerde in een staat van volslagen uitputting terug naar Oakhurst Avenue. De vlucht was verschrikkelijk geweest. Ze hadden een dronkelap moeten vastbinden nadat hij een andere passagier had geslagen en omdat de computer van de verkeerstoren kuren vertoonde, had hun toestel moeten uitwijken naar Manchester. Ze werd echter weer tot actie aangespoord door wat ze thuis aantrof. Het was alsof er ingebroken was. De slaapkamer was bezaaid met Wilts kleren en schoenen en tot haar schrik stonden er diverse laden open, die duidelijk nogal onhandig doorzocht waren. Hetzelfde gold voor het bureau in Wilts werkkamer. Een ander en in zekere zin nog angstaanjagender mysterie was dat de post was opengemaakt en op het tafeltje in de hal lag. Terwijl de nog steeds relatief ingetogen vierling naar boven ging belde Eva de school, maar kreeg te horen dat Wilt daar niet was geweest en dat niemand wist waar hij was. Eva probeerde de Braintrees, die vast zouden weten waar Wilt uithing, maar kreeg geen gehoor. Ze luisterde naar het bandje van het antwoordapparaat en hoorde zichzelf diverse keren tegen Henry zeggen dat hij haar in Wilma moest bellen. Ze ging weer naar boven en voelde in de zakken van Wilts kleren, maar vond niets waaruit bleek wat hij had uitgevoerd of waar hij nu was. Het feit dat zijn kleren in een slordige hoop op de grond lagen, maakte haar nog ongeruster. Ze had hem getraind om ze netjes op te vouwen en Wilt had de gewoonte ze over een stoel te hangen. Ze deed de klerenkast open en controleerde de inhoud. Zijn broeken en jasjes hingen er allemaal nog, maar hij moest toch iéts hebben gedragen toen hij het huis verliet. Hij kon moeilijk spiernaakt de straat op zijn gegaan. Eva begon zich de meest vreselijke dingen in te beelden. Ze negeerde de vragen van Penelope, ging weer naar beneden en belde de politie.

'Ik wil een geval van vermissing melden,' zei ze. 'U spreekt met Eva Wilt. Ik ben net terug uit Amerika en mijn man wordt vermist.'

'En met vermist bedoelt u...'

'Dat hij verdwenen is.'

'In Amerika?' vroeg het meisje.

'Nee, niet in Amerika. Hij is thuisgebleven. Ik woon in Oakhurst Avenue, op nummer 45. Ik ben net terug en nu is hij weg.'

'Zoudt u even willen wachten?' vroeg de telefoniste. Eva hoorde haar op de achtergrond tegen iemand mompelen dat ze een of ander vreselijk wijf aan de lijn had en dat het haar helemaal niets verbaasde dat haar man de benen had genomen. 'Ik verbind u door met iemand die u misschien kan helpen,' zei ze.

'Ik hoorde heus wel wat je zei, vuile trut!' schreeuwde Eva.

'Ik? Ik zei niets. En ik ben niet gediend van uw taalgebruik!'

Uiteindelijk kreeg Eva brigadier Yates aan de lijn. 'Spreek ik met mevrouw Eva Wilt, Oakhurst Avenue 45?'

'Met wie dacht u dan?' snauwde Eva.

'Ik ben bang dat ik slecht nieuws voor u heb, mevrouw Wilt. Uw man heeft een ongeluk gehad,' zei de brigadier, die het niet leuk vond om afgesnauwd te worden. 'Hij ligt in het ziekenhuis in Ipford en is nog steeds buiten bewustzijn. Als u...'

Maar Eva had de hoorn al op de haak gegooid. Na op haar meest dreigende toon te hebben gezegd dat de vierling zich héél erg netjes moest gedragen, reed ze razendsnel naar het ziekenhuis. Ze parkeerde de auto, stormde door de overvolle wachtkamer naar de balie en duwde een mannetje opzij dat daar al stond.

'U zult op uw beurt moeten wachten,' zei de receptioniste.

'Maar mijn man heeft een ernstig ongeluk gehad en is bewusteloos. Ik móét hem zien.'

'Dan kunt u beter SH proberen.'

'SH? Wat is dat nou weer?' vroeg Eva.

'Spoedeisende Hulp. Als u door de hoofdingang naar buiten gaat, ziet u een bordje,' zei het meisje en ze wendde zich weer tot het mannetje.

Eva ging haastig naar buiten en sloeg linksaf. Er was nergens een bordje met Spoedeisende Hulp te bekennen. Ze ging naar rechts, terwijl ze de receptioniste vervloekte. Ook daar stond geen bordje. Uiteindelijk vroeg ze het aan een vrouw met haar arm in een mitella, die haar helemaal naar de andere kant van het ziekenhuis stuurde.

'Een heel eind voorbij de hoofdingang. U ziet het vanzelf. Maar ik zou er niet naartoe gaan, als ik u was. Het is er echt een smeerboel. Overal ligt stof.'

Deze keer vond Eva het wel. Het lag vol met kinderen die gewond waren geraakt bij het busongeluk. Eva liep terug naar de hoofdingang en belandde onverwacht in iets wat veel weghad van een kleine winkelstraat, met een restaurant en tearoom, een boetiek, een parfumerie en een boeken- en tijdschriftenzaak. Even had ze het idee dat ze stapelgek begon te worden, maar toen vermande ze zich en liep ze naar een gang met het bord 'Gynaecologie'. Verderop waren nog meer borden, die naar andere gangen wezen. Henry zou vast niet op Gynaecologie liggen.

Eva klampte een man met een witte jas aan. Hij had een nogal sinister uitziende plastic emmer bij zich, met een bebloede doek erover.

'Sorry, ik heb even geen tijd. Deze baby moet vlug naar de vuilverbrander, want over twintig minuten komt er weer een.'

'Weer een? Wat geweldig,' zei Eva. Het woord 'vuilverbrander' drong even niet tot haar door.

De verpleger hielp haar uit de droom. 'Nog een foetus,' zei hij. 'Kijk maar, als je het niet gelooft.'

Hij tilde de bebloede doek op en Eva keek in de emmer. Terwijl de verpleger haastig verder liep, viel Eva flauw en gleed langs de muur omlaag. Tegenover haar ging een deur open en kwam een jonge dokter naar buiten. Een piepjonge dokter. Het feit dat hij uit Litouwen kwam en net een seminar had bijgewoond over Zwaarlijvigheid en Hartziekten hielp ook niet. Een dikke vrouw die bewusteloos in de gang lag was een uitgelezen kans om zijn kersverse kennis in de praktijk te brengen. Vijf minuten later lag Eva op de hartafdeling, had ze alleen haar slipje nog aan, kreeg ze zuurstof toegediend en stonden ze op het punt een defibrillator te gebruiken. Dat hielp ook niet. Toen Eva weer bijkwam, tilde een verpleegster net haar rechterborst op om de defibrillator aan te sluiten. Eva gaf de verpleegster instinctief een knal voor haar kop, sprong van de brancard, griste haar kleren bij elkaar en rende naar het toilet om zich weer aan te kleden. Ze was gekomen om haar Henry te bezoeken en niets zou haar daarvan weerhouden. Na tevergeefs diverse andere afdelingen te hebben bezocht, sjokte ze weer terug naar de receptie. Deze keer kreeg ze te horen dat de heer Wilt op Psychiatrie 3 lag.

'Waar is dat?' vroeg Eva.

'Op de zesde verdieping, helemaal aan de andere kant van het gebouw,' zei de receptioniste, om dat stomme mens maar zo lang mogelijk kwijt te zijn. Eva zocht een lift, kon die nergens vinden en sjouwde de trap op naar de zesde verdieping, waar ze plotseling tegenover een deur met Autopsie stond. Zelfs Eva wist wat een autopsie was, maar Henry was niet dood. Hij lag op Psychiatrie 3. Een uur later kwam ze tot de ontdekking dat dat niet zo was. In de tussentijd had ze bijna twee kilometer gelopen en was ze woedend, zo woedend dat ze een toevallig passerende chirurg de huid vol schold. Het was inmiddels al laat en plotseling dacht ze aan de vierling. Ze moest terug naar huis, om te kijken of ze geen kattekwaad uithaalden en iets te eten voor hen te maken. Ze was nu toch te moe om haar speurtocht naar Henry voort te zetten. De volgende ochtend zou ze het opnieuw proberen.

ZESENTWINTIG

Maar toen Eva de volgende ochtend in het ziekenhuis arriveerde, was inspecteur Flint net een kop koffie halen en was Wilt blijkbaar nog steeds bewusteloos. In werkelijkheid dacht Wilt na over wat de dokter gezegd had.

'Het is heel goed mogelijk dat hij aan geheugenverlies lijdt en niet meer weet wat er met hem gebeurd is', of woorden van die strekking. Wilt was inmiddels een groot voorstander van geheugenverlies. Hij was in ieder geval niet van plan een verklaring af te leggen. Hij had een vreselijke nacht achter de rug. Een groot deel van de tijd had hij liggen luisteren hoe een man aan de hartbewaking, vlakbij de deur, langzaam de pijp uitging. Om één uur was de nachtzuster gekomen en had Wilt haar tegen de afdelingszuster horen fluisteren dat ze iets aan die man moesten doen, omdat hij duidelijk een stoornis had en de ochtend niet zou halen als ze het probleem niet oplosten. Wilt snapte wat ze bedoelde toen hij naar de monitor luisterde. Het gepiep klonk heel onregelmatig, en naarmate de nacht verstreek werd dat steeds erger. Vlak voor zonsopgang hield het gepiep helemaal op en hoorde hij hoe het bed van de arme oude stakker de gang op werd gereden. Hij overwoog even om te kijken wat er precies aan de hand was, maar besloot dat dat geen zin had. Het zou alleen maar van morbide nieuwsgierigheid getuigen om te kijken hoe het lijk naar het mortuarium werd gebracht.

In plaats daarvan mijmerde hij triest over het mysterie van leven en dood. Hij vroeg zich af of er een kern van waarheid school in die 'bijna-doodervaringen', waarbij mensen licht zagen aan het eind van de tunnel en een oude man met een baard, God of zo, die hen persoonlijk een schitterende tuin binnenleidde voor hij besloot dat hun tijd toch nog niet gekomen was. Of anders zweefden ze tegen het plafond van de operatiekamer, keken neer op hun eigen lichaam en luisterden naar wat de chirurgen zeiden. Wilt snapte eigenlijk niet waarom ze de moeite namen. Als er leven was na de dood, moest er daar toch iets interessanters te doen zijn. Het idee dat het fascinerend was om chirurgen af te luisteren die net een operatie hadden verknald, wees erop dat het in het hiernamaals een heel saaie bedoening was. Als er al een hiernamaals bestond, want dat had Wilt altijd sterk betwijfeld. Hij had ooit gelezen dat chirurgen de moeite hadden genomen bovenop de lampen in de operatiekamer bepaalde woorden te schrijven, die alleen gelezen konden worden door vliegen of mensen die tegen het plafond zweefden, om zo te controleren of er iets klopte van die 'bijna-doodervaringen'. Niet een van de teruggekeerde patiënten had kunnen herhalen wat er geschreven stond en dat was bewijs genoeg voor Wilt. Bovendien had hij ergens anders gelezen dat zulke ervaringen ook veroorzaakt konden worden door een verhoogd gehalte aan kooldioxide in de hersenen. Over het algeheel genomen bleef Wilt een scepticus. Misschien was de dood dan een groot avontuur, zoals iemand ooit gezegd had, maar hij had voorlopig nog geen zin om eraan te beginnen. Hij vroeg zich nog steeds af waar die arme drommel bij de deur nu zou zijn, en of hij gezellig met een andere pas gestorvene keuvelde of alleen maar afkoelend en verstijvend in het mortuarium lag, toen de nachtzuster langskwam: een lange, schoongeboende vrouw die blijkbaar wilde dat al haar patiënten altijd sliepen.

'Waarom bent u wakker?' vroeg ze op hoge toon.

Wilt keek haar mistroostig aan en vroeg zich af of ze zelf altijd goed sliep. 'Dat komt door die arme kerel bij de deur,' zei hij uiteindelijk.

'Arme kerel bij de deur? Waar heeft u het over? Hij maakt totaal geen lawaai.'

'Weet ik,' zei Wilt, die haar meelijwekkend aanstaarde. 'Ik weet best dat hij geen lawaai maakt. Dat gaat ook een beetje moeilijk, hè? Die stakker is het hoekje om.'

'Het hoekje om?' zei de zuster. Ze keek hem vreemd aan. 'Hoe bedoelt u? Hij ligt nog steeds in de hoek.'

Wilt staarde haar nog meelijwekkender aan. 'Nee, ik bedoel dat hij is heengegaan.'

'Heen? Waarheen? Wat ligt u te zwetsen?'

Wilt haalde diep adem. Het was duidelijk dat de zuster enigszins traag van begrip was.

'Ik bedoel dat hij kastje wijlen is. Naar de eeuwige jachtvelden vertrokken. Hij heeft het tijdelijke voor het eeuwige verwisseld. Het loodje gelegd. Hij ligt tussen zes plankjes. Onder de groene zoden. Met andere woorden, hij is dood.'

De zuster keek hem aan alsof hij stapelgek was of in een delirium verkeerde.

'Doe niet zo achterlijk. Het gaat prima met hem. Er was alleen iets mis met zijn hartmonitor.'

En na een opmerking over 'sommige mensen' liep ze verder. Wilt keek naar de deur en was enigszins verontwaardigd toen hij zag dat de man vredig lag te slapen. Pas een hele tijd later, zo leek het, viel hij eindelijk zelf in slaap.

Twee uur later werd hij gewekt en kwam een dokter hem onderzoeken.

'Wat voor drugs heeft u gebruikt?' vroeg hij.

Wilt keek hem wezenloos aan. 'Ik heb nog nooit van mijn leven drugs gebruikt,' mompelde hij.

De dokter raadpleegde zijn aantekeningen. 'Hier staat iets heel anders. Volgens zuster Brownsel was u vannacht duidelijk onder de invloed. Nou ja, dat weten we gauw genoeg na een bloedonderzoek.'

Wilt zei niets. Het leek hem verstandig om maar weer aan geheugenverlies te lijden, en omdat hij zich echt niet kon herinneren wat er met hem gebeurd was, was dat geen bluf. Desondanks maakte hij zich nog steeds zorgen. Hij moest erachter zien te komen wat zich precies had afgespeeld.

Eva arriveerde bij het ziekenhuis in het gezelschap van Mavis Mottram. Ze had weliswaar een hekel aan haar, maar Mavis was een dominante persoonlijkheid die zich niet met een kluitje in het riet zou laten sturen. Bij binnenkomst maakte Mavis die verwachtingen volledig waar.

'Naam,' snauwde ze tegen de receptioniste. Ze haalde een opschrijfboekje te voorschijn. 'Naam en adres.'

'Hoezo?'

'Ik ga een klacht tegen u indienen bij de directie, omdat u mevrouw Wilt opzettelijk naar de afdeling Psychiatrie hebt gestuurd terwijl u donders goed wist dat haar man daar niet lag.'

Het meisje keek vertwijfeld om zich heen en zocht een mogelijkheid om aan deze feeks te ontsnappen.

'Ik ben toevallig lid van de raad,' vervolgde Mavis, die er niet bij vertelde dat het de parochieraad was en niet de gemeenteraad. 'En bovendien ben ik een goede kennis van dr. Roche.'

De receptioniste verbleekte. Dr. Roche was hoofd geneeskunde en een heel belangrijk iemand. Ze besefte dat ze kans liep om ontslagen te worden. 'Meneer Wilt was nog niet ingeschreven,' mompelde ze.

'En wiens schuld is dat? De uwe, uiteraard,' beet Mavis haar toe. Ze noteerde iets in haar boekje. 'Goed, waar ligt meneer Wilt?'

De receptioniste keek in de computer en belde iemand. 'Er is hier een vrouw –'

'Een dame, als u het niet erg vindt,' siste Mavis.

Eva, die achter Mavis stond, was diep onder de indruk. 'Ik snap niet hoe je dat doet,' zei ze. 'Als ik zoiets probeer, lukt me dat nooit.'

'Ach, gewoon een kwestie van afstamming en opvoeding. Mijn familie gaat terug tot de tijd van Willem de Veroveraar.'

'Echt waar? En dat terwijl je vader loodgieter was,' zei Eva, die er niet in slaagde alle scepsis uit haar stem te bannen.

'Maar wel een toploodgieter. Wat was jouw vader?'

'Papa is gestorven toen ik klein was,' zei Eva verdrietig.

'Inderdaad. Dat gebeurt vaker met barmannen. Ze sterven aan de drank.'

'Nietes. Hij is gestorven aan alvleesklierontsteking.'

'En wie sterven er aan alvleesklierontsteking? Mensen die liters whisky en gin drinken. Alcoholisten, met andere woorden.'

Voor die woordenwisseling kon ontaarden in een knetterende ruzie, kwam de receptioniste tussenbeiden. 'Meneer Wilt is overgeplaatst naar Geriatrie 5,' zei ze. 'Dat is op de tweede verdieping. Iets verderop in de gang is een lift.'

'Dat hoop ik voor u,' zei Mavis en ze gingen op weg. Vijf minuten later had Mavis opnieuw een aanvaring, deze keer met een uiterst geduchte hoofdzuster die weigerde hen door te laten omdat het geen bezoekuur was. Zelfs Mavis' herhaalde klacht dat Eva Wilt de vrouw was van Henry Wilt en dus het recht had om op ieder moment van de dag op bezoek te gaan, had geen enkel effect. Uiteindelijk waren ze gedwongen twee uur te wachten.

ZEVENENTWINTIG

Toen Wilts broek, vol met schroeiplekken, modder en iets wat verdacht veel op gedroogd bloed leek, ontdekt werd op het weggetje achter de puinhopen van Meldrum Manor, was de politie in Oston uiteraard hevig geïnteresseerd.

'Ah, eindelijk komen we ergens! Die rotzak van een Battleby heeft iemand ingehuurd om het huis in de fik te steken,' zei de hoofdinspecteur tegen de politiemensen die bijeen waren om erachter te komen wat er werkelijk gebeurd was op de avond van de brand. 'Bovendien weten we nu hoe die eikel heet en waar hij woont. Er zat een envelop in de achterzak. Hij heet H. Wilt en woont in Ipford. Oakhurst Avenue 45. Zegt dat iemand iets?'

Een agent stak zijn hand op. 'Zo heette een rugzaktoerist die bij mevrouw Rawley heeft gelogeerd. U zei dat ik alle hotels moest controleren. Nou, daar zijn er hier niet al te veel van, dus heb ik ook de particulieren die kamers verhuren maar gecheckt. En de avond tevoren logeerde hij bij mevrouw Crow. Hij wilde niet zeggen waar hij heen ging. Hij beweerde dat hij niet wist waar hij was en dat ook niet wilde weten.'

'Mijn vrouw komt uit Ipford,' zei een brigadier, 'en we krijgen nog steeds het plaatselijke krantje. Een dag of wat geleden stond er een stuk in over een kerel die bewusteloos was aangetroffen in een achterstandswijk in Ipford. Hij had een klap op zijn hoofd gehad en had geen broek aan. En hij zat onder de modder.'

De hoofdinspecteur verliet de kamer om even te bellen.

'Bedankt. Dat was een schot in de roos,' zei hij toen hij terugkwam. 'Hij ligt in het ziekenhuis van Ipford en lijdt aan een hersenschudding en geheugenverlies. Hij is nog niet bij kennis, maar ze zullen een monster van de modder op zijn hemd opsturen, zodat we kunnen controleren of dat overeenkomt met de modder op het weggetje achter de Manor.'

'Merkwaardig. Ik was de dag na de brand op dat weggetje, bij klaarlichte dag, en toen lag er geen broek. Dat weet ik zeker,' zei een jonge agent. 'Die lui van de verzekering waren erbij. Vraagt u maar aan hen.'

De hoofdinspecteur keek de agent twijfelachtig aan. Wat hem vooral interesseerde, was dat er motorolie en bloed op die broek zaten. Hij had Ruth Rottecombe haar beledigende gedrag op de avond van de brand nog steeds niet vergeven. Zijn 'neus' zei hem dat ze op de een of andere manier iets te maken had met de brandstichting. En waar was de schaduwminister van Integratie en Deportatie gebleven? De kranten hadden wraak genomen met beschuldigingen die welhaast smeekten om een aanklacht wegens smaad, maar Harold Rottecombe had niets van zich laten horen. Vreemd, heel vreemd. Het meest verdachte feit was nog dat de agent die zogenaamd Leyline Lodge bewaakte maar in werkelijkheid een oogje in het zeil hield, gemeld had dat de garagedeuren niet meer open waren gegaan sinds Wilfred en Pickles waren losgelaten op de twee razende reporters. Ruth Rottecombe zette haar Volvo tegenwoordig op de oprit, bij de voordeur. Bovendien liepen de twee bulterriërs los op het terrein, zodat zelfs de gebruikelijke leveranciers alles wat Ruth telefonisch bestelde achterlieten bij het hek, waar ze het zelf ging ophalen. Ze was dus nog gewoon thuis, maar vooral de hermetisch afgesloten garage trok de aandacht van de hoofdinspecteur. Er moest daar iets verborgen zijn en zijn intuïtie zei hem dat het verstandig was om een discreet woordje te wisselen met de hoofdcommissaris, om uit te vinden of het nuttig zou zijn een huiszoekingsbevel aan te vragen. De hoofdcommissaris kon de Rottecombes niet luchten of zien en had een nog grotere hekel aan hen gekregen door al dat gedoe met Battleby. Sinds het voorouderlijk huis was afgebrand en Battleby was gearresteerd wegens pedofilie, hoefden ze van de rest van de invloedrijke familie niets meer te vrezen. De hoofdinspecteur praatte die avond een uur met de hoofdcommissaris. Hij legde uit waarom hij Ruth Rottecombe wantrouwde en merkte dat de hoofdcommissaris er net zo over dacht.

'De hele zaak stinkt,' zei hij. 'Dat stomme wijf zit ook tot over haar oren in die smeerlapperij, maar godzijdank hebben we die vuillak van een Battleby te pakken. Haar man zit gelukkig ook diep in de puree. Ik heb een telefoontje gehad van... nou, van héél hoog. De schaduwminister van Binnenlandse Zaken zelf. Al die media-aandacht doet zijn partij geen goed. Ze willen net zo graag weten waar Rottecombe gebleven is als wij, en ik kreeg de indruk dat ze het helemaal niet erg zouden vinden als hij ergens dood gevonden werd. Dan hoefden ze die stomme hufter tenminste niet meer te ontslaan.'

Toen de hoofdinspecteur vertrok, had hij toestemming om een huiszoekingsbevel aan te vragen en alle toepasselijke maatregelen te nemen.

Een van die maatregelen was het afluisteren van de telefoon van de Rottecombes, maar hij kwam alleen te weten dat de veelgeplaagde Ruth heel vaak de flat van haar man in Londen had gebeld, net als zijn club en het hoofdkantoor van de partij. Niemand had ook maar iets van hem gezien of gehoord.

ACHTENTWINTIG

Tegen de tijd dat ze Geriatrie 3 eindelijk hadden gevonden – Wilt had niet op Geriatrie 5 gelegen – was Mavis Mottram het meer dan zat, net als Eva. Ze marcheerden naar de deur, maar werden daar tegengehouden door een kordate zuster.

'Het spijt me, maar u mag niet naar binnen. De patiënt wordt momenteel onderzocht door dr. Soltander,' zei ze.

'Maar ik ben zijn vrouw,' piepte Eva.

'Dat kan best, maar –'

Mavis kwam tussenbeide. 'Laat haar je rijbewijs zien,' beet ze Eva toe. 'Misschien gelooft ze je dan.' Terwijl Eva in haar tas rommelde, wendde Mavis zich tot de zuster. 'U kunt het adres controleren. Ik neem tenminste aan dat u het adres van meneer Wilt kent?'

'Ja, natuurlijk. Anders zouden we niet weten wie hij was, nietwaar?'

'Waarom heeft u mevrouw Wilt dan niet direct laten weten dat haar man in het ziekenhuis lag?'

De zuster gaf het maar op en ging terug naar de zaal. 'De vrouw van meneer Wilt is er, samen met een ander vreselijk mens,' zei ze tegen de dokter. 'Ze willen hem per se zien.'

Dr. Soltander zuchtte. Hij had een loodzware baan, en had zijn handen al meer dan vol aan zijn terminale, hoogbejaarde patiënten zonder ook nog eens lastiggevallen te worden door vrouwen en andere vreselijke mensen. 'Vraag of ze twintig minuten willen wachten,' zei hij. 'Dan heb ik misschien een betere prognose.'

Maar de zuster had geen zin opnieuw in de clinch te

gaan met Mavis Mottram. 'Vertelt u hen dat zelf maar. Naar mij luisteren ze toch niet.'

'Goed dan,' mompelde de dokter gevaarlijk geduldig en hij liep naar de gang. Hij zag meteen wat de zuster bedoeld had met twee vreselijke vrouwen. Een doodsbleke, snikkende Eva eiste luidkeels dat ze haar Henry te zien kreeg. Dr. Soltander probeerde duidelijk te maken dat Wilt bewusteloos was en in zijn conditie geen bezoek kon ontvangen, maar wekte de woede van Mavis Mottram.

'Ze heeft het volste recht haar man te bezoeken. Dat kunt u niet verhinderen.'

De uitdrukking van de dokter verhardde. 'En wie bent u?'

'Een vriendin van mevrouw Wilt, en ik herhaal dat ze het volste recht heeft om haar man te bezoeken.'

De ogen van dr. Soltander schoten vuur. 'Niet terwijl ik mijn ronde doe,' beet hij Mavis toe. 'Ze gaat maar op bezoek als ik klaar ben.'

'En wanneer is dat? Over vier uur?'

'Ik weiger me aan een kruisverhoor te laten onderwerpen, door u of wie dan ook. Wees alstublieft zo vriendelijk om met uw vriendin terug te gaan naar de wachtkamer, terwijl ik controleer of mijn afwezigheid niet geresulteerd heeft in de vroegtijdige dood van een van mijn patiënten.'

'Uw aanwezigheid, bedoelt u zeker,' snauwde Mavis op haar beurt en ze pakte haar opschrijfboekje. 'Wat is uw bijnaam in dit ziekenhuis? De Engel des Doods?'

Die opmerking had een onverwachte uitwerking, of liever gezegd twee. Eva slaakte zo'n doordringende jammerkreet dat patiënten die verscheidene zalen verderop lagen, of zelfs op de verdieping erboven, zich een ongeluk schrokken. Tegelijkertijd boog dr. Soltander zich met een sinistere glimlach voorover, tot zijn neus bijna die van Mavis Mottram raakte.

'Breng me niet in verleiding, beste mevrouwtje,' fluisterde hij. 'Ik verheug me er nu al op u op een goede dag als patiënt te hebben.'

En voor Mavis zich kon herstellen van de schok van die neus-aan-neusconfrontatie, had de dokter zich al omgedraaid en was hij naar de zaal teruggebeend.

'Gaat u nou maar naar de wachtkamer, dan roep ik u zodra dr. Soltander klaar is,' zei de zuster tegen Eva en Mavis. Toen ze terugkwam op de zaal, had de dokter zijn onderzoek van Wilt voltooid en reageerde hij zijn woede af door inspecteur Flint toe te blaffen dat hij toch al niet veel kon doen voor zijn terminale patiënten, maar dat de permanente aanwezigheid van een smeris op de zaal zelfs dat weinige onmogelijk maakte en dat Wilt trouwens niet in een toestand verkeerde om verhoord te kunnen worden.

'Hoe moet ik in godsnaam de taak van minimaal drie artsen vervullen als ik constant voor de voeten word gelopen door stomme politiemensen? Ga alsjeblieft naar de wachtkamer, net als die twee verschrikkelijke wijven. Zuster, breng de inspecteur naar de wachtkamer.'

'En het is mijn taak om een verklaring van Wilt op te nemen zodra hij bij kennis komt,' antwoordde Flint.

'U hoort wel van de zuster als het zover is.'

Desondanks weigerde de inspecteur de wachtkamer te delen met Eva en Mavis Mottram. 'Bel me maar op het bureau als hij bijkomt,' zei hij tegen de zuster en hij liep naar het parkeerterrein. Daar bleef hij tien minuten zitten nadenken in zijn auto. Had Wilt geen broek aangehad toen ze hem vonden? En had de oude mevrouw Verney gezien hoe hij door een vrouw uit een auto werd gegooid en daarna in elkaar werd geschopt door een stelletje dronkelappen? Heel vreemd allemaal.

In Leyline Lodge werd Ruth Rottecombe steeds radelozer. De politie was 's ochtends gearriveerd met een huiszoekingsbevel. Ze was gedwongen geweest de garage open te maken, zodat technische rechercheurs met handschoenen en witte jassen de boel grondig konden onderzoeken. Ruth, die nog in ochtendjas was, had vanuit de keuken toegekeken hoe ze Harolds Jaguar verplaatsten en extra veel aandacht besteedden aan de olievlek op de plaats waar de auto had gestaan. Ruth had zich teruggetrokken in haar slaapkamer en geprobeerd na te denken. Ze besloot uiteindelijk alle schuld op Harold af te schuiven. Het was tenslotte zijn auto en het was duidelijk dat hij de benen had genomen. Ze besefte nu dat het in feite in haar voordeel was dat Harold was verdwenen. Het gevaar voor haar was geweken, want ze hadden geen flintertje bewijs tegen haar.

Daar vergiste ze zich in. In de garage had de politie alle bewijzen gevonden die ze nodig hadden: een mengsel van olie en gedroogd bloed, plukjes haar en, als klap op de vuurpijl, een stukje blauwe stof dat qua kleur overeenkwam met de spijkerbroek die ze op het weggetje achter de Manor hadden gevonden. Er lag ook een hoop modder. Ze deden hun vondsten in plastic zakken en namen die mee naar het bureau.

'Eindelijk maken we vorderingen,' zei de hoofdinspecteur. 'Als dit is wat het op het eerste oog lijkt, hebben we die trut te pakken. Stuur het direct door naar het lab en vraag of ze de stof willen vergelijken met de spijkerbroek die we gevonden hebben. Als het overeenkomt, is ze er gloeiend bij. Zorg ervoor dat ze er ondertussen niet vandoor gaat. Ik wil dat jullie haar vierentwintig uur per dag in de gaten houden. En breng me het dossier, als je toch bezig bent.'

Hij leunde achterover en bestudeerde zijn aantekeningen van de vorige bijeenkomst. Een zekere Henry Wilt uit Ipford was bewusteloos op straat gevonden, na blijkbaar met geweld beroofd te zijn. Hij lag nu in het ziekenhuis van Ipford en was nog steeds niet bij kennis. De rugzaktoerist die bij particulieren had gelogeerd had ook de naam Wilt gebruikt. Ze hoefden alleen nog maar een DNA-onderzoek uit te voeren op zijn bloed en dat uit de garage van de Rottecombes en dan hadden ze een stevige basis voor een aanklacht. De hoofdinspecteur verkneukelde zich een tijdje bij dat vooruitzicht. Als hij kon bewijzen dat Ruth de Ranselaar werkelijk iets te maken had gehad met de brandstichting, al was het maar indirect, zou hij in een heel goed blaadje komen te staan bij de hoofdcommissaris, die dat takkenwijf niet kon luchten of zien. En als de schaduwminister voor Integratie en Deportatie gedwongen was zijn ontslag in te dienen, of zelf ook bij de brand betrokken bleek, zag zijn eigen toekomst er helemaal rooskleurig uit. Promotie kon hem dan niet meer ontgaan. De schaduwminister zou honderd procent zeker zijn parlementszetel verliezen bij de eerstkomende verkiezingen en zijn eigen toekomst zou verzekerd zijn. De hoofdinspecteur staarde uit het raam van zijn sjofele kantoortje, pakte de telefoon en belde de politie in Ipford.

NEGENENTWINTIG

In Wilma was tante Joan totaal niet in de stemming om zich over wat dan ook te verkneukelen. Wally lag nog steeds op de hartbewaking, maar de doktoren hadden haar verzekerd dat hij snel weer de oude zou zijn. Dat was goed nieuws, maar het slechte nieuws was dat ze thuis werd opgewacht door twee mannen met noordelijke accenten, die per se wilden dat ze naar het zwembad achter het huis ging kijken.

'Wie zijn jullie?' vroeg ze. Ze lieten hun legitimatie zien en bleken agenten van de Anti Drugs Eenheid te zijn. Tante Joan wilde weten wat ze kwamen doen.

'Kom maar mee, dan zult u het zien.'

Tante Joan ging met tegenzin mee en zag tot haar afschuw dat het zwembad leeg was, afgezien van een dode speurhond die op de bodem lag. Twee mannen met beschermende pakken en gasmaskers verzamelden de resten van wat ooit een gelatinecapsule was geweest, al was die niet meer als zodanig herkenbaar.

'Zoudt u ons willen vertellen wat daar precies in verborgen zat?' vroeg agent Palowski.

Tante Joan keek hem verwilderd aan. 'Ik weet niet wat u bedoelt.'

'We willen graag weten waarom de hond een slokje water nam en een tel later dood neerviel.'

'Wat heb ik daarmee te maken? Mijn man ligt op de intensive care en jullie willen weten... o God!' Ze draaide zich om en liep naar het huis. Ze had dringend behoefte aan een heel stevige borrel, minstens drie Prozacs en voor de zekerheid ook een slaappil of twee. De telefoon ging. Ze liet hem rinkelen. Even later ging hij weer. En kort daarna weer. Tante Joan dronk een half limonadeglas cognac leeg en nam vier slaappillen in. De telefoon ging opnieuw. Ze wist nog net op te nemen en 'Val dood!' te krijsen voor ze bewusteloos op de grond plofte.

Op het hoofdkantoor van Immelmann Enterprises wenste de plaatsvervangend directeur vurig dat hij een snipperdag had genomen. Hij had een helse ochtend achter de rug, na talloze telefoontjes van woedende mensen uit het hele land die een e-mail van de vierling hadden ontvangen.
 'Hoe noemde hij u?' vroeg hij aan de eerste beller, een van de grootste klanten van IE. 'Nee, er moet een vergissing in het spel zijn. Waarom zou hij u zo noemen? Hij ligt op dit moment in het ziekenhuis, na een viervoudige bypassoperatie.'
 'En als hij weer uit het ziekenhuis komt, zal hij pas goed merken hoe ziek hij is. Tegen de tijd dat ik met die kuttenkop klaar ben, heeft hij aan een tienvoudige bypass nog niet genoeg. Nou, naar nog meer miljoenenorders kan hij fluiten. Hij krijgt van mij geen rooie cent meer en bovendien sleep ik hem voor de rechter wegens aantasting van mijn goede naam. Dus ik zou een reetroeier zijn, hè? Zeg maar namens mij dat...'
 Het was een afschuwelijk telefoontje en de vijftien andere die in de loop van de ochtend volgden waren niet veel beter. De ene order na de andere werd afgezegd, vaak onder dreiging met fysiek geweld. Ook regende het obscene e-mailtjes.
 De plaatsvervangend directeur zei tegen de secretaresse dat ze de hoorn maar naast de haak moest leggen. 'En als ik jou was, zocht ik ook gelijk een nieuwe baan. Dat ben ik in elk geval wel van plan. Die Immelmann is stapelgek

geworden. Hij jaagt al onze klanten weg,' schreeuwde hij terwijl hij naar zijn auto sprintte.

Op het politiebureau weigerde sheriff Stallard om Baxters laatste rapport te geloven. 'Ging een kerngezonde speurhond dood nadat hij een beetje water uit het zwembad had opgelikt? En waarom hebben ze het zwembad in godsnaam laten leeglopen? Waarschijnlijk viel die hond er gewoon in en is hij toen verzopen.'

Maar Baxter hield voet bij stuk. 'Er lag iets op de bodem, iets wat opgelost was in het water, en ze wilden weten wat dat was.'

'Nou, dat kan ik ze zo vertellen. Een verzopen hond.'

'Ik weet alleen dat ze speciale duikpakken en maskers droegen. En ze hadden een container bij zich om het spul in te vervoeren naar het Onderzoekscentrum voor Chemische Oorlogvoering in Washington, voor analyse,' zei hij. 'Ze dachten dat het waarschijnlijk verband hield met Al-Qaida, zo giftig was het.'

'In Wilma? Zijn ze helemaal van de pot gerukt? Wie zou in jezusnaam een dodelijk gif willen verspreiden in een achterlijk gat als Wilma?'

Baxter dacht na. 'Misschien zo'n rotzak als die Saddam Hoessein,' zei hij uiteindelijk. 'Ze moeten het tenslotte ergens uittesten.'

'Waarom zou je dan helemaal naar Wilma gaan als je ook dorpen vol Koerden onder handbereik hebt? Leg me dat eens uit.'

'Of die andere kerel, Osammy bin... je weet wel, die het World Trade Center heeft neergehaald.'

'Bin Laden,' zei de sheriff. 'Ja, natuurlijk. Typisch iets voor hem om Wally Immelmanns zwembad uit te kiezen en een bloedhond af te maken. En jij vindt dat dat ergens op slaat?'

'Godallemachtig, sheriff, ik weet het ook niet meer. Het slaat allemaal nergens op. Al het rioolwater afvoeren naar die tankwagen achter de oude drive-inbioscoop, bijvoorbeeld. Dat was ook van de gekke.'

Sheriff Stallard schoof zijn hoed achterover en veegde het zweet van zijn voorhoofd. 'Ik kan m'n oren gewoonweg niet geloven,' zei hij. 'Dit gebeurt niet. Niet in Wilma. Dat is godsonmogelijk. Wally Immelmann die met terroristen heult? Vergeet het maar, Baxter. Ik bedoel, in nog geen honderdduizend jaar. In vier woorden: on-mo-ge-lijk.'

Baxter haalde zijn schouders op. 'Dat supermegageluidssysteem was ook onmogelijk, maar u heeft het zelf gehoord. Dat weet u vast nog wel.'

De sheriff wist het inderdaad nog. Het zou hem zelfs zijn hele leven blijven achtervolgen. Hij dacht na, of probeerde dat tenminste. Uiteindelijk slaagde hij daarin en werd het ondenkbare iets denkbaarder en zijn eigen positie een klein beetje minder onzeker. Af en toe sloegen bij mensen inderdaad de stoppen door. 'Haal Maybelle,' zei hij. 'Breng haar naar het bureau. Als iemand het weet, is zij het wel.'

Iemand die helemaal niets wist, was Eva. Na drie uur had ze de wachtkamer eindelijk mogen verlaten, maar te horen gekregen dat Wilt nog steeds bewusteloos was en dat ze alleen bij hem op bezoek mocht als Mavis Mottram niet meeging. Na al die tijd in Eva's huilerige gezelschap te hebben doorgebracht, was Mavis niet van plan nog meer tijd of sympathie aan haar te verspillen. Ze sjokte als een gebroken vrouw naar de uitgang en vervloekte de dag dat ze zo'n oerstom en weerzinwekkend sentimenteel iemand als Eva Wilt had ontmoet. Eva was ook heel anders over Mavis gaan denken. Ze mocht dan een grote mond hebben en mensen afbekken, maar het was allemaal gebakken lucht. Ze had geen uithoudingsvermogen.

Door de open deur van de ziekenzaal zag Eva inspecteur Flint. Hij zat naast Wilts bed en las zo te zien de krant. In werkelijkheid las hij hem helemaal niet, maar gebruikte hem alleen als schild om niet te hoeven kijken naar een man die blijkbaar een zware herzenoperatie had ondergaan, of anders geprobeerd had een draaiende cirkelzaag weg te koppen. Flint wist niet wat het was, maar hij hoefde het niet te zien. Niemand kon hem fijngevoelig noemen en na jarenlange omgang met verminkte lijken deden levenloze gruwelen hem weinig meer, maar de wonderen van de moderne chirurgie waren van een heel ander orde. Vooral van pulserende hersenen werd hij behoorlijk onpasselijk.

'Kunnen jullie geen scherm rond het bed zetten als jullie met die arme kerel bezig zijn?' vroeg hij, maar kreeg te horen dat hij maar even op de gang moest wachten als hij zo'n watje was en dat het trouwens geen kerel was maar een vrouw. Het was tenslotte een uniseksaal.

'Het is dat jullie het zeggen,' zei Flint. 'Hoewel, uniseks komt waarschijnlijk nog het dichtst in de buurt. Je weet van niemand die hier ligt van welke sekse ze zijn.'

Die opmerking maakte hem niet geliefd bij de drie vrouwen in aangrenzende bedden die de illusie koesterden dat ze nog steeds relatief aantrekkelijk en sexy waren, maar daar zat Flint niet mee. Hij probeerde zich weer te verdiepen in de perikelen van een bekende rugbyspeler die naar een hoerenkast in Swansea was gegaan en tot de ontdekking was gekomen dat zijn vrouw daar werkte, waarna hij een handgemeen had gehad met de eigenaar of, zoals die het later voor de rechtbank uitdrukte, 'door twintig linten tegelijk was gegaan.' Toen hij weer opkeek, zag hij dat Wilt zijn ogen open had.

Flint legde zijn krant neer en glimlachte. 'Hallo, Henry. Voel je je al wat beter?'

Wilt bestudeerde die glimlach en wist niet wat hij ervan moest denken. Het was niet bepaald een glimlach die vertrouwen wekte. Daar zat Flints kunstgebit te los voor en bovendien had hij Flint in het verleden net iets te vaak gemeen zien grijnzen. Hij voelde zich helemaal niet beter.

'Beter dan wat?' vroeg hij.

Flints glimlach verdween abrupt, net als het medeleven dat hij voor Wilt had gevoeld. Hij begon te betwijfelen of Wilts hersens werkelijk waren aangetast door die gewelddadige beroving. 'Nou, beter dan hiervoor.'

'Voor wat?' zei Wilt, die probeerde tijd te winnen zodat hij erachter kon komen wat er precies aan de hand was. Het was duidelijk dat hij in het ziekenhuis lag en dat zijn hoofd in het verband zat, maar verder had hij geen flauw idee.

Flints lichte aarzeling voor hij antwoord gaf, versterkte Wilts vertrouwen in zijn eigen onschuld niet. 'Voor het allemaal gebeurde,' zei hij uiteindelijk.

Wilt probeerde na te denken. Hij wist absoluut niet wat er allemaal gebeurd was. 'Nee, dat kan ik niet zeggen,' mompelde hij ten slotte. Het leek een redelijk antwoord op een vraag die hij niet begreep.

Inspecteur Flint dacht daar heel anders over. Hij begon de draad van het gesprek nu al kwijt te raken en wist dat hij een fuik vol misverstanden werd binnengelokt, zoals altijd met Wilt. Die rotzak zei nooits iets helders en duidelijks. 'Als je zegt dat je het niet kunt zeggen, wat bedoel je daar dan precies mee?' vroeg hij. Hij deed nog een poging om te glimlachen, maar dat hielp niet echt.

Wilts behoedzaamheid schoot direct in de hoogste versnelling. 'Gewoon, wat ik zeg.'

'En "gewoon" betekent in dit geval...?'

'Wat ik zeg. Gewoon,' zei Wilt.

Flint glimlachte niet meer. Hij boog zich voorover en zei: 'Hoor eens, Henry, ik wil alleen weten –'

Verder kwam hij niet. Wilt gooide een nieuwe afleidingsmanoeuvre in de strijd. 'Wie is Henry?' vroeg hij onverwacht.

Flint keek hem verbijsterd aan en maakte abrupt een einde aan zijn vooroverbuigende beweging. 'Wie is Henry? Je wilt weten wie Henry is?'

'Ja. Ik ken helemaal geen Henry's, behalve koningen en prinsen en die ken ik natuurlijk niet persoonlijk. Ik heb er nooit eentje ontmoet en dat zal ook nooit gebeuren. Heb jij wel eens een koning of prins ontmoet?'

Flints uitdrukking was heel even van twijfel overgegaan in zekerheid, maar veranderde nu weer terug. Met Wilt was niets zeker, en zelfs dat was twijfelachtig. Wilt was de vleesgeworden onzekerheid. 'Nee, ik heb nog nooit een koning of prins ontmoet en daar heb ik ook geen enkele behoefte aan. Ik wil alleen weten –'

'Dat is de tweede keer dat je dat zegt,' zei Wilt. 'En ik wil weten wie ik ben.'

Op dat moment stormde Eva de zaal in. Ze had lang genoeg gewacht en verdomde het om nog eens twee uur duimen te draaien in die weerzinwekkende wachtkamer. Ze hoorde aan de zijde van haar man thuis.

'O, arme schat! Heb je erg veel pijn, lieveling?'

Met een stille vloek opende Wilt zijn ogen weer. 'Wat heb jij daarmee te maken? En waarom noem je me lieveling?'

'Maar... o God! Ik ben het, Eva! Je vrouw!'

'Vrouw? Hoe bedoel je? Ik heb helemaal geen vrouw,' kreunde Wilt. 'Ik ben een... een... ik weet niet wat ik ben.'

Daar was inspecteur Flint het hartgrondig mee eens. Hij wist ook niet wat Wilt was. Dat had hij nooit geweten en zou hij ook nooit weten. De meest slinkse en doortrapte rotzak die hij in zijn lange loopbaan bij de politie ooit had ontmoet, dat wist hij wel. Met Eva, die inmiddels in luid gesnik was uitgebarsten, wist je precies waar je stond. Helemaal achteraan de rij. Wat dat betrof had Wilt de waarheid verteld. De kinderen, oftewel die gruwelijke vierling, kwamen op de eerste plaats, gevolgd door Eva zelf en dan haar materiële bezittingen. Zoals Wilts advocaat het ooit had geformuleerd, was het zoiets als 'samenwonen met een gecombineerde stofzuiger/vaatwasser die denkt dat ze denkt.' Daarna kwamen haar bevliegingen, of met andere woorden de laatste trends of nieuwste soort semifilosofische prietpraat. Haar militante houding was zelfs Greenpeace te ver gegaan en de opzichter van de Zeezoogdierenpost aan Worthcombe Bay, die af en toe een zeehond moest afschieten, had tijdens de rechtszaak vanuit zijn rolstoel verklaard dat als dit Greenpeace was, hij er maar liever niet aan dacht hoe Greenwar dan moest zijn. Zijn taalgebruik was zelfs zo extreem geweest dat de rechter hem alleen vanwege zijn verwondingen niet had laten opsluiten wegens belediging van het hof. En helemaal achteraan, op de allerlaatste plaats, kwam dan ook nog eens Henry Wilt, de wettige echtgenoot van Eva Wilt. Arme stakker. Geen wonder dat hij deed alsof hij haar niet kende.

Flints mijmeringen werden verstoord door een laatste, wanhopige smeekbede van Eva, die Henry met klem verzocht toe te geven dat ze zijn toegewijde vrouw was en de moeder van zijn vier wolken van dochters. Wilt weigerde begrijpelijkerwijs om zoiets krankzinnigs te doen en klaagde dat hij doodziek was en niet lastiggevallen wilde worden door vreemde vrouwen die hij nooit eerder had gezien. Na die mededeling loodsten verpleegsters een jammerende Eva naar de gang. Haar gesnik was nog minutenlang hoorbaar terwijl ze op zoek ging naar een dokter.

Flint benutte de gelegenheid om weer aan het bed te gaan zitten en zich naar Wilt te buigen. 'Je bent een sluw ettertje, Henry,' fluisterde hij. 'Zo geslepen als wat, maar ik trap er niet in. Ik zag de triomfantelijke schittering in je ogen toen je geliefde echtgenote de zaal verliet. Ik ken je veel te lang om nog in je trucjes te tuinen. Onthoud dat.'

Heel even dacht hij dat Wilt zou glimlachen, maar toen keerde diens wezenloze uitdrukking terug en sloot hij zijn ogen. Flint stond op. Hij zou onder deze vreselijke omstandigheden niets uit hem loskrijgen en de omstandigheden werden met de minuut vreselijker. De vrouw met de open schedel kreeg nu een soort toeval en een van de kaalgeschoren uniseksers riep tegen een verpleegster dat hij, zij of het al een snelwerkend klysma had gehad en absoluut geen behoefte had aan een tweede. Alles bij elkaar was het één grote nachtmerrie.

In Wilma dacht sheriff Stallard er al net zo over, zij het om heel andere redenen. Het was niet zozeer dat Maybelle niet wilde zeggen wat zich precies had afgespeeld in Starfighter Mansion. Ze zei juist veel te veel en hij wilde het liever niet horen.

'Wat vroegen ze?' bracht hij er moeizaam uit toen ze vertelde dat de vierling had gevraagd hoeveel keer per week Wally Immelmann haar geneukt had en hoeveel homo's er in Wilma rondliepen. 'Die smerige kleine rotmeiden. Zeiden ze echt "geneukt"?'

Maybelle knikte. 'Nou en of. Ik heb het met m'n eigen oren gehoord.'

'Maar waarom vroegen ze dat soort dingen in godsnaam? Het is gewoon te gek voor woorden.'

'Het was voor een werkstuk voor school, zeiden ze, over

de uitbuiting van kleurlingen in het Amerikaanse Zuiden.'

'Jezus! Wat heb je verteld?'

'Dat zeg ik liever niet, sheriff. Gewoon, de waarheid.'

De sheriff huiverde. Als de waarheid ook maar een heel klein beetje leek op wat zo oorverdovend over Lake Sassaquassee had geschald, kon Wally Immelmann maar beter maken dat hij zo snel mogelijk wegkwam uit Wilma. Of anders zou een fatale hartaanval misschien de beste oplossing zijn.

DERTIG

Twee dagen later zat Wilt in een stoel en legde hij uit hoe het voelde om niet te weten wie hij was aan een dokter die Wilts symptomen een stuk minder interessant scheen te vinden dan Wilt zelf.

'Dus u weet echt niet wie u bent? Bent u daar heel zeker van?' vroeg de psychiater voor de vijfde keer. 'Volkomen zeker?'

Wilt dacht diep na. Hij maakte zich niet zozeer zorgen om de vraag op zich als wel de toon waarop hij gesteld werd. Die kwam hem maar al te bekend voor. Hij had jarenlang lesgegeven aan hardnekkige en overtuigende leugenaars en zelf dat toontje te vaak gebruikt om niet te beseffen wat het betekende. Wilt besloot van tactiek te veranderen.

'Weet u wel wie u bent?' vroeg hij.
'Jazeker. Ik ben dr. Dedge.'
'Dat bedoel ik niet,' zei Wilt. 'Dat is uw identiteit, maar weet u wie u bent?'

Dr. Dedge keek hem met hernieuwde belangstelling aan. Mensen die een onderscheid maakten tussen persoonlijke identiteit en wie ze waren, vielen in een heel andere categorie dan zijn gebruikelijke patiënten. Toch neigde hij door het feit dat in Wilts dossier melding werd gemaakt van een politieonderzoek nadat hij was aangetroffen met hoofdletsel, nog steeds tot de theorie dat zijn geheugenverlies geveinsd was. Dr. Dedge nam de uitdaging aan.

'Als u zegt "wie u bent", wat bedoelt u dan precies?

"Wie" impliceert toch een persoonlijke identiteit?'

'Nee,' zei Wilt. 'Ik weet heel goed dat ik Henry Wilt heet en op Oakhurst Avenue 45 woon. Dat is mijn identiteit en mijn adres. Wat ik wil weten, is wie Henry Wilt is.'

'Dus u weet niet wie Henry Wilt is?'

'Nee, natuurlijk niet, net zomin als ik weet hoe ik in het ziekenhuis ben beland.

'Er staat hier dat u een hoofdwond had –'

'Ja, dat weet ik ook wel,' viel Wilt hem in de rede. 'Mijn hoofd zit tenslotte in het verband. Niet dat dat nou per se sluitend bewijs is, maar zelfs de meeste overwerkte arts zou waarschijnlijk mijn hoofd niet verbinden als ik mijn enkel gebroken had. Dat hoop ik tenminste, al kun je tegenwoordig niets meer uitsluiten. Maar wie ik ben, is me nog steeds een groot raadsel. Bent u er echt zeker van dat u wél weet wie u bent, dr. Dredger?'

De psychiater glimlachte professioneel. 'Ik heet Dedge, niet Dredger.'

'Nou, ik heet Wilt, maar dat wil niet zeggen dat ik weet wie ik ben.'

Dr. Dedge besloot terug te keren naar de veiligere haven van de klinische vragen. 'Weet u nog wat u deed toen dit neurologische trauma zich voordeed?'

'Niet als zodanig,' zei Wilt na een korte aarzeling. 'Wanneer zou dat ongeveer geweest moeten zijn, dat neurologische trauma?'

'Toen u het hoofdletsel opliep.'

'Met een stomp voorwerp op je kop geslagen worden lijkt me inderdaad behoorlijk traumatisch. Maar goed, als u het zo noemen wilt...'

'Dat is de technische term voor wat u overkomen is. Weet u nog wat u deed, vlak voor het gebeurde?'

Wilt deed alsof hij nadacht, al was dat niet echt nodig. Hij had geen flauw idee. 'Nee,' zei hij uiteindelijk.

'Nee? Weet u helemaal niets meer?'

Wilt schudde voorzichtig zijn hoofd. 'Ik kan me nog herinneren dat ik naar het nieuws keek en dacht hoe oneerlijk het was dat die bejaarden in Burling geen Tafeltje-Dek-Je meer kregen omdat de gemeente weer eens moest bezuinigen. Toen kwam Eva – dat is mijn vrouw – en zei dat het eten klaar was, en verder kan ik me niet veel herinneren. O ja, ik heb een tijdje later de auto gewassen en de kat moest naar de dierenarts, maar dat is het wel zo'n beetje.'

De psychiater maakte aantekeningen en knikte bemoedigend. 'Alles helpt, Henry, zelfs de kleinste dingetjes,' zei hij. 'Neem rustig de tijd.'

Dat deed Wilt. Hij moest erachter zien te komen hoe groot het gat in zijn geheugen zou zijn als hij werkelijk een neurologisch trauma had gehad. Hij was bijna in de val gelopen toen hij zei dat hij zijn eigen naam niet kende. Het was duidelijk dat dat niet in het patroon paste. Toch kon niet weten wie hij was nog steeds van pas komen. Wilt deed opnieuw een poging.

'Ik herinner me... nee, dat interesseert u vast niet.'

'Laat mij dat beoordelen, Henry. Vertel me gewoon wat je je herinnert.'

'Dat kan ik niet, dokter. Ik bedoel... nou ja... dat kan ik echt niet,' zei Wilt op de klaaglijke, verongelijkte toon die hij zo vaak had gehoord tijdens de seminars voor Beginners, Gevorderden en Veelplegers, toen hij noodgedwongen Lashskirts cursus voor Maatschappelijk Beknelde Randgroepjongeren had moeten overnemen. Wilt gebruikte dat toontje nu in zijn eigen voordeel.

Dr. Dedge reageerde meteen positief en voelde zich een stuk zekerder. Die toon riekte naar afhankelijkheid. 'Ik wil alles horen wat je te zeggen hebt,' zei hij.

Dat betwijfelde Wilt. Dr. Dedge wilde vooral horen of

hij de kluit niet belazerde. 'Nou, als ik ergens zit, zoals nu in deze kamer, heb ik soms plotseling het gevoel dat ik niet weet wat ik hier doe of wie ik ben. Het slaat allemaal nergens op. Stom, hè?'

'Helemaal niet. Dat komt vaker voor. Houdt dat gevoel lang aan?'

'Weet ik niet, dokter. Dat kan ik me niet herinneren. Ik weet alleen dat ik het voel en dat het heel verwarrend is.'

'Heeft u het daar wel eens met uw vrouw over gehad?' vroeg dr. Dedge.

'Nee, eerlijk gezegd niet,' zei Wilt schaapachtig. 'Ze heeft al genoeg aan haar hoofd zonder dat ik ook nog eens niet weet wie ik ben. Ik bedoel, met de vierling en zo...'

'De...? Wilt u zeggen dat u een vierling heeft?' vroeg de psychiater.

Wilt glimlachte slapjes. 'Ja, dokter. Alle vier meisjes. En zelfs de kater is gecastreerd. Hij heeft niet eens een staart meer. Daarom zit ik er vaak zo'n beetje over na te denken wie ik ben.'

Tegen de tijd dat Wilt terugkeerde naar de zaal, twijfelde dr. Dedge er niet meer aan dat Wilt ernstige geestelijke problemen had. Zoals hij aan dr. Soltander uitlegde, had het neurologische trauma geresulteerd in gedeeltelijk geheugenverlies, wat een al bestaande depressieve toestand verder gecompliceerd had. Toevallig was er een bed beschikbaar op een isolatieafdeling omdat de vorige patiënt, een jongen die was beschuldigd van drugsgebruik, zichzelf verhangen had. Dr. Soltander was blij dat te horen. Hij was Wilt meer dan zat, maar nog lang niet zo zat als Eva, die constant zijn afdeling onveilig maakte en zijn terminale patiënten het laatste restje leven zuur maakte.

'Lijkt me de beste plaats voor hem en die stomme politiemensen.'

'Dus hij ligt nu op Psychiatrie? Verbaast me niks,' zei inspecteur Flint toen hij de volgende dag hoorde dat Wilt was overgeplaatst van Geriatrie 3. 'Als je het mij vraagt had hij jaren geleden al opgenomen moeten worden, toen hij die opblaaspop in dat gat gooide. Al geloof ik niet dat hij er half zo slecht aan toe is als hij zich voordoet. Volgens mij houdt hij iets achter. De manier waarop hij zich gedroeg toen ik er was, beviel me helemaal niet.'

'Wat voor manier was dat dan precies?' vroeg brigadier Yates.

'Doen alsof hij niet wist wie hij was en mij nog nooit gezien had. Gelul, Yates. Puur, honderd procent zuiver gelul. En zou hij zijn eigen vrouw niet eens herkennen? Maak dat de kat wijs. Zelfs een comapatiënt met ernstig hersenletsel zou nog weten wie Eva Wilt was. Nee, Henry hield haar voor de gek. En mij ook. Maar waarom, Yates, waarom? Vertel me dat eens.'

Dat kon de brigadier niet. Hij had nog steeds moeite met die 'comapatiënt met ernstig hersenletsel' en vroeg zich af of er ook comapatiënten zonder hersenletsel waren. Het leek onlogisch, maar dat waren de meeste dingen die Flint de laatste tijd zei. De inspecteur begon oud te worden.

'Hebben we al een verdachte gevonden in die afbraakwijk?'

Yates schudde zijn hoofd. 'Het wemelt er van de junks en vandalen. Het duurt minstens een week voor we al die leegstaande flats doorzocht hebben en tegen die tijd zijn de daders allang weer verkast.'

'Inderdaad,' verzuchtte Flint. 'Waarschijnlijk waren ze volkomen stoned en weten ze niet eens meer dat ze hem in elkaar geslagen hebben. Het enige dat ik nog steeds niet snap, is dat hij geen broek aanhad.'

'Misschien was hij op zoek naar een beetje...' begon Yates.

De inspecteur viel hem in de rede. 'Als je wilt suggereren dat Wilt homo is, niet doen. Niet dat ik hem dat kwalijk zou kunnen nemen, met een vrouw als Eva. Je moet echt van bergbeklimmen houden om daar bovenop te willen liggen. Maar we hebben navraag gedaan op zijn school en als we zijn collega's mogen geloven, is hij eerder een soort homofoob. Nee, vergeet dat maar. Deze hele zaak is te bizar voor woorden. Gelukkig hebben we door dat telefoontje uit Oston wel enig idee van wat Wilt in zijn schild voerde. Het is niet alleen een kwestie van beroving met geweld. Volgens die hoofdinspecteur is Scotland Yard erbij betrokken en dat betekent dat er grotere belangen in het spel zijn. Veel grotere belangen.'

'Nou, een landhuis in de fik steken lijkt me niet onbelangrijk. Alleen zie ik Wilt dat niet doen, ook al is hij dan misschien niet helemaal goed bij zijn hoofd.'

'Dat heeft hij ook niet gedaan. Vergeet het maar. Wilt zou niet eens een barbecue kunnen aansteken, laat staan een enorm landhuis. En zelfs Wilt zou niet zo stom zijn om zijn broek te laten liggen op de plaats delict. We weten nu waar hij geweest is, maar dat is ook ongeveer het enige.'

In het aangrenzende kantoortje ging de telefoon. 'Voor u,' zei brigadier Yates.

Flint nam op en keerde tien minuten later opgewekt grijnzend terug. 'Met een beetje geluk hoeven wij ons godzijdank niet meer met de zaak te bemoeien. Twee lui van Scotland Yard komen onze meneer Wilt verhoren. Nou, ik wens ze veel geluk. Dat zullen ze broodnodig hebben als ze informatie willen lospeuteren uit die halvegare.'

EENENDERTIG

'De hele zaak loopt uit de hand,' zei de hoofdcommissaris. Hij was met de auto van zijn vrouw naar Oston gekomen, om de boodschap zo onopvallend mogelijk aan de hoofdinspecteur over te brengen. De verdwijning van de schaduwminister van Integratie en Deportatie had een toch al lastige situatie verder verergerd. De media waren op volle sterkte teruggekeerd en postten nu in drommen voor Leyline Lodge. 'Ik heb de minister van Binnenlandse Zaken al aan de lijn gehad, om te vragen waar onze geliefde Harold toch is, en het hele schaduwkabinet is zo ongeveer hysterisch vanwege alle ongunstige publiciteit. Eerst Battleby met zijn brandstichting en kinderporno, toen dat vreselijke wijf met haar nog vreselijkere bulterriërs en nu is die idioot van een Rottecombe ook nog onvindbaar. Ik geloof dat er iemand komt van Scotland Yard of de Binnenlandse Veiligheidsdienst. Ik heb zo'n idee dat er nog iets anders meespeelt, iets in Amerika, maar hopelijk krijgen wij dat niet op ons bordje. Ik wil in elk geval dat dat tuig van de media niet in de buurt is als we haar arresteren. Maar het moet wel tactvol gebeuren. Heb je een idee?'

De hoofdinspecteur probeerde na te denken. 'We zouden voor een afleidingsmanoeuvre kunnen zorgen, om ze tijdelijk bij het huis weg te lokken,' zei hij uiteindelijk. 'Het moet wel iets spectaculairs zijn. Ze hebben Ruth de Ranselaar op de korrel en dat kan ik ze niet kwalijk nemen. Ik zie de krantenkoppen nu al voor me.'

Ze zwegen een tijdje, terwijl de hoofdcommissaris

nadacht over de schade die die ellendige Rottecombe en zijn sadistische vrouw het land hadden toegebracht.

De hoofdinspecteur had het te druk met zijn idee over een afleidingsmanoeuvre om zich daar zorgen om te maken. 'Pleegden een paar idioten nou maar eens een bomaanslag. De Real IRA zou perfect zijn. Die lui van de media zouden meteen hun hielen lichten...'

De hoofdcommissaris schudde zijn hoofd. Eén meute opdringerige journalisten was al erg genoeg. Een tweede horde razende reporters kon alleen maar voor nóg meer vreselijke publiciteit zorgen. 'Daar kan ik echt geen verantwoording voor nemen. En hoe wilde je trouwens zo gauw aan een bom komen? Je zult iets eenvoudigers moeten verzinnen.'

'Ja, misschien. Ik laat het u wel weten,' zei de hoofdinspecteur. Zijn superieur stond op.

'We willen vooral geen sensatie veroorzaken. Begrijp je?'

De hoofdinspecteur zei dat hij het begreep. Hij bleef in zijn kantoortje zitten, dacht duistere gedachten en vervloekte de Rottecombes. Een uur later kwam een hoofdagente vragen of hij koffie wilde. Ze was slank en blond en had mooie benen. Tegen de tijd dat ze terugkwam met het vocht dat op het bureau voor koffie doorging, had de hoofdinspecteur een besluit genomen. Hij deed de deur dicht.

'Ga zitten, Helen,' zei hij. 'Ik heb een klusje voor je. Je hoeft het niet te doen, maar...'

Toen hij was uitgesproken, ging de hoofdagente met tegenzin akkoord. 'Maar hoe zit het met die bulterriërs? Ik heb geen zin om aan stukken gescheurd te worden. Wat ze met die twee journalisten hebben gedaan was echt niet leuk.'

'Daar zorgen wij wel voor. We gooien vanuit een helikopter met slaapmiddel ingespoten vlees in de tuin. Tegen de tijd dat jij in actie komt, liggen ze allebei heerlijk te snurken.'

'Nou, dat hoop ik dan maar,' zei de hoofdagente.

'We doen het vanavond, als die lui bij het hek elkaar in de pub aflossen.'

In Leyline Lodge hield Ruth Rottecombe al rekening met een inval. Ze had een aantal telefoontjes gehad van de politie in Oston, met het verzoek om naar het bureau te komen en nog een paar vragen te beantwoorden, en na het eerste telefoontje had ze gewoon niet meer opgenomen. Ze nam alleen gesprekken aan als ze op de nummermelder kon zien wie er belde. Ook het hoofdkantoor van Harolds partij hing constant aan de telefoon, om te vragen waar de schaduwminister van Integratie en Deportatie toch gebleven was.

Ruth had op een bepaald moment de verleiding gevoeld om te zeggen dat hij er waarschijnlijk een paar dagen tussenuit was met een of ander jongenshoertje, maar Harold kon nog steeds van pas komen, als ze hem maar kon vinden. Door alle reporters die Leyline Lodge belegerden kon ze het huis niet uit. Toen ze op een gegeven moment stiekem door het dakraampje had gekeken, was ze geschrokken: er stonden twee geüniformeerde agenten op het terrein dat grensde aan de oude stenen tuinmuur. Ze probeerden zich niet te verbergen, maar maakten Ruth juist duidelijk dat ze in de gaten gehouden werd. Maar waarom? Het moest iets te maken hebben met wat de technische recherche op de garagevloer gevonden had en in plastic zakken had afgevoerd. Een andere verklaring was er niet. Bloed uit de hoofdwond van die man en modder. Dat moest het zijn. Ze vervloekte zichzelf omdat ze de vloer niet had schoongeschrobd. Terwijl de zon onderging, zat Ruth in de studeerkamer van haar man en probeerde te bedenken wat ze doen moest. Zo ongeveer het enige wat haar te binnen schoot, was alle schuld op Harold afschuiven. Tenslotte had zijn Jaguar boven die olie- en bloedvlek gestaan en wees niets erop dat zij hem daar had neergezet.

Ze was net tot die conclusie gekomen toen er een auto aan kwam rijden over de oprit. Het was niet de politiewagen die ze verwachtte, maar een ambulance. Wat kwam die in godsnaam doen? En waar waren Wilfred en Pickles? Meestal sprintten ze meteen naar de hal als er een auto stopte. De honden lagen in hun manden in de keuken, diep in slaap. Ze gaf hen een por met haar voet, maar ze verroerden zich niet. Dat was vreemd, maar voor ze opnieuw een poging kon doen om de honden wakker te maken, was de ambulance gekeerd voor het huis en met de achterklep naar de voordeur gestopt. Even dacht Ruth dat ze Harold gevonden hadden. Ze deed de deur open en werd onmiddellijk de ambulance in geduwd door twee potige agenten die als verpleegsters verkleed waren, en met haar gezicht omlaag op een brancard neergedrukt. Vier agenten gingen het huis binnen en kwamen terug met de bulterriërs die nog steeds lagen te snurken in hun manden. De honden werden ook achterin de ambulance gezet. Ruth probeerde haar hoofd om te draaien, maar dat lukte niet.

'Waar zijn de sleuteltjes van de Volvo?' vroeg een vrouw.

'Weet ik niet,' mompelde Ruth. Ze probeerde te gillen, maar haar gezicht werd stevig tegen de brancard gedrukt.

'Wat zei ze?'

Even lieten ze haar hoofd los en slaagde Ruth erin om hen vuile kutwijven te noemen voor ze weer tegen de brancard werd gedrukt.

'Maakt niet uit, ik vind ze wel,' zei Helen. Ze pakte haar walkie-talkie. 'Zorg dat het hek open is als ik eraan kom en dat die journalisten zijn opgekrast. Ik geef vol gas.'

Terwijl de deuren van de ambulance werden dichtgeslagen ging ze het huis binnen. De ambulance reed met hoge snelheid weg. Tien minuten later kwam Helen weer naar buiten, gekleed in een twinset van Ruth Rottecombe. Ze had de sleuteltjes van de Volvo en scheurde zo snel door het open hek dat ze bijna een reporter omver reed. Terwijl hij een noodsprong maakte, sloeg ze linksaf en nam een weggetje naar Oston.

'Naar welk ziekenhuis gaan ze?' vroeg een cameraman die haastig dekking had gezocht in de heg aan een van de agenten bij het hek.

'Naar Blocester, denk ik. Daar gaan alle spoedgevallen naartoe. Terugrijden naar de hoofdweg en dan rechtsaf,' zei hij en deed het hek weer op slot. De verzamelde vertegenwoordigers van de media renden naar hun auto's en zetten de achtervolging in. De voorste auto werd zo'n anderhalve kilometer verderop aangehouden en de bestuurder kreeg een waarschuwing wegens gevaarlijk rijgedrag. De andere auto's remden haastig af. Twee kilometer verderop sloeg de ambulance linksaf, minderde vaart en wachtte op een parkeerstrook op de Volvo. Tegen de tijd dat de reporters eindelijk bij de T-kruising waren en afsloegen naar Blocester, was Ruth Rottecombe overgeplaatst in de Volvo. Op het politiebureau van Oston werd ze in een cel gezet waar eerst een dronkelap had gebivakkeerd die zijn avondeten niet had kunnen binnenhouden. Het stonk er nog steeds naar kots. Ruth plofte op de metalen brits die aan de vloer was vastgeschroefd en staarde naar de grond, met haar hoofd tussen haar handen. Inmiddels was de lege ambulance gekeerd en reed in een normaal tempo naar Blocester. Na drie uur werd Ruth eindelijk naar het kantoortje van de hoofinspecteur gebracht, waar ze op hoge toon vroeg waarom ze zo schandalig behandeld was en beloofde dat haar man een officiële klacht zou indienen bij het ministerie.

'Dat lijkt me een beetje lastig,' zei de hoofdinspecteur. 'Wilt u weten waarom?'

Ruth knikte.

'Omdat uw man dood is. We hebben zijn lichaam gevonden, en zo te zien is hij vermoord.' Hij zweeg even en liet dat nieuws tot Ruth doordringen. Ze zakte verbijsterd onderuit in haar stoel en stond blijkbaar op het punt flauw te vallen. 'Breng haar terug naar haar cel,' zei de hoofdinspecteur. 'Ze heeft een vermoeiende dag achter de rug. We beginnen morgenochtend wel met het verhoor.' Er klonk geen greintje sympathie door in zijn stem.

TWEEËNDERTIG

Flints hoop dat de twee mannen van Scotland Yard hem de zaak uit handen zouden nemen, werd al snel de bodem ingeslagen. Om te beginnen waren ze helemaal niet van Scotland Yard, of anders was het tekort aan politiemensen in de hoofdstad nog nijpender dan hij gedacht had en moesten ze mensen uit het buitenland halen, in dit geval uit Amerika. Dat was tenminste zijn eerste indruk toen ze zijn kantoortje binnenkwamen, met een grijnzende Hodge op de achtergrond. Die indruk hield niet lang stand. De twee Amerikanen gingen ongevraagd zitten en staarden Flint een paar tellen aan. Wat ze zagen beviel hen blijkbaar niet.

'Inspecteur Flint?' vroeg de grootste van de twee.

'Klopt,' zei Flint. 'En wie zijn jullie?'

Ze lieten hun blik geringschattend door het kantoortje gaan voor ze antwoord gaven. 'Amerikaanse ambassade. Undercover,' zeiden ze in koor en lieten hun legitimatie zo kort zien dat Flint niet kon lezen wat erop stond.

'We hebben begrepen dat u een verdachte genaamd Wilt heeft verhoord,' zei de magerste.

Maar Flint stond direct op zijn achterste benen. Hij verdomde het om zich te laten uithoren door twee Amerikanen die niet eens de beleefdheid konden opbrengen om normaal te zeggen wie ze waren. En al helemaal niet als Hodge vol leedvermaak stond te grijnzen op de achtergrond.

'Nou, leuk dat jullie dat begrepen hebben,' zei hij grimmig en hij keek Hodge woedend aan. 'Alleen zou ik het aan de hoofdinspecteur vragen, als ik jullie was. Die denkt dat hij alles weet.'

'We hebben al met hem gesproken. De hoofdinspecteur is heel behulpzaam geweest.'

Het lag op het puntje van Flints tong om te zeggen dat de behulpzaamheid van Hodge geen flikker waard was, maar hij hield zich in. Als die arrogante Yanks Wilt per se een aanklacht wegens drugssmokkel in de schoenen wilden schuiven, zou hij hen rustig laten verzuipen in het moeras van misverstanden dat die eikel van een Hodge ongetwijfeld zou laten ontstaan. Zelf had hij wel beters te doen, zoals uitpluizen waarom Wilt in elkaar was geslagen en halfnaakt in dat steegje gedumpt was.

Hij stond op en liep langs de twee Amerikanen heen. 'Nou, als jullie nog meer informatie willen, zal de hoofdinspecteur die vast dolgraag verstrekken,' zei hij terwijl hij de deur opendeed. 'Hij is onze expert op drugsgebied.'

Hij ging naar de kantine en dronk een kop thee, aan een tafeltje dat uitkeek op de parkeerplaats. Na een tijdje zag hij Hodge en de twee Amerikanen verschijnen. Ze stapten in een auto met geblindeerde ramen die naast zijn eigen wagen stond. Flint ging vlug aan een ander tafeltje zitten, waar hij hen wel kon zien maar zij hem niet. Na vijf minuten stond de auto er nog steeds. De inspecteur gaf hen nog eens tien minuten. Geen enkele beweging. Die stomme hufters wachtten dus waar hij heen zou gaan. Nou, dan konden ze wachten tot ze een ons wogen. Hij stond op, liep de trap af, ging door de hoofdingang naar buiten, wandelde naar het busstation en nam de bus naar het ziekenhuis. Hij ging in een uiterst geprikkelde stemming op de achterbank zitten.

'Het lijkt wel alsof we hier in Irak zijn,' mompelde hij in zichzelf. Een vrouw naast hem keek hem scherp aan, zei dat het hier helemaal niet op Irak leek en vroeg of hij zich wel goed voelde.

'Schizofrenie,' zei Flint met een uitgesproken sinistere blik op de vrouw. Ze stapte bij de volgende halte uit en Flint voelde zich ietsje beter. Hij had toch nog iets van Henry Wilt geleerd: hoe je mensen in verwarring moest brengen.

Tegen de tijd dat ze bij het ziekenhuis waren, had Flint een nieuwe tactiek bedacht. Hodge en die twee arrogante Yanks zouden vast en zeker naar Oakhurst Avenue gaan. Ze zouden aan Eva of de vierling vragen waar Wilt was en dan natuurlijk te horen krijgen dat hij in het ziekenhuis lag. Flint liep naar het verlaten bushokje, pakte zijn mobieltje en toetste het nummer in dat hij maar al te goed kende.

Eva nam op.

Flint hield zijn zakdoek voor zijn mond en zei met een hoog, bekakt stemmetje: 'Mevrouw Wilt?'

Dat beaamde Eva.

'Ik bel namens Psychiatrische Klinkiek De Mente. Ik moet u helaas meedelen dat uw man, Henry Wilt, is overgeplaatst naar onze afdeling Ernstig Hersenletsel voor een kijkoperatie en dat –' Verder kwam hij niet, want Eva slaakte een ijselijke gil. Flint wachtte even en vervolgde toen:

'Ik ben bang dat hij de eerstkomende drie dagen beslist geen bezoek mag ontvangen. We houden u wel op de hoogte van zijn toestand. Ik herhaal, hij mag absoluut geen bezoek ontvangen. Zorg er alstublieft voor dat hij door niemand gestoord wordt. We willen vooral niet dat de politie een poging doet hem te verhoren. In zijn toestand kan iedere vorm van stress fataal zijn. Begrijpt u dat?'

Het was een overbodige vraag. Eva snikte luidruchtig en op de achtergrond hoorde Flint de vierling vragen wat er aan de hand was. Flint zette zijn mobieltje uit en liep grijnzend naar de ingang van het ziekenhuis. Als Hodge en die twee onbeschofte Amerikanen hun gezicht lieten zien in Oakhurst Avenue, zou Eva korte metten met hen maken.

Ook met Ruth Rottecombe werden hele korte metten gemaakt. Harolds gehavende lijk was gevonden op de rotsen voor de kust van Noord-Cornwall, waar het gebeukt werd door de golven. De plaatselijke dokter had gezegd dat hij een klap op zijn hoofd had gehad voor hij was verdronken en die conclusie was bevestigd door de forensische expert die speciaal per helikopter vanuit Londen was overgevlogen. De politie nam de zaak heel hoog op.
 Dat gold ook voor de agenten van de Binnenlandse Veiligheidspolitie die de politie in Oston assisteerden. Ze waren vooral geïnteresseerd in het feit dat het bloed van een zekere Wilt, die was aangetroffen in een afbraakwijk in Ipford, overeenkwam met het bloed op een doek uit de garage van Leyline Lodge en op de spijkerbroek die Ruth op het weggetje achter Meldrum Manor had neergegooid. Het ergste, vanuit Ruths oogpunt, was dat haar Volvo was geflitst op de snelweg toen ze ruim boven de maximumsnelheid terugreed vanuit Ipford, in een poging voor zonsopgang thuis te zijn. Ook het feit dat Wilts rugzak bij haar op zolder was gevonden verzwaarde de bewijslast. Voor het eerst wenste ze vurig dat Harold geen schaduwminister van Integratie en Deportatie was geweest. Daarom gaf de politie nu zo'n hoge prioriteit aan het onderzoek. Als een schaduwminister onder verdachte omstandigheden overleed, konden de regels voor het verhoor behoorlijk opgerekt worden. Om niet opnieuw te worden lastiggevallen door de media, was Ruth bovendien van Oston overgeplaatst naar Rossdale.
 Tegelijkertijd voerde de politie een grondige huiszoe-

king uit in Leyline Lodge en nam een aantal wandelstokken en zware voorwerpen in beslag die Harold Rottecombes hoofdwond veroorzaakt zouden kunnen hebben voor hij bewusteloos in de rivier was gegooid, want daar ging de politie vooralsnog van uit. Aangespoord door Harolds partijbonzen, wezen ze de mogelijkheid dat zijn dood een ongeluk was geweest van de hand.

'Hij is verdronken in de rivier, dat staat vast,' zei de inspecteur van Scotland Yard tegen de groep politiemensen die zich met de zaak bezighield. 'Uit onderzoek is gebleken dat hij zoet water in zijn longen had en geen zeewater. Dat is honderd procent zeker. Ze weten nog niet precies wanneer hij is gestorven, maar hoogstwaarschijnlijk tussen een week en tien dagen geleden. Misschien zelfs iets langer. Zijn Jaguar staat nog in de garage, dus hij is zeker niet zelf naar de kust gereden en daar van de rotsen gesprongen. Zijn vrouw heeft in zijn auto gereden of hem in ieder geval verplaatst, want haar vingerafdrukken staan op het stuur. Ja toch?'

Dat bevestigde de hoofdinspecteur uit Oston. 'Dat wijst erop dat zij de Jaguar als laatste heeft gebruikt,' zei hij.

Dan was er nog het bloed achterin de Volvo waarin Wilt was vervoerd. 'We weten nu dat ze in Ipford was en wat ze daar heeft uitgevoerd. We hebben meer dan voldoende bewijsmateriaal tegen haar en bovendien had Wilt net zo'n hoofdwond als haar man. Laten we haar vierentwintig uur per dag verhoren tot ze alles bekent. O ja, en nog iets. We hebben haar achtergrond nagetrokken en daar klopt helemaal niks van. Vervalste geboorteakte, prostituee die gespecialiseerd was in SM, noem maar op. Een keiharde tante.'

'Heeft ze niet gevraagd of ze haar advocaat mocht bellen?' vroeg een andere agent.

De inspecteur van Scotland Yard glimlachte. 'Ze heeft de advocaat van haar man gebeld, en vreemd genoeg was die niet beschikbaar. Hij was met vakantie. Dat zei hij tenminste tegen mij. Een paar weekjes Frankrijk. Heel verstandig van hem. Ze kan natuurlijk rechtsbijstand krijgen. Een of andere dombo die haar meer kwaad dan goed doet. Dat weet zij ook wel, dus heeft ze alle rechtshulp geweigerd.'

In de verhoorkamer weigerde Ruth tevens alle vragen te beantwoorden.

DRIEËNDERTIG

Zoals Flint al had gehoopt, werden Hodge en de twee Amerikanen niet bepaald warm onthaald in Oakhurst Avenue. Eva was in tranen toen ze aanbelden.

'Ik weet niet waar hij is,' snikte ze. 'Hij is gewoon verdwenen. Toen we terugkwamen uit Amerika was hij weg. Hij had geen briefje achtergelaten en zijn creditcards en chequeboekje lagen op de keukentafel. Hij had ook geen geld opgenomen, dus ik weet gewoon niet wat ik moet denken.'

'Misschien heeft hij een ongeluk gehad. Hebt u de ziekenhuizen geprobeerd?'

'Ja, natuurlijk. Dat heb ik meteen gedaan, maar ze werkten helemaal niet mee.'

'Heeft hij ooit belangstelling getoond voor andere vrouwen?' vroeg een van de Amerikanen, die haar kritisch bekeek.

Eva stopte onmiddellijk met snikken. Ze had meer dan genoeg van Amerikanen, en vooral van agenten in burger met zonnebrillen en auto's met geblindeerde ramen.

'Nee, nooit!' snauwde ze. 'Hij is altijd een prima echtgenoot geweest en als jullie zulke vragen gaan stellen, kunnen jullie doodvallen!'

Ze sloeg de deur woedend dicht. Hodge en de Amerikanen liepen terug naar hun auto en kwamen tot de ontdekking dat ze een lekke band hadden. Vanuit hun slaapkamer keek de vierling vol leedvermaak toe. Josephine had een band laten leeglopen.

In het ziekenhuis werd Flint tot zijn verbazing op de gang opgewacht door dr. Dedge. De psychiater zag er afgetobd en hologig uit en schudde hulpeloos zijn hoofd.

'Godzijdank, u bent er,' zei hij. Hij pakte Flint bij zijn arm, trok hem mee naar zijn kantoortje, gebaarde naar een stoel en plofte achter zijn bureau neer. Hij deed een la open en nam een handvol blauwe pillen in.

'Heeft u het soms een beetje moeilijk met onze vriend Wilt?' vroeg Flint.

De dokter staarde hem met uitpuilende ogen aan. 'Moeilijk?' bracht hij er vol ongeloof uit. 'Moeilijk? Die hufter had verdomme de gore moed me vannacht om vier uur uit bed te halen, om me te vertellen dat ik afstam van de familie Pongidae.' Hij schonk een glas water in en nam nog een blauwe pil.

'Bedoelt u dat u helemaal hierheen bent gereden –' begon Flint, maar dr. Dedge leek zich verslikt te hebben.

'Hierheen gereden?' sputterde hij. 'Vergeet het maar. Ik ben gedwongen hier te slapen, op die stomme divan in de hoek, voor het geval de zoveelste halvegare besluit zichzelf te verhangen of midden in de nacht door het lint gaat. Zo groot is het personeelstekort. En ik ben nota bene een hooggekwalificeerde psychiater die gespecialiseerd is in gevallen van paranoïde psychose, geen achterlijke nachtwaker.'

Flint wilde net zeggen dat hij met hem meevoelde toen de dokter vervolgde:

'Die zak ligt de hele dag te snurken, bedenkt 's nachts helse vragen en drukt dan op de alarmknop. U weet niet hoe hij is.'

Flint zei dat hij dat maar al te goed wist. 'Hij is een meester van het ongerijmde antwoord. Ik heb hem urenlang ondervraagd, maar je krijgt geen vat op hem.'

Dr. Dedge boog zich over zijn bureau. 'Nou, inmiddels stel ik hem geen vragen meer, maar stelt die hufter ze aan mij. Vannacht om vier uur vroeg hij of ik wel besefte dat ik voor 99.4 procent baviaan was, want dat bleek uit DNA-onderzoek. Dat bedoelde hij toen hij zei dat ik afstamde van de Pongidae.'

'Dan had hij het verkeerd begrepen. Hij bedoelde niet baviaan, maar chimpansee,' zei Flint, in een poging de dokter te kalmeren.

Dat werkte niet echt. Dr. Dedge keek hem verwilderd aan. 'Chimpansee? Bent u ook gek of zo? Lijk ik op een baviaan of een chimpansee? Mijn DNA is nog nooit onderzocht, en wat is dat voor gelul over Pongidae? Mijn vader heette Dedge en mijn moeder Fawcett en die namen gaan terug tot in de zeventiende eeuw. We hebben een stamboom laten opstellen, van beide kanten van de familie, en niemand heet Pongidae.'

Inspecteur Flint probeerde het nog een keer. 'Hij heeft het allemaal uit de krant. Daar stond laatst een groot artikel in, dat de Pongidae ouder zijn dan de Hominidae en *Homo sapiens*. Volgens de nieuwste theorie –'

'Val dood met je nieuwste theorie!' schreeuwde de psychiater. 'Ik wil gewoon slapen! Kun je die maniak niet meenemen naar het bureau en hem daar verder verhoren, liefst met het nodige geweld?'

'Nee,' zei Flint gedecideerd. 'Hij is ziek en –'

'Zeg dat wel, en ik word ook ziek als hij hier nog langer blijft. We hebben trouwens alle mogelijke proeven en scans gedaan en niets wijst op een hersenbeschadiging – als hij tenminste hersens heeft in die rotkop van hem.'

Flint zuchtte en ging naar de isolatiezaal, waar Wilt glimlachend overeind zat in bed. Hij had eigenlijk wel genoten van wat hij de dokter allemaal had horen schreeuwen in de aangrenzende kamer. Flint bleef bij het voeteneinde van het bed staan en staarde Wilt even aan. Hij wist niet precies hoe hij dr. Dedge tot de rand van de waanzin had gedreven, maar het was duidelijk dat Wilt zo niet helemaal, dan toch grotendeels bij zinnen was. Flint besloot tot een nieuwe tactiek. Hij had een lang telefoongesprek gevoerd met de hoofdinspecteur in Oston en wist nu waar Wilt geweest was. Als het op bluffen aankwam, kon hij dat spelletje ook spelen.

'Zo, Henry,' zei hij en hij pakte zijn handboeien. 'Deze keer ben je te ver gegaan. De moord op je vrouw in scène zetten door een opblaaspop in haar kleren uit te dossen en in een bouwput te gooien terwijl je donders goed wist dat ze springlevend was en op een gestolen boot vakantie vierde met die Californiërs was één ding, maar brandstichting en de moord op een schaduwminister is iets heel anders. Als ik in jouw schoenen stond, zag ik weinig reden tot lachen.'

Wilts glimlach verdween.

Flint deed de deur op slot en ging aan het bed zitten.

'Moord? Moord op een schaduwminister?' zei Wilt oprecht verbijsterd.

'Je hebt me gehoord. Moord en brandstichting in het dorpje Meldrum Slocum.'

'Meldrum Slocum? Nog nooit van gehoord.'

'Vertel mij dan eens hoe het komt dat jouw broek op het weggetje achter Meldrum Manor lag, dat door een of andere smeerlap in de fik was gestoken. Jouw broek, Henry, vol schroeiplekken en as. En dan zou jij nooit van dat dorp gehoord hebben? Iets minder slap gelul, graag.'

'Ik zweer bij God —'

'Je zweert maar een eind weg. Het bewijs is er. Om te beginnen je spijkerbroek, die is aangetroffen op een weggetje achter het afgebrande huis. Bovendien is onomstotelijk vastgesteld dat je in de garage van de vermoorde schaduwminister bent geweest. Uit DNA-onderzoek is gebleken dat het bloed dat daar is aangetroffen exact hetzelfde is als jouw bloed. Dat zijn feiten. Onweerlegbare feiten. En laat ik je ook nog even vertellen, om je een beetje op te vrolijken, dat Scotland Yard erbij betrokken is. Hier kun je je niet meer uit lullen, Henry, zoals de vorige keren.'

Flint liet die vreselijke informatie goed tot een verbijsterde Wilt doordringen. Wilt probeerde zich te herinneren hoe dat allemaal gebeurd kon zijn, maar kon zich alleen onsamenhangende beelden voor de geest halen.

'Denk na, Henry, denk na. Dit is geen geintje. Het is de zuivere waarheid.'

Wilt keek hem aan en besefte dat Flint bloedserieus was.

'Ik weet niet wat er gebeurd is, en dat is ook de zuivere waarheid. Ik weet alleen nog dat ik niet met Eva naar Amerika wilde, om bij haar tante Joan en Wally Immelmann te logeren. Ik zei dat ik me moest voorbereiden op een cursus voor volgend semester en haalde boeken uit de bibliotheek waarvan ik wist dat Wally ze zou haten. Eva schopte uiteraard stennis en zei dat ik ze niet mocht meenemen.'

'Wat voor boeken?'

'O, over Castro's heilstaat en de marxistische theorie van de revolutie. Precies de dingen waar Wally een rolberoerte van zou krijgen. Niet dat het nou mijn favoriete leesvoer is, maar hij zou ter plekke een hartinfarct hebben gekregen als ik met zulke boeken in Wilma was verschenen. Er waren er nog meer, maar ik kan me de titels niet herinneren.'

'En Eva tuinde daarin?'

'Met wijdopen ogen. Het was trouwens best geloofwaardig. Er lopen nog steeds idioten rond die denken dat Lenin een soort heilige was, en Stalin in feite best een geschikte vent. Sommige mensen leren het nooit, nietwaar?'

Daar ging Flint maar niet op in. 'Nou, goed. Daar neem ik voorlopig genoegen mee. Maar vertel me nu wat er daarna gebeurd is, en geen geleuter over geheugenverlies. Volgens de dokter lijd je niet aan hersenletsel, of in elk geval niet in ernstigere mate dan eerst.'

'Ik kan je tot op zeker punt vertellen wat ik gedaan heb, maar daarna is alles blanco, tot ik wakker werd op die Terminale Afdeling. Het laatste dat ik me herinner, is dat ik kletsnat van de regen door een bos liep en struikelde over een boomwortel. Daarna niets meer. Ik zou je graag willen helpen, maar helaas.'

'Oké, laten we dan ietsje verder teruggaan. Waar kwam je vandaan?' vroeg Flint.

'Dat is het juist: dat weet ik niet. Ik was op wandelvakantie.'

'Van waar naar waar?'

'Weet ik niet. Ik wilde het trouwens ook niet weten. Ik wilde gewoon nergens heen. Begrijp je wat ik bedoel?'

Flint schudde zijn hoofd. 'Totaal niet,' zei hij. 'Je wilde het niet weten en je wilde nergens heen. Moet ik dat begrijpen? Volgens mij zit je weer uit je nek te kletsen, Henry. Je probeert me om de tuin te leiden. Liegen, zou je het ook kunnen noemen. Je móét geweten hebben waar je heen ging.'

Wilt zuchtte. Hij had in de loop der jaren al de nodige aanvaringen gehad met Flint, en hij had moeten beseffen dat de inspecteur nooit zou begrijpen dat hij niet had willen weten waar hij heen ging. Toch deed hij een poging om het uit te leggen.

'Ik wilde weg uit Ipford, weg van de school, de sleur, mijn werk, als je het tenminste werk kunt noemen. Ik wilde dat allemaal uit mijn gedachten bannen door een ander Engeland te zoeken, zonder vooropgestelde ideeën.'

Flint probeerde te begrijpen wat Wilt bedoelde, maar slaagde daar zoals gewoonlijk niet in. 'Wat deed je dan in godsnaam in Meldrum Slocum?' vroeg hij, in een wanhopige poging het gesprek in enigszins logische banen te leiden. 'Je moet toch ergens vandaan gekomen zijn?'

'Ja, dat zei ik toch? Uit een bos. Ik was trouwens bezopen.'

'En je denkt zeker dat ik bezopen ben als je hoopt dat ik dat geloof!' snauwde Flint. Hij ging terug naar het kantoortje van dr. Dedge en bonkte op de deur, maar de goede dokter riep dat hij de klere kon krijgen.

'Ik wil alleen weten of die eikel van een Wilt voldoende hersteld is om weer naar huis te mogen.'

'Hoor eens,' schreeuwde de psychiater, 'het zal me worst wezen of hij hersteld is of niet! Zorg gewoon dat hij oprot! Hij wordt m'n dood nog. Ben ik zo duidelijk genoeg?'

'Hoort hij volgens uw mening in een psychiatrische kliniek thuis?' vroeg Flint.

'Dat lijkt me de uitgelezen plek voor die hufter!' schreeuwde dr. Dedge.

'In dat geval moet u een bevel tot gedwongen opname tekenen.'

Er klonk een dof gekreun aan de andere kant van de deur. 'Dat gaat niet. Hij is geen gevaar voor zichzelf of voor zijn omgeving,' zei de psychiater. Hij deed de deur open, alleen gekleed in zijn onderbroek, aarzelde even en nam toen een beslissing. 'Weet je wat? Ik zal hem doorverwijzen voor nader onderzoek. Dan mogen de artsen in De Mente de knoop doorhakken.'

Hij liep naar zijn bureau, vulde een formulier in en gaf het aan Flint. 'Zo, dan ben ik hem in ieder geval kwijt.'

Flint ging terug naar Wilt. 'Je hebt vast wel gehoord wat de dokter zei. Je mag hier weg.'

'Wat bedoelde hij precies met nader onderzoek?'
'Geen idee. Ik ben geen psychiater,' zei Flint.
'Hij ook niet, als je het mij vraagt,' zei Wilt, maar hij stapte uit bed en begon zijn kleren te zoeken. Die waren nergens te vinden. 'Zo ga ik echt de deur niet uit,' zei hij, met een gebaar naar het lange nachthemd dat hij op de afdeling Geriatrie had gekregen.

Flint ging terug naar dr. Dedge, wiens humeur er niet beter op was geworden. 'Pak gewoon de kleren die hij droeg toen hij hier werd binnengebracht!' snauwde hij door de deur heen.

'Maar die hebben we in beslag genomen, als bewijs voor het feit dat hij mishandeld was.'

'Probeer het mortuarium. Er ligt daar vast wel een lijk met zijn maat. En laat me nu eindelijk slapen!'

De inspecteur liep de gang uit en vroeg waar het mortuarium was. Toen hij dat eindelijk had gevonden en uitlegde wat hij kwam doen, kreeg hij te horen dat hij een lijkenpikker was en als de donder moest oprotten. Flint maakte woedend rechtsomkeert en jatte een witte jas uit de kleedkamer van de ziekenbroeders toen de eigenaar even naar de wc was. Tien minuten later was Wilt, gekleed in de witte jas die veel te kort was om zijn nachthemd te bedekken, in Flints auto op weg naar de psychiatrische kliniek. Hij protesteerde dat hij helemaal geen 'nader onderzoek' nodig had.

'Ze stellen je alleen maar een paar vraagjes en dan mag je weer gaan,' zei Flint. 'En het is trouwens heel wat beter dan het alternatief.'

'Wat is dat dan?' vroeg Wilt.

'Krankzinnigverklaring, gevolgd door gedwongen opname.'

Wilt zei niets meer. Plotseling leek 'nader onderzoek' een stuk minder erg.

VIERENDERTIG

In Wilma had de Anti Drugs Eenheid de observatie van Starfighter Mansion gestaakt. Er was sectie verricht op de speurhond en de resten van de capsule die op de bodem van het zwembad hadden gelegen waren geanalyseerd, maar dat had niets verdachts opgeleverd. De hond was een natuurlijke dood gestorven, die vrijwel zeker veroorzaakt was doordat hij zijn hele leven drugs had moeten slikken om hem een neus te geven voor heroïne, crack, XTC, opium, LSD, wiet en alles wat er nog meer op de markt was. Kortom, de hond was zwaar verslaafd geweest. De afgelopen maanden had hij zoveel tabaksrook moeten opsnuiven, het nieuwste verboden middel, dat hij kort voor zijn dood twee sigarenpeuken had opgegeten in een wanhopige poging zijn verslaving een klein beetje te bevredigen. Al met al was het een doodzieke hond geweest.

Het water uit het zwembad was daarentegen brandschoon. Het bad was onlangs opnieuw gevuld en in de bijna vijfhonderdduizend liter was geen spoor te vinden van welke illegale substantie dan ook.

'Jullie hadden het zwembad ook moeten aansluiten op de tankwagen achter de drive-inbioscoop,' zei Murphy tegen de mannen die het spoelwater van de toiletten en badkamers in Starfighter Mansion hadden gecontroleerd.

'Dacht je dat die tankwagen een capaciteit van een half miljoen liter had? Voel je je wel lekker? Jullie hadden helemaal in het begin meteen een monster moeten nemen.'

'Ja, natuurlijk. Het eerste wat je doet, is kijken of er geen drugs zijn opgelost in het zwembad. Dat is standaardprocedure. Je weet dat smokkelaars het spul altijd meteen in het zwembad flikkeren, en dan rustig wachten tot het water weer verdampt is. Jezus, er loopt hier echt een stel genieën rond.'

Ze brachten rapport uit aan het hoofdkwartier in Atlanta.

'Ze hebben ons belazerd. Sol was er alleen om de aandacht af te leiden terwijl iemand anders die troep het land binnensmokkelde, of de Polen hebben hem talkpoeder verkocht. Wat zegt Washington?'

'Dat jullie er een puinhoop van hebben gemaakt.'

'Godverdomme, die lul van een Campito moest ons alleen op 't verkeerde been zetten,' gromde Palowski toen ze het kantoor verlieten. 'Wacht maar tot ik die kloothommel in handen krijg. Ik trek z'n ballen eraf!'

'Te laat,' zei Murphy. 'Ze hebben zijn lijk gevonden in de moerassen van Florida – of wat de alligators ervan overgelaten hebben.'

Terwijl de dappere drugsbestrijders de aftocht bliezen, staarde Wally Immelmann op de intensive care mistroostig naar het plafond en vervloekte de dag dat hij ooit met die dikke trut van een Joan getrouwd was. Hij had nooit moeten zeggen dat haar achterlijke nicht en haar vier duivelse dochtertjes best mochten komen logeren. Door die vreselijke bandopname lagen zijn reputatie en zijn huwelijk aan diggelen en kon hij zijn gezicht nooit meer in Wilma vertonen. Niet dat hij de teloorgang van zijn huwelijk zo vreselijk vond – soms was hij die vier kleine etterbakken zelfs best dankbaar dat ze dat op de klippen hadden laten lopen. De zakelijke gevolgen van hun obscene e-mailtjes waren een stuk erger. Door hun toedoen was Immelmann Enterprises vrijwel het gehele klantenbestand kwijtgeraakt dat Wally in de loop der jaren met zoveel zorg had opgebouwd en werd hij zelfs met een aantal rechtszaken bedreigd. Hij had geprobeerd contact op te nemen met zijn advocaten, maar had te horen gekregen dat ze weigerden nog langer op te treden namens iemand die gek genoeg was om zijn klanten op de meest obscene manier te beledigen en die met een kracht van duizend decibel van de daken schreeuwde dat hij zijn vrouw graag van achteren pakte. Zelfs congreslid Herb Reich had een van de grovere mailtjes ontvangen. Maybelles verklaring tegenover sheriff Stallard had ook al niet geholpen. Het nieuws dat de belangrijkste zakenman uit Wilma regelmatig met zijn zwarte werkneemsters wipte, was al in de wijde omgeving bekend en zou dadelijk in de hele staat van mond tot mond gaan. Kortom, hij was geruïneerd. Hij moest verhuizen, van naam veranderen en zich ergens vestigen waar niemand hem kende. En dat was allemaal de schuld van die verdomde Joan. Hij had nooit met die trut moeten trouwen.

In haar cel in alweer een ander politiebureau in alweer een andere stad, dacht Ruth Rottecombe precies zo over haar huwelijk met wijlen de minister van Integratie en Deportatie. Ze had moeten weten dat Harold nou net het soort idioot was dat zich zou laten vermoorden op het moment dat zijn vrouw de meeste behoefte had aan zijn steun en invloed. Daarom was ze tenslotte met hem getrouwd en had ze het aangelegd met die walgelijke dronkelap van een Battleby, om maar te zorgen dat Harolds parlementszetel nooit in gevaar zou komen. Ze probeerde wanhopig een soort logische lijn te ontdekken in de chaotische gebeurtenissen die tot zijn verdwijning hadden geleid, maar de zuiplap in de cel links van haar, die luid jammerde dat hij vrijgelaten wilde worden als hij tenminste niet stond te kotsen en de vloekende en tierende psychopaat in de cel rechts, die blijkbaar een extreem krachtige hallucinogene substantie had geslikt, maakten iedere poging tot rationeel nadenken volslagen onmogelijk, net zo onmogelijk als een uurtje slapen. Om het halfuur ging de celdeur open en het licht aan en vroeg een sinistere vrouwelijke rechercheur of alles goed met haar was.

'Nee, godverdomme, het is helemaal niet goed met me!' schreeuwde Ruth. 'Hebben jullie nou echt niks beters te doen dan me lastig te vallen met dit soort debiele vragen?'

De rechercheur antwoordde dat ze alleen wilde controleren of Ruth geen zelfmoord had gepleegd en liet uiteindelijk het licht de hele tijd aan. Na drie zulke slapeloze nachten was Ruth bijna bereid om te bekennen dat ze Harold vermoord had, maar nog niet helemaal. In plaats daarvan weigerde ze nog vragen te beantwoorden.

'Ik heb Harold niet, ik herhaal niet, vermoord. Ik heb hem op geen enkele manier kwaad gedaan en heb geen flauw idee wie dat wel heeft gedaan. En meer heb ik er niet over te zeggen.'

'Goed, laten we het dan hebben over de dingen waarvan we zeker weten dat je ze wel hebt gedaan,' zei de rechercheur die de leiding had. 'We weten dat je naar die afbraakwijk in Ipford bent gereden, dat er een man achter in je Volvo lag en dat je hem daar gedumpt hebt. We weten ook dat hij in je garage is geweest en daar gebloed heeft, dus –'

'Ik zei toch dat ik weiger verder nog vragen te beantwoorden?' schreeuwde Ruth schor.

'Dit zijn ook geen vragen. Het is een opsomming van onweerlegbare feiten.'

'O God, waarom houden jullie niet eens een keertje op? Al die zogenaamde feiten kunnen wel degelijk weerlegd worden.'

'Je hebt misschien nog niet gehoord dat we een getuige hebben, die heeft gezien dat je die man uit je auto gooide. Een uitermate betrouwbare getuige.' Hij liet dat even goed tot een dodelijk vermoeide Ruth doordringen voor hij vervolgde: 'Wat we graag willen weten is waarom je hem helemaal naar Ipford hebt gebracht, als je er inderdaad geen idee van had hoe hij in jullie garage was beland.'

Ruth begon te huilen en deze keer waren de tranen echt. 'Harold vond hem toen hij terugkwam uit Londen. Hij was door het dolle heen en probeerde mij de schuld in de schoenen te schuiven. Hij raasde en tierde en zei dat ik die man had opgepikt voor de seks. Ik dacht dat hij me zou vermoorden.'

'Ga door.'

'Hij dwong me naar de garage te gaan en naar die kerel te kijken. Ik had hem nog nooit van mijn leven gezien, dat zweer ik!'

'En toen?'

'Toen ging de telefoon. Het was een of andere klotekrant die Harold wilde interviewen omdat hij jongens mee naar huis zou nemen, je weet wel, jongenshoertjes.'

Ze bestookten haar nog een uur met vragen, maar kwamen geen steek verder. Uiteindelijk lieten ze haar snikkend in de verhoorkamer achter, met haar hoofd op tafel, en gingen naar een andere kamer.

'Het zou kunnen kloppen, op één ding na,' zei de hoogste agent van Scotland Yard. 'Het stukje stof van Wilts spijkerbroek dat in de garage is aangetroffen en het feit dat de broek zelf twee dagen na de brand op het weggetje achter Meldrum Manor is gevonden, maar er niet lag toen de omgeving de eerste keer werd afgezocht. Bovendien had Wilt geen broek aan toen ze hem vonden in Ipford en als klap op de vuurpijl lagen zijn schoenen, sokken en rugzak bij de Rottecombes op zolder.'

'Denk je dat zij die broek daar heeft neergelegd?'
'Iemand heeft het gedaan.'
'Godallemachtig, wat een zaak. En dan dringt Londen ook nog aan op een snelle arrestatie,' zei de hoofdinspecteur.

Ze werden gestoord door een agente. 'Ze is flauwgevallen, of doet alsof,' zei ze. 'We hebben haar weer naar haar cel gebracht.'

De man van Scotland Yard pakte de telefoon en belde Ipford. Toen hij weer ophing, schudde hij zijn hoofd. 'Ze hebben die Wilt overgeplaatst naar een psychiatrische kliniek voor "nader onderzoek", wat dat dan ook wezen mag. Waarschijnlijk willen ze kijken of ze met een psychopaat te maken hebben.' Hij zweeg even en liet alle mogelijkheden de revue passeren, maar veel rationele verklaringen leken er niet te zijn.

Een van de andere rechercheurs borduurde nog even voort op het thema. 'De bedenker van die hele toestand moet behoorlijk gestoord zijn geweest en Wilt is al eerder bij rare zaakjes betrokken geweest. Misschien heeft iemand hem wel geld geboden om het huis in de fik te steken.'

De man van Scotland Yard dacht na. 'Zou kunnen, maar inspecteur Flint denkt van niet. Volgens hem is Wilt veel te onhandig. Hij zou niet eens een met benzine doorweekte stapel kranten in brand kunnen steken, zo'n oen is het. En als hij die brand werkelijk had gesticht, zou hij nooit zo stom zijn geweest om zo'n overduidelijk spoor achter te laten of daar onder zijn eigen naam te logeren. Nee, er moet iets anders achter zitten. Wat ik vreemd vind, is dat zowel de schaduwminister als Wilt hoofdwonden hadden. De schaduwminister is dood, en als ze Wilt niet net op tijd gevonden hadden, zou hij nu misschien ook kastje wijlen zijn. Volgens mij weet die trut van een Rottecombe er veel meer vanaf. Het kan me niet schelen of ze flauwgevallen is of niet: ik zal het uit haar krijgen! Ze heeft ons zeker niet alles verteld. Bovendien klopt er geen ene reet van haar zogenaamde achtergrond. Valse geboorteakte, vroeger een dure prostituee, heeft een parlementslid zo ver gekregen om met haar te trouwen en dan ook nog eens een liefhebster van SM, net als die vuile dronken kinderlokker van een Battleby. Natuurlijk probeert hij de schuld op haar af te schuiven. Hij zegt dat ze geprobeerd heeft hem opzettelijk aan de drank te krijgen, zodat ze hem beter onder de duim zou kunnen houden. Het zou me niets verbazen als daar een kern van waarheid inzit.'

En zo gingen de verhoren maar door en leverden helemaal niets op.

VIJFENDERTIG

In kliniek De Mente had de vrouwelijke psychiater die de taak had Wilts psychologische toestand te beoordelen het ook niet gemakkelijk. Wilt had alle gebruikelijke visuele en symbolische tests met zo'n gemak doorstaan dat ze had kunnen zweren dat hij er tijden op geoefend had. Zijn verbale vaardigheden waren nog verbluffender en eigenlijk riep alleen zijn houding tegenover seks de nodige vragen op. Blijkbaar vond hij copulatie saai en vermoeiend, of zelfs potsierlijk en enigszins weerzinwekkend. Zijn bewondering voor de voortplantingswijzen van wormen en amoeben, die zichzelf simpelweg vermeerderden door zich te splitsen, vrijwillig in het geval van amoeben en, voor zover Wilt wist, onvrijwillig en met behulp van een spade in het geval van wormen, scheen op een ernstig gebrek aan libido te wijzen. Omdat de psychiater niets wist van amoeben en wormen maar hunkerde naar de weinige seks die haar uiterlijk haar opleverde, was ze onaangenaam verrast door die informatie.

'Bedoelt u dat u liever in tweeën wordt gehakt dan met uw vrouw naar bed te gaan?' vroeg ze, in de hoop dat Wilts antwoord de conclusie zou rechtvaardigen dat hij aan een gespleten persoonlijkheid leed.

'Nee, natuurlijk niet,' zei Wilt verontwaardigd. 'Hoewel, als u mijn vrouw zou ontmoeten, zou u begrijpen waarom dat niet eens zo'n vreemd idee is.'

'Dus u vindt uw vrouw niet fysiek aantrekkelijk?'

'Dat zei ik niet en ik zie trouwens niet in wat u daarmee te maken heeft.'

'Ik probeer u alleen maar te helpen,' zei de psychiater.

Wilt keek haar sceptisch aan. 'O ja? Ik dacht dat ik hier was voor nader onderzoek en niet voor onbeschaamde vragen over mijn seksleven.'

'Uw houding tegenover seks maakt deel uit van het onderzoeksproces. We willen een afgerond beeld krijgen van uw geestelijke toestand.'

'Mijn geestelijke toestand is noch aangetast door een gewelddadige beroving, noch door het feit dat ik bewusteloos ben achtergelaten in de goot. Ik ben geen crimineel en hopelijk heeft u zich inmiddels ook gerealiseerd dat ik bij mijn volle verstand ben. Als dat besef inderdaad tot u is doorgedrongen, stel ik voor dat u zich verder niet met mijn huwelijksleven bemoeit. En als u denkt dat ik homo ben, kan ik u verzekeren dat mijn vrouw en ik vier dochters op de wereld hebben gezet of, om helemaal accuraat te zijn, dat mijn vrouw Eva veertien jaar geleden een vierling heeft gebaard. Hopelijk gelooft u nu dat ik een doodnormale heteroseksueel en vader ben. Als ik nog meer van die kinderlijke testjes moet doen, ben ik daar best toe bereid, maar ik weiger het verder nog over mijn seksleven te hebben. Dat onderwerp mag u aansnijden met Eva. Als ik me niet vergis, hoor ik haar stem al. Wat goed van haar om me op zo'n opportuun moment te komen steunen. En als u het niet erg vindt, ga ik nu even op zoek naar politiebescherming.'

Terwijl de psychiater hem verbijsterd aanstaarde door haar brillenglazen, ging Wilt haastig naar buiten. In de verte hoorde hij Eva op hoge toon eisen om haar lieve Henry te mogen zien. Wilt liep vlug de andere kant uit. Op de achtergrond zei de vierling tegen een paniekerige patiënt dat hij niet dubbelzag. 'We zijn geen tweeling, maar een vierling,' riepen ze in koor.

Wilt ging vlug op zoek naar een deur die niet op slot

was, maar die was nergens te vinden. Op dat moment verliet inspecteur Flint het bezoekerstoilet waar hij zich had teruggetrokken, stormde Eva de wachtkamer uit en kwam de psychiater naar buiten om te kijken wat er in vredesnaam aan de hand was. In de mêlee die volgde werd de psychiater omver gelopen. Inspecteur Flint hees haar overeind en ze was gedwongen haar mening over Wilt te herzien.

Als de vervaarlijke vrouw die haar bijna had platgewalst mevrouw Wilt was – en dat moest wel, gezien de aanwezigheid van vier vrijwel identieke tienermeisjes – dan was zijn gebrek aan belangstelling voor seks binnen het huwelijk niet alleen verklaarbaar, maar zelfs normaal, net als zijn hunkering naar politiebescherming. De psychiater tastte naar haar bril, zette hem op haar neus en trok zich haastig terug in haar kantoortje. Eva en de inspecteur volgden: Eva om zich te verontschuldigen en een schoorvoetende Flint om te horen hoe Wilts nadere onderzoek was verlopen.

De psychiater keek twijfelachtig naar Eva en besloot geen bezwaar te maken tegen haar aanwezigheid. 'Dus u wilt mijn opinie over de patiënt weten?' vroeg ze.

Flint knikte. Spreken is zilver maar zwijgen is goud, leek in het bijzijn van Eva een uiterst toepasselijk gezegde.

'Hij lijkt me volkomen normaal. Ik heb alle standaardtests uitgevoerd en kon geen enkele abnormaliteit ontdekken. Ik zie geen reden waarom de heer Wilt niet zo snel mogelijk met zijn gezin herenigd zou kunnen worden.'

Ze sloeg de dossiermap dicht en stond op.

'Zie je wel? Er mankeert hem helemaal niets. Ze zei het zelf,' blafte Eva tegen Flint. 'Jullie hebben het recht niet om hem langer vast te houden. Hij gaat met mij mee naar huis.'

'Het lijkt me beter om dit gesprek onder vier ogen voort te zetten,' zei Flint.

'Trek je van mij niets aan. Ik werk hier toevallig en dit is mijn kamer,' zei de psychiater. Ze voelde er niets voor om nog een keer vertrappeld te worden door die de ontzagwekkende vrouw. 'Praten jullie buiten maar verder.'

Flint volgde Eva naar de wachtkamer.

'En?' zei Eva toen de inspecteur de deur dichtdeed. 'Ik wil nu eindelijk eens weten wat er aan de hand is en wat Henry in deze vreselijke kliniek doet.'

'Als u gaat zitten, zal ik proberen het uit te leggen, mevrouw Wilt,' zei hij.

Eva ging zitten. 'Doe je best,' beet ze hem toe.

Flint probeerde te bedenken hoe hij de situatie zo kalm en redelijk mogelijk kon omschrijven, zodat Eva niet door het lint zou gaan. 'Ik heb uw man naar deze kliniek laten overbrengen voor psychiatrisch onderzoek zodat hij niet meer in het ziekenhuis zou zijn als twee mensen van de Amerikaanse ambassade hem kwamen ondervragen over iets wat in de Verenigde Staten is gebeurd. Iets met drugs. Ik weet niet precies wat, en dat wil ik ook niet weten. Veel belangrijker is dat hij verdacht wordt van betrokkenheid bij de moord op een schaduwminister, Harold Rottecombe en... Ja, ik weet wel dat hij nooit iemand zou kunnen vermoorden –' voegde hij eraan toe, maar Eva was al overeind gesprongen. 'Ben je helemaal gek geworden?' schreeuwde ze. 'Mijn Henry zou nog geen vlieg kwaad doen. Hij is lief en zachtaardig en kent niemand uit de politiek!'

Flint probeerde haar gerust te stellen. 'Dat weet ik, mevrouw Wilt, dat weet ik. Maar Scotland Yard heeft bewijs dat hij in de omgeving was toen de schaduwminister verdween en ze willen hem een paar vragen stellen.'

Voor zo'n beetje de eerste keer in haar leven nam Eva haar toevlucht tot logica. 'En hoeveel duizenden mensen waren er nog meer in de omgeving van waar het ook was?'

'Herefordshire,' zei Flint.

Eva's ogen puilden uit haar hoofd en ze liep paars aan. 'Herefordshire? Herefordshire? Je bent gestoord. Daar kent hij helemaal niemand. Hij is nog nooit in Herefordshire geweest. We gaan altijd in het Lake District op vakantie.'

Flint hief sussend zijn handen op. Het was duidelijk dat ongerijmde antwoorden een familietrekje waren van de Wilts. 'Dat zal vast wel,' mompelde hij. 'Dat geloof ik graag. Het enige dat ik wil zeggen –'

'Is dat Henry door Scotland Yard gezocht wordt wegens de moord op een schaduwminister. Noem dat maar het enige.'

'Ik zei niet dat Scotland Yard hem zoekt wegens moord. Ze willen alleen dat hij hen assisteert bij hun onderzoek.'

'Ja ja. Nou, we weten allemaal wat dat betekent, of niet soms?'

De inspecteur deed zijn best om Eva's tirade te bestrijden met logica, maar zoals altijd met de Wilts was dat een hopeloze zaak.

In de hal van de kliniek was Wilts zoektocht naar een open deur ook een hopeloze zaak. Ze zaten allemaal op slot en in zijn lange nachthemd en witte jas was hij al vier keer aangeklampt door patiënten met echte psychische klachten. Twee hadden hem toegebeten dat hij gauw moest oprotten, omdat ze eindelijk niet meer depressief waren en het verdomden om weer elektroshocktherapie te ondergaan en de andere twee hadden duidelijk onder de invloed van uiterst krachtige medicijnen verkeerd en alleen maar zacht en angstaanjagend gegiecheld.

Wilt liep haastig verder, behoorlijk ontdaan door die ontmoetingen en de algehele sfeer. Door het raam zag hij een grasveld waar patiënten rondslenterden of op bankjes in de zon zaten en daarachter een hoog hek. Als hij maar eenmaal buiten kon komen, zou hij zich direct een stuk beter voelen. Voor hij een uitgang kon vinden stormde Eva plotseling de wachtkamer uit en holde naar hem toe.

'We gaan naar huis, Henry. Vooruit, kom mee. Ik heb geen zin naar nog meer onzin van die verschrikkelijke inspecteur te luisteren,' commandeerde ze. Voor deze ene keer ging Wilt er niet tegenin. Hij was de drukkende sfeer in de kliniek en de vage, wezenloze figuren om hem heen meer dan zat. Hij volgde Eva naar hun auto, die voor de hoofdingang op het grind stond, maar voor ze die bereikt hadden galmde er plotseling een reeks ijselijke gillen door het gebouw.

'Wat nu weer?' vroeg Eva aan een kleine en duidelijk zwaar gestoorde man, die paniekerig naar buiten holde.

'Er loopt een meisje rond met bewegende tieten!' schreeuwde hij in het voorbijgaan.

Eva wist direct wie dat meisje was. Met een stille vloek draaide ze zich om en baande zich weer een weg door de stroom van angstige patiënten die probeerden te ontsnappen aan de verschrikkelijke aanblik van galopperende borsten. Freddy, de rat van Emmeline, was geschrokken van al het gegil en schoot sneller heen en weer onder Emmy's trui dan ooit tevoren. Zelfs de zwaarst verdoofde patiënten krompen angstig ineen bij de aanblik van een derde adolescente borst die met een noodgang van voor naar achter en links naar rechts bewoog. Ze waren zich er weliswaar vaag van bewust geweest dat ze ziek waren, maar dit kwam als een mokerslag. Veel erger konden hallucinaties niet worden.

Tegen de tijd dat Eva eindelijk bij Emmeline was, had haar rat zijn toevlucht gezocht in haar spijkerbroek. Terwijl een golf van hysterie zich vanuit de gang verspreidde door de hele kliniek, tot aan de Beveiligde Afdeling toe, sleepte Eva de vierling, die zichtbaar genoot van de chaos die Freddy had veroorzaakt, mee naar de uitgang. Ze wurmde zich opnieuw door de krioelende mensenmassa en wist zich dankzij haar omvang en kracht een weg naar buiten te banen. Toen ze bij de auto arriveerden, zat Wilt al angstig ineengedoken op de achterbank.

'Vooruit, stap in en camoufleer jullie vader,' commandeerde Eva. 'De bewaker bij het hek mag hem absoluut niet zien.'

Een tel later lag Wilt languit op de grond en knielden de meiden bovenop hem. Terwijl Eva startte en de oprit af reed, keek ze even in haar spiegeltje en zag een verfomfaaide inspecteur Flint naar buiten stormen, struikelen en languit tegen het grind smakken. Eva gaf vol gas en vijf minuten later hadden ze de kliniek achter zich gelaten en waren ze op weg naar Oakhurst Avenue.

ZESENDERTIG

Inspecteur Flint keerde in een staat van opperste verwarring terug naar het politiebureau. Zijn gesprek met Eva had hem in zijn overtuiging gesterkt dat Wilt zijn problemen dan weliswaar over zichzelf had afgeroepen, maar dat hij niet verantwoordelijk was voor de dood van Harold Rottecombe. Na languit op het grind voor de kliniek te zijn gevallen en onder de voet te zijn gelopen door een horde krijsende krankzinnigen, had hij een nieuw inzicht gekregen in Wilts ongerijmde levensopvatting. Er overkwamen je vaak dingen zonder aanwijsbare reden en zelfs Flint, die eerst had geloofd dat ieder gevolg een logische oorzaak had, besefte nu dat alles beheerst werd door toeval en willekeur. Met andere woorden, niets was rationeel. De wereld was even gek als de patiënten van de kliniek die hij zojuist verlaten had.

In een poging zijn gemoedsrust enigszins te herstellen, gaf hij brigadier Yates opdracht de aantekeningen te halen die waren opgestuurd door de hoofdcommissaris die Ruth Rottecombe had verhoord. Flint las ze door en kwam tot de conclusie dat Wilt niet alleen niet betrokken was geweest bij de dood van de schaduwminister, maar zelf het slachtoffer was geweest van een brute aanval. Alles wees op Ruth als de dader: het feit dat Wilts bloed was aangetroffen in de garage en in haar Volvo, dat ze in Ipford was gesignaleerd en in het holst van de nacht geflitst was op de snelweg. Als verzwarende omstandigheid kwam daar nog eens bij dat ze een sadomasochistische relatie had gehad met de pedofiel Bob Battleby, wiens huis in brand gestoken was. Bovendien had ze een motief. Wilts spijkerbroek was twee dagen na de brand gevonden op het weggetje achter Meldrum Manor, maar had daar nog niet gelegen toen de politie de ochtend na de brand de omgeving had afgezocht. Daaruit bleek dat de broek daar was neergelegd om de schuld voor de brandstichting op Wilt af te schuiven. Het meest belastende bewijs was nog dat zijn schoenen, sokken en rugzak op de zolder van Leyline Lodge waren gevonden. Het was hoogst onwaarschijnlijk dat hij ze daar zelf had neergelegd. Nee, alles wees in de richting van Ruth Rottecombe. Wilt had geen enkele reden gehad om haar man te vermoorden maar als de schaduwminister had vermoed, of zelfs had geweten, dat zijn vrouw medeplichtig was aan brandstichting, zou zij juist alle reden hebben gehad om hem uit de weg te ruimen. Het enige zwakke punt in die theorie, besefte Flint, was dat Wilt zelf niet uit de weg was geruimd. Hij was alleen in elkaar getrapt door een stel dronken vandalen nadat Ruth Rottecombe hem zonder broek of schoenen in Ipford had gedumpt. Waarom had ze die uitgetrokken? Dat was de hamvraag. Flint viel terug op zijn theorie dat ze zijn broek nodig had gehad om de brandstichting op hem af te schuiven. Maar waarom had ze hem dan pas twee dagen later op het weggetje gelegd? Dat maakte het raadsel alleen maar groter. Uiteindelijk gaf de inspecteur het op.

Op het bureau in Hereford had de hoofdcommissaris, die onder zware druk werd gezet door Binnenlandse Zaken, het nog lang niet opgegeven. Hij dacht niet meer dat Wilt iets te maken had gehad met de brand in Meldrum Manor of de dood van Harold Rottecombe. Hij had de politie in Oston opdracht gegeven zoveel mogelijk getuigen te vinden van Wilts trektocht en zijn route zo goed mogelijk te reconstrueren. 'Jullie weten waar hij overnacht heeft,' zei hij tegen de hoofdinspecteur, 'Ik wil nu dat je mannen controleren waar hij 's middags gegeten heeft, zodat we zo'n duidelijk mogelijk beeld krijgen van hoe hij precies gelopen is en waar en wanneer zijn wandeltocht eindigde.'

'Denkt u soms dat ik hier zwem in de agenten?' protesteerde de hoofdinspecteur. 'Ik heb er welgeteld zeven, waarvan twee versterkingen zijn uit het aangrenzende district. Waarom arresteert u die Wilt niet gewoon?'

'Omdat hij het slachtoffer is van een misdrijf en geen dader. En dan bedoel ik niet alleen dat hij in elkaar is geschopt in Ipford. Hij had al een bloedende hoofdwond toen hij in de garage van de Rottecombes lag en toen zij hem naar Ipford bracht. We beschouwen hem niet langer als verdachte.'

'Waarom wilt u dan nog zo graag weten waar hij precies geweest is?'

'Omdat hij misschien gezien heeft wie de brand heeft aangestoken. Waarom zou Ruth Rottecombe hem anders in Ipford hebben gedumpt? Bovendien lijdt hij aan geheugenverlies. Hij weet niet meer door wie of wat hij aangevallen is. Dat staat in het officiële psychiatrische rapport.'

'Wat een pokkenzaak,' verzuchtte de hoofdinspecteur. 'Ik snap er echt geen snars van.'

Datzelfde gold voor Ruth. Lijdend aan slaapgebrek, onderworpen aan eindeloze kruisverhoren en gedwongen om extra sterke koffie te drinken, was ze inmiddels zo radeloos dat ze niet meer samenhangend kon antwoorden op de vragen die haar gesteld werden. Tot overmaat van ramp was ze ook nog eens beschuldigd van belemmering van de rechtsgang, vervalsing van haar geboorteakte en, dankzij de uitermate belastende verklaringen die Battleby had afgelegd, van het kopen van de blaadjes met kinderporno waar hij zo gek op was. De twee zogenaamde journalisten, Aasgier Cassidy en Tommy Telelens, hadden een officiële aanklacht ingediend na door Wilfred en Pickles te zijn toegetakeld en alle sensatiekranten stonden bol van de meest lasterlijke artikelen. Zelfs de serieuzere kranten benutten Ruths reputatie om de oppositie in het parlement aan te vallen.

In Oakhurst Avenue kostte het Wilt de grootste moeite om Eva ervan te overtuigen dat hij geen idee had waar hij geweest was tijdens zijn wandelvakantie.

'Wilde je niet weten waar je heen ging? Je bedoelt zeker dat je het vergeten bent?' zei ze.

Wilt zuchtte. 'Ja,' zei hij. Liegen was gemakkelijker dan het uitleggen.

'Terwijl je zei dat je je moest voorbereiden op een cursus over Castro en het communisme en zo,' drong Eva aan. 'Dat ben je zeker ook vergeten?'

'Nee, helemaal niet.'

'Heb je die vreselijke boeken dan meegenomen?'

Wilt keek vol ellende naar de boeken in de kast en moest toegeven dat hij ze thuisgelaten had. 'Ik was van plan maar twee weekjes weg te blijven.'

'Ik geloof er niks van.'

Deze keer was Wilts zucht hoorbaar. Het was onmogelijk om Eva ooit duidelijk te maken dat hij had willen genieten van het Engelse landschap, maar dan ontdaan van alle literaire associaties. Ze zou het nooit begrijpen en er vrijwel zeker van uitgaan dat hij iets met een andere vrouw had gehad. 'Vrijwel zeker' was nog te zacht uitgedrukt: honderd procent zeker kwam dichter in de buurt. Wilt besloot dat de aanval de beste verdediging was.

'Waarom zijn jullie trouwens nu al terug uit Wilma? Ik dacht dat jullie zes weken zouden blijven?' vroeg hij.

Eva aarzelde. Op haar eigen manier leed ze ook aan zelf

veroorzaakt geheugenverlies wat de gebeurtenissen in Wilma betrof. Bovendien was haar thuiskomst, toen ze had gehoord dat Henry in elkaar was geslagen, in het ziekenhuis lag en haar niet meer herkende, zo traumatisch geweest dat ze er eigenlijk nog totaal niet over had nagedacht waarom oom Wally nou precies dat hartinfarct had gehad en tante Joan plotseling zo vijandig was geworden en haar en de vierling op straat had gezet. Het enige antwoord dat ze kon verzinnen, was dat ze halsoverkop naar huis hadden moeten gaan vanwege oom Wally's hartaanvallen.

'Dat had ik niemand liever toegewenst,' zei Wilt. 'Al verbaast het me dat hij het nog zo lang gered heeft, als je nagaat hoe hij zich in dat hotel in Londen eerst volgoot met martini's en toen met die weerzinwekkende maltwhisky-cola's.'

En met de opwekkende gedachte dat de verschrikkelijke Wally eindelijk zijn verdiende loon had gekregen, ging Wilt naar zijn werkkamer en schreef daar een lang en niet bepaald complimenteus stuk over Wally Immelmann in zijn dagboek. Hij hoopte dat het ook gelijk als overlijdensbericht zou kunnen dienen.

ZEVENENDERTIG

In hun slaapkamers in Oakhurst Avenue was de vierling druk bezig aan hun werkstukken voor juffrouw Sprockett. Als oom Wally hun ontboezemingen had kunnen lezen, zou dat zeker zijn dood zijn geworden. Josephine concentreerde zich op zijn seksuele relatie met Maybelle, met nadruk op de 'gedwongen, onnatuurlijke handelingen' die ze had moeten verrichten; Penelope, die een aangeboren gave had voor wiskunde en statistiek, belichtte het enorme verschil in beloning tussen de zwarte en blanke werknemers van Immelmann Enterprises en andere ondernemingen in Wilma; Samantha schreef over het aantal ten uitvoer gebrachte doodstraffen in de verschillende Amerikaanse staten en Wally's regelmatig uitgesproken overtuiging dat, als mensen verplicht werden opgehangen en gegeseld op prime time tv, dat een heilzaam nieuw soort realitytelevisie zou zijn en Emmeline beschreef Wally's wapenverzameling en het gebruik dat daarvan was gemaakt, in termen die hun leraressen op de Kloosterschool de stuipen op het lijf zouden jagen. Dat gold vooral voor Wally's beschrijving van zijn vlammenwerper, waarmee je zo lekker Jappen kon barbecuen. Al met al zou de schade die de vierling al had aangericht in Wilma zelf nog eens verdubbeld worden door de terechte verontwaardiging die hun werkstuk zou oproepen bij de ouders van de leerlingen aan de Kloosterschool en hun vrienden en bekenden in Ipford.

Op het politiebureau van Ipford genoot inspecteur Flint ook. Hij had een uitgelezen gelegenheid gehad om Hodge en de twee agenten van de Amerikaanse ambassade eens goed te kakken te zetten en daar ruimschoots gebruik van gemaakt.

'Geweldig,' zei hij. 'Jullie komen hier binnenstruinen met Hodge, weigeren jezelf behoorlijk te legitimeren of uit te leggen wat jullie komen doen en verwachten dan dat ik me nederig in het stof werp. En nu hoor ik dat er in feite geen flintertje bewijs is dat die Immelmann ooit ook maar één milligram hasj in huis heeft gehad. Nou, laat ik jullie één ding duidelijk maken: we zijn hier niet in een gevangenis in Bagdad, en ik ben geen Irakees.' Tegen de tijd dat hij zijn gevoelens gelucht had, was hij in een opperbest humeur. Dat kon van de Amerikanen niet gezegd worden, maar ze konden er in feite weinig tegenin brengen. Toen ze vertrokken hoorde Flint hen zeggen dat hij een arrogante Britse klootzak was, maar het mooiste was dat ze Hodge de schuld gaven omdat hij hen valse informatie had verstrekt. Flint ging naar de kantine en dronk een kop koffie. Voor het eerst kon hij een beetje waardering opbrengen voor Wilts wereldbeeld.

Ruth Rottecombe hield, ondanks alle druk die op haar werd uitgeoefend, nog steeds vol dat ze geen flauw idee had wie haar man had vermoord, als hij al vermoord was, en voor het eerst begonnen de agenten van Scotland Yard geloof te hechten aan haar verklaringen. Harold Rottecombes schoen was teruggevonden, net als een sok met een gat erin, de schoen tussen de stenen in het beekje en de sok op de oever. De politie had de zaak graag voor de rechter willen brengen, maar was nu gedwongen toe te geven dat zijn dood ook heel goed een ongeluk geweest zou kunnen zijn.

Wilts verklaring dat hij zich bezat had in het bos was bevestigd door de vondst van een lege fles Famous Grouse, met zijn vingerafdrukken erop. Zijn route was gereconstrueerd door de politie in Oston; het had inderdaad geonweerd en ook verder klopte zijn verklaring als een bus. Ze wisten alleen nog steeds niet wie Meldrum Manor in brand had gestoken, maar het begon er steeds meer naar uit te zien dat dat altijd een raadsel zou blijven. Bert Addle had zijn laarzen en de kleren die hij had gedragen verbrand en de pick-up die hij had geleend van binnen en buiten grondig schoongemaakt. De eigenaar, die op vakantie was geweest in Ibiza, had geen idee dat Bert in zijn afwezigheid zijn auto had gebruikt.

Kortom, het mysterie werd alleen maar groter. De politie had iedereen uit Meldrum Slocum die ook maar iets met de Manor of de Battleby's te maken had gehad verhoord, in de hoop dat ze erachter zouden komen wie misschien met 'Bobby Billenkoek' had samengespannen om het huis in brand te steken. Maar iedereen had zo'n hekel aan Battleby, vanwege zijn onbeschofte gedrag en gezuip, dat ook dat onderzoek doodliep. Had iemand Battleby zo gehaat dat ze daarom brand hadden gesticht? Mevrouw Meadows gaf zenuwachtig toe dat Battleby haar ontslagen had, maar meneer en mevrouw Sawlie hielden vol dat ze die avond bij haar waren geweest toen de brand uitbrak en eerst een uur samen in de pub hadden gezeten. De verdenking bleef even rusten op het Filippijnse dienstmeisje, vanwege de spuitbussen met Oosters Vuurwerk en Rozenweelde die zo'n explosieve bijdrage hadden geleverd aan de brand, maar ze bleek het volmaakte alibi te hebben: het was haar vrije dag geweest en ze was naar Hereford gegaan om zich in te schrijven voor een verpleegstersopleiding. Door een treinstoring had ze pas de volgende ochtend kunnen terugkeren naar Meldrum Slocum.

Toen Flint het rapport las, vond hij er niets in wat de brandstichting of de mogelijke moord op de schaduwminister zou kunnen verklaren. Het was allemaal één chaotische kluwen, die nooit ontward zou worden. Voor het eerst in zijn lange loopbaan als politieman begon hij Wilts weigering om de wereld te beschouwen in termen van goed en kwaad of zwart en wit naar waarde te schatten. Tussen die uitersten lagen grijze gebieden die veel belangrijker waren dan Flint ooit vermoed had. Het was een openbaring voor de inspecteur en tevens een bevrijding. Buiten scheen de zon. Flint stond op, verliet het bureau en liep opgewekt naar het zonovergoten park.

In het zomerhuisje in de achtertuin van Oakhurst Avenue 45 zat een tevreden Wilt. Hij streelde Tibby de staartloze kat en koesterde zich in de wetenschap dat deze rustige buitenwijk zijn eigen versie was van het Oude Engeland, en dat hij altijd een doodgewone doorsneeburger zou blijven. Avonturen waren voor avonturiers, en hij was ten onrechte tijdelijk afgestapt van zijn ware rol als man van Eva en vader van vier onhandelbare dochters. Hij zou nooit meer naar iets anders verlangen dan de sleur op school, zijn praatjes met Peter Braintree onder het genot van een biertje en Eva's klachten dat hij te veel dronk en te weinig ambitie had. Volgend jaar zouden ze weer in het Lake District op vakantie gaan.

COLOFON

Wilt is nergens van Tom Sharpe werd in opdracht van Uitgeverij De Harmonie te Amsterdam gedrukt door Drukkerij Hooiberg te Epe.
Het bindwerk werd verzorgd door EmBe te Meppel.
Oorspronkelijke titel: *Wilt in Nowhere* (Hutchinson, Londen).
Omslagtekening: Paul van der Steen, Amsterdam.
Omslagontwerp: Ron van Roon, Amsterdam.
Grafische verzorging binnenwerk: Nederhof Produktie, Amsterdam.

© Copyright Tom Sharpe 2004
© Copyright Nederlandse vertaling 2004 Uitgeverij De Harmonie en Wiebe Buddingh'

Eerste druk november 2004

Voor België: Uitgeverij Manteau, Antwerpen
ISBN 9061697182
D/2005/0034/105
NUR 302

www.deharmonie.nl